Julia Zieschang

Leon & Noelle – Ein Leuchten im Nebel

Die Autorin
Julia Zieschang fand man schon als kleines Mädchen oft hinter einem Buch versteckt vor. Damals waren es noch Märchenbücher, heute liest sie am liebsten romantische Fantasy. Wenn sie nicht gerade mit dem Lesen oder Schreiben von Geschichten beschäftigt ist, befindet sich eine Spiegelreflexkamera vor ihrem Gesicht, denn das Fotografieren ist ihre andere große Leidenschaft.

Das Buch
Kann eine neue Liebe alte Wunden heilen?
Die 18-jährige Elle verlässt nach ihrem Schulabschluss fluchtartig ihre Heimat, um in der Großstadt ein Studium zu beginnen. Doch die Vergangenheit hinter sich zu lassen, fällt ihr schwer. An ihrem ersten Tag in Berlin wird sie im Park von Leon angesprochen. Er erklärt ihr, dass er sich vorgenommen hat, jeden Tag eine gute Tat zu vollbringen. Und die traurig wirkende Elle aufzuheitern scheint ihm die perfekte Gelegenheit dafür zu sein. Obwohl Elle zunächst abweisend reagiert, kommen die beiden ins Gespräch und treffen sich schließlich erneut. Während Elle versucht, ihrer Vergangenheit zu entfliehen, weckt Leon in ihr Gefühle, von denen sie glaubte, sie niemals wieder empfinden zu können. Doch auch Leon verbirgt etwas vor ihr, das ihre Beziehung zerstören könnte …

Julia Zieschang

Leon & Noelle – Ein Leuchten im Nebel

Roman

FOREVER

MIX
Papier aus verantwortungsvollen Quellen
FSC® C083411

Originalausgabe bei Forever
Forever ist ein Digitalverlag
der Ullstein Buchverlage GmbH, Berlin Februar 2018

Umschlaggestaltung: zero-media.net, München
Titelabbildung: © FinePic®
Satz: Pinkuin Satz und Datentechnik, Berlin
Druck- und Bindearbeiten: CPI books GmbH, Leck
ISBN 978-3-95818-950-8

Für Kristin, die mich aus meiner Komfortzone in mein eigenes Berlin-Abenteuer geholt hat.

Kapitel 1

01. Oktober 2016, 17:32 Uhr

Raus. Ich muss hier raus, oder es wird mich ersticken, war alles, woran ich denken konnte.

In einem Anflug von Panik verließ ich hektisch meine neue Wohnung, wobei ich die Stufen hinabsprang, um schneller unten anzukommen. Ich hatte es nicht mal geschafft, alle Umzugskartons auszupacken, sondern war bei der Hälfte gescheitert, als das Gefühl zu ersticken übermächtig wurde. Nach Luft schnappend sprang ich die letzten drei Stufen hinunter, sprintete zur Tür und riss sie auf. Die Hände auf die Knie gestützt, blieb ich vor dem Eingang stehen, wo ich keuchend nach Luft schnappte. Kalte, frische Herbstluft durchflutete meine Lungen und dämmte das Gefühl des Erstickens in meiner Brust ein. Mein Herzschlag beruhigte sich, und meine Nerven fühlten sich nicht mehr bis zum Zerreißen gespannt an. Die Panik klang langsam ab. Ich nahm ein paar weitere tiefe Atemzüge, und die Enge in meiner Brust ließ nach, der Knoten löste sich auf, und ich konnte wieder ungehindert atmen.

Zusammen mit der Panik verließ mich auch das letzte bisschen Kraft. Erschöpft glitt ich an der Hausfassade zu Boden und lehnte meinen Kopf an die raue Wand. Es war mir egal, dass mir die vorbeieilenden Fußgänger irritierte Blicke zuwarfen. Ich ärgerte mich viel zu sehr über meine eigene Schwäche.

Verdammt! Das war meine erste Panikattacke in der neuen Stadt gewesen, und dabei hatte ich so sehr gehofft, es würde durch den Ortswechsel besser werden. Dass ich mit jedem Kilometer, den ich mich von meiner Heimatstadt entfernt hatte, den nötigen Abstand schaffen würde, der es mir ermöglichte, mein inneres Gleichgewicht wiederzufinden. Jetzt war mir klar, wie naiv das gewesen war. Ein Umzug würde rein gar nichts verändern. Keine Entfernung der Welt würde jemals weit genug sein, um das Gewicht der Schuld von mir zu nehmen, die schwer auf mir lastete und mir die Luft zum Atmen abschnürte. Vermutlich würde noch nicht einmal die Schwerelosigkeit des Weltalls etwas daran ändern können, dass die Schuld wie Blei auf meiner Brust lag. Kein Abstand wäre jemals weit genug, um die Gedanken zum Verstummen zu bringen, die ständig in meinem Hinterkopf lauerten, um dann, wenn ich es am wenigsten erwartete, laut zu brüllen: Du bist schuld. Deinetwegen ist sie tot.

Eben noch hatte ich einen Karton mit Geschirr ausgeräumt, und plötzlich war da dieser zermürbende Gedanke gewesen. *Du bist schuld. Deinetwegen ist sie tot.*

Um das nicht länger mit anhören zu müssen, war ich weggegangen oder vielmehr geflohen – von München nach Berlin – und hatte alles hinter mir zurückgelassen. Hatte sie im Stich gelassen. Und wofür? Es war sinnlos gewesen. Die Gedanken waren immer noch da. Die hatte ich nicht zurücklassen können.

Je länger ich über meine Beweggründe nachdachte, desto mehr spürte ich, wie die mir mittlerweile nur allzu vertraute Enge in meiner Brust zunahm. Wie meine Atmung flacher wurde.

Nicht schon wieder! Ich versuchte mich abzulenken, an etwas anderes zu denken. Vielleicht würde es helfen, wenn ich die neue Umgebung ein wenig erkundete, neue Eindrücke sammelte und in mich aufsog, um damit die alten Erinnerungen zu überdecken.

Müde kämpfte ich mich auf die Beine und lief den Bürgersteig entlang, ohne zu wissen, wohin er mich führen würde. Obwohl ich mein Bestes gab, die mit Graffiti vollgeschmierten Hausfassaden zu betrachten, ließen sich die Gedanken auch jetzt nicht abschütteln. Sie waren hartnäckiger als eine Pilzinfektion und schmerzhafter als Nierensteine. Meine treuesten Begleiter und gleichzeitig meine größten Peiniger.

Während ich an der Straße entlang vor mich hin trottete, verschwamm die Umgebung zusehends. Dafür tauchte ein Kindergesicht auf, mit blauen Augen, die mich anflehten, nicht wegzugehen. Sie nicht zurückzulassen.

Aber ich war gegangen. Obwohl es mir das Herz gebrochen hatte, hatte ich mich ins Auto gesetzt und war davongefahren. In Richtung Hauptstadt. Nun war ich hier gelandet, in einer Millionenstadt, und hatte mich doch noch nie zuvor so einsam gefühlt. Ich war mitten in Berlin und völlig allein. Es standen mir weitere sechzehn unendlich lange Tage bevor, bis mein Lehramtsstudium endlich begann und mit ihm vielleicht meine Einsamkeit enden würde. Ich hoffte, dass mich das Studium genug einnehmen würde, um für eine Weile zu vergessen.

Während ich durch die mir unbekannten Straßen des Bezirks Friedrichshain lief, stellte ich fest, dass es offenbar keine einzige Hausfassade ohne Graffiti gab. Ein paar davon zeugten tatsächlich von einem gewissen Talent ihrer Erschaffer, und andere waren einfach nur schrecklich. Sie sahen mickrig, flach und schief aus, so wie ich mich fühlte. Was für eine schreckliche Person nur eine angemessene Empfindung war.

Ich versuchte nicht einmal, mir den Weg zu merken, dafür war mein Kopf einfach zu voll. So wie alles in mir zu voll war. Zu voll mit Schuldgefühlen.

Irgendwann stellte ich überrascht fest, dass ich mich am Eingang zu einem Park befand. Da der blaue Himmel weiterhin schönes Wetter versprach und ich keinen gesteigerten Wert darauf legte, in eine Wohnung zurückzukehren, in der niemand auf mich wartete, dachte ich mir: Wieso nicht?

Ich verließ den Bürgersteig und betrat den Park, dessen zahlreiche Bäume wie bunte Tupfer meinen Weg säumten und etwas Farbe in mein Leben brachten. Rot und gelb leuchteten die Blätter im Sonnenschein, als stünden sie in Flammen. Es wäre der perfekte goldene Herbsttag, wenn ich es zulassen würde.

Das Laub raschelte bei jedem Schritt leise unter den Sohlen meiner cognacfarbenen Ankle Boots. Ich trat in einen Haufen welker Blätter, die in die Luft stoben, wo sie für einen winzigen Moment schwerelos verweilten, bevor sie langsam zu Boden sanken. Wie gerne wäre ich ebenso schwerelos. Von meiner Schuld befreit. Wenn auch nur für einen Augenblick, bevor ich fallen und die Schuld mich unter sich begraben würde. Aber diesen einen Moment von meiner Last befreit zu sein, wäre es mir wert. Denn war es nicht besser zu fallen, als niemals den festen Boden unter den Füßen zu verlieren? Besser einmal die Leichtigkeit und Freiheit spüren und dabei riskieren, verletzt zu werden, als niemals abzuheben. Wer nie gesprungen war, konnte die Dinge auch nie von oben betrachten, und dabei war ein veränderter Blickwinkel vielleicht genau das, was ich brauchte. Von meiner Perspektive aus schienen die Probleme wie unüberwindbare Berge, aber von oben würden sie ihre Größe verlieren. Nur mehr wie kleine Hügel aussehen. Unebenheiten in der Landschaft. Von oben betrachtet würden meine Probleme vielleicht flacher und weniger angsteinflößend wirken, weniger *unüberwindbar.* Vielleicht wäre das meine Rettung. Zumindest hoffte ich das.

Ein Funkeln im Augenwinkel erregte meine Aufmerksamkeit, und als ich genauer hinsah, erkannte ich ein paar Hundert Meter von mir entfernt das Ufer eines Sees. Die Sonnenstrahlen tanzten auf der Oberfläche wie funkelnde Diamanten. Je mehr ich mich dem See näherte, desto lauter wurde das Rauschen, bis ich schließlich die Wasserfontäne erblickte, die dafür verantwortlich war. Ich schlenderte ein paar Meter am Ufer entlang, bis ich eine Bank entdeckte, die in der Sonne stand und auf die ich mich setzte. Irgendwo hatte ich mal gehört, dass Sonnenschein die Vitamin-D-Produktion im Körper anregte, was wiederrum die Stimmung anhob. Da ich einen kleinen Stimmungsaufheller wirklich gut brauchen konnte, schloss ich die Augen und legte den Kopf in den Nacken, um mir das Gesicht von den letzten Sonnenstrahlen des Tages wärmen zu lassen.

Kapitel 2

14. April 2016, 14:06 Uhr

»Schreibst du mir etwas auf den Rücken?«, bat mich Hannah und sah mich dabei so lieb an, dass ich mit einem leisen Seufzen das Staubwischen unterbrach und den Lappen zur Seite legte.

»In Ordnung. Aber nur ganz kurz.« Ich warf ihr einen strengen Blick zu, um ihr zu signalisieren, dass ich keine Zeit hatte, den ganzen Nachmittag mit ihr zu spielen.

»Jaaaa!« Sie nickte heftig.

»Na, dann komm.« Ich dirigierte Hannah in Richtung Sofa, wo sie sich eifrig fallen ließ, den Rücken mir zugewandt. Ein Lächeln stahl sich auf meine Lippen. Rückenschreiben hatten wir beide schon immer gerne getan, nicht zuletzt deshalb, weil es ungemein entspannend war, wenn einem jemand die Umrisse von Buchstaben mit einem Finger auf dem Rücken nachfuhr. Außerdem war es ein wenig wie Rätselraten, wenn man herauszufinden versuchte, was für Botschaften einem aufgemalt wurden.

Mit dem Zeigefinger begann ich die ersten zwei Buchstaben auf ihren Rücken zu schreiben.

H – A –

»Das ist mein Name. Laaangweilig«, beschwerte sie sich prompt. »Mal etwas Schwereres!«

»Aber du weißt doch noch gar nicht, ob ich deinen Namen

schreiben wollte«, wandte ich ein. »Vielleicht wollte ich Haus schreiben.«

»Wolltest du nicht.«

Hannah hatte recht. Ich war wirklich einfallslos. Und sie wusste das nur zu gut.

»Los, schreib weiter«, forderte sie mich auf. »Schreiben. Schreiben. Schreiben.«

Da kam mir eine Idee. »Okay, jetzt hab ich einen Satz für dich«, sagte ich verschlagen grinsend.

D – U

»Du.«

»Genau.« Ich malte die nächsten Buchstaben groß auf ihren Rücken.

B – I – S –

»Bist.«

»Stimmt.«

E – I – N – E

»Kannst du den letzten Buchstaben noch mal malen?«

Ich wiederholte das E.

»Eine.«

»M-hm.« Ich presste meine Lippen fest zusammen, um nicht loszuprusten.

N – E – R – V – E –

»Nicht so schnell.«

Etwas langsamer malte ich weiter.

N – S – Ä –

»Ist das ein Ä?«

»Ja.«

Ich malte mit meinem Zeigefinger den nächsten Buchstaben auf ihren Rücken.

G –

»Hey! Ich bin keine Nervensäge«, protestierte Hannah.

»Bist du wohl.« Ich zog neckisch an ihrem Pferdeschwanz.

Hannah drehte sich auf dem Sofa zu mir um und funkelte

mich an. »In welchem Universum lebst du denn, in dem das der Fall ist? Und jetzt dreh dich um! Ich bin dran.«

»Keine Zeit. Ich muss weitermachen.« Ich zuckte entschuldigend mit den Schultern.

»Nur ein Satz. Biiiittteee«, bettelte sie mit vorgeschobener Unterlippe und flehendem Blick, was es mir quasi unmöglich machte, ihr diesen Wunsch zu verwehren.

»Na schön«, gab ich mich mit einem Seufzen geschlagen.

Ich drehte Hannah den Rücken zu und spürte gleich, wie ihr Finger sanft meinen Rücken berührte. Er hinterließ eine kitzelnde Spur auf der Haut unter meinem T-Shirt, und ich fing an, mich zu entspannen.

»Du.«

Sie schrieb weiter. Ich konzentrierte mich, um den verschlungenen Wegen ihres Fingers zu folgen, damit ich die entsprechenden Buchstaben identifizieren konnte. »Bist.«

Hannah ließ ein hochkonzentriertes »M-hm« verlauten, und ich war mir ziemlich sicher, dass sie dabei gerade auf ihrer Unterlippe herumkaute.

»Jetzt bin ich aber gespannt, was ich bin.«

Ich erkannte ein C, dann ein L, gefolgt von einem I und einem N und schließlich einem weiteren I und N, sowie einem G.

»Was soll das denn für ein Wort sein? Clining? Ich glaube, ich hab es falsch verstanden, du musst es noch mal schreiben.«

»Das stimmt schon.«

Ich drehte meinen Kopf zu ihr nach hinten. »Clining? Was soll das denn bedeuten?«

»Na das, was du ständig machst. Putzen.« Sie schüttelte ungläubig ihren Kopf. »Hast du das etwa nicht in der Schule gelernt? Wir haben das letzte Woche im Englischunterricht gehabt«, belehrte sie mich.

Irgendwie fand ich das süß. Am liebsten hätte ich Hannah den Kopf getätschelt, aber ich wusste, wie ungern sie das hatte, deshalb ließ ich es bleiben.

»Doch, du kleine Nervensäge, natürlich hab ich das gelernt, aber Cleaning schreibt man mit einem E und einem A und nicht mit einem I.«

»Bist du sicher?«

»Ganz sicher. Wenn du mir nicht glaubst, können wir gerne wetten.«

»Nein, schon gut.« Sie schob schmollend die Unterlippe vor und bedachte mich mit einem finsteren Blick. Hannah lag nicht gerne falsch. Genau genommen, wollte sie immer recht haben, und wenn ich klüger war als sie, störte sie das gewaltig. »Drehst du dich wieder um? Ich war noch nicht fertig.«

»Nicht? Jetzt bin ich aber gespannt, was da noch kommt.« Schmunzelnd tat ich, was sie von mir verlangte, und ihre zarten Finger berührten wieder meinen Rücken und malten weitere Buchstaben darauf.

»Hungerhaken? Ich bin doch kein Hungerhaken!«, rief ich empört aus, als sie gerade beim K angekommen war.

Sie kicherte. »Nein, bist du nicht. Du bist ein cleaning Ünger'aken. Du musst das französisch aussprechen.«

»Ich bin auch kein Ünger'aken. Also wirklich!«, widersprach ich vehement, auch wenn ich genau wusste, wie sie zu dieser Annahme kam.

Bei meinen 1,69 Metern Körpergröße wog ich 54 Kilo, was nicht sehr viel war, dafür waren aber die Blicke der Jungs umso zahlreicher. In meiner Abschlussklasse war ich ziemlich beliebt, und sämtliche männliche Wesen hatten sich darum gerissen, dass ich mit ihnen zum Abschlussball ging. Bei der weiblichen Fraktion gab es ähnlich viele Blicke, in denen allerdings weniger Bewunderung als vielmehr deutliche Spuren von Neid lagen.

»Das nennt man schlank. Da kannst du gerne Mama fragen, sie wird dir das bestätigen. Und was das Putzen angeht«, fuhr ich in strengerem Tonfall fort, »du weißt, weshalb ich das mache.«

»Du und Mama habt da diese Vereinbarung.« Sie sah mich

zerknirscht an. Offensichtlich hatte sie ein schlechtes Gewissen. Gut so!

»Ganz genau. Mama sorgt dafür, dass wir eine warme Mahlzeit am Tag bekommen, und im Gegenzug achte ich darauf, dass es hier schön ordentlich und sauber ist.«

Hannah senkte beschämt den Blick. »Tut mir leid, Elle. Ich hab das nicht so gemeint.«

Sofort fühlte ich mich schlecht, weil sie so geknickt klang. Ich schlang meine Arme um sie und wiegte sie leicht hin und her, so wie ich es früher oft getan hatte, als Hannah noch kleiner gewesen war. »Weiß ich doch. Und wenn du willst, dass ich weniger cleaning betreibe, wie wäre es dann, wenn du mich dabei ein wenig unterstützen würdest? Du bist doch langsam alt genug, um mal Staubsaugen zu lernen, findest du nicht?«

»Ich muss noch Hausaufgaben machen. Da lern ich schon genug.« Sie versuchte sich aus meiner Umarmung zu winden.

Ich lachte leise und gab sie frei. »Na wenn das so ist, was sitzt du dann noch hier herum? Hausaufgaben gehen natürlich vor.« Ich erhob mich und scheuchte Hannah vom Sofa. »Husch, husch, ab in dein Zimmer, Hausaufgaben machen.«

»Ich bin doch kein Hund.« Sie schnitt mir eine Grimasse.

»Nein, bist du nicht. Du bist ein Küken, und jetzt Abmarsch.« Ich griff nach dem Putzlappen und machte ein paar wedelnde Bewegungen in Hannahs Richtung, die mit einem Murren das Wohnzimmer verließ.

Leise seufzend fuhr ich fort, die Schränke von Staub zu befreien.

Kapitel 3

01. Oktober 2016, 18:05 Uhr

Ein Schatten schob sich vor mein Gesicht, und ich spürte, wie sich jemand zu mir auf die Bank setzte. Verärgert darüber, dass man mir die Sonne nahm, schlug ich mit einem unwilligen Laut die Augen auf. Umrahmt vom goldenen Glanz der untergehenden Sonne, die seine Haare leuchten ließ, saß neben mir ein Typ, der mich seltsam durchdringend musterte. Wenn ich es nicht besser wüsste, würde ich denken, dass mein Anblick ihn verwirrte. Oder war es eher Erstaunen? Eine kleine Falte hatte sich über seiner Nasenwurzel gebildet, die das Ende einer sehr schönen, geraden Nase bildete. Aus seinem schräg gelegten Kopf blickten mich blaue Augen an. Nein, nicht einfach nur blaue Augen. Sie waren von einem so satten, intensiven Blau, dass sie mich an die Farbe des Enzians erinnerten. In seinem Blick lag aufrichtige Neugier.

Während ich den Typ weiterhin finster musterte, kam ich nicht umhin festzustellen, dass er höchstens ein paar Jahre älter sein konnte als ich.

Seine Mundwinkel verzogen sich zu einem freundlichen Lächeln. »Darf ich mich zu dir setzen?«

Verdammt, ich hätte einfach die Augen geschlossen lassen sollen. Jetzt musste ich auch noch eine Konversation betreiben, zu der ich nicht die geringste Lust hatte.

»Du sitzt ja schon, also ist die Frage wohl hinfällig«, brummte ich mürrisch.

Er schnaubte belustigt, als hätte ich einen Scherz gemacht. »Wenn du willst, dass ich mir eine andere Bank suche, musst du mir zumindest einen guten Grund dafür nennen.«

»Ich muss gar nichts.«

»Gut, dann kann ich ja sitzen bleiben.« Der Typ streckte die Beine weit von sich aus und lehnte sich auf der Bank zurück, während er entspannt zum See blickte.

Irgendwie nervte mich das. Ich wollte hier nicht neben jemandem sitzen, der so offensichtlich mit sich selbst und der Welt im Reinen war. Dadurch fühlte ich mich noch erbärmlicher als sonst, und dieses Gefühl ertrug ich im Moment nicht sonderlich gut.

»Weil du mir in der Sonne sitzt«, nannte ich ihm zähneknirschend einen Grund.

Er schüttelte gut gelaunt den Kopf. »Das reicht nicht.«

»Du willst einen besseren Grund?« Ich stöhnte.

»Einen viel besseren.«

Ich starrte finster zum Wasser. Aus den Augenwinkeln bemerkte ich, wie er die Hände hinter dem Kopf verschränkte, was ganz und gar nicht den Anschein erweckte, als wollte er bald wieder gehen.

»Fein! Wie wäre es damit«, knurrte ich, »weil ich ein furchtbarer Mensch bin und du meine Gesellschaft besser meiden solltest.«

Sobald die Worte draußen waren, wollte ich sie am liebsten zurückholen. Ein Kloß bildete sich in meinem Hals und schnürte mir die Kehle zu. Gut so, dann konnte ich wenigstens nicht ungewollt noch mehr von mir preisgeben. Ich wusste nicht einmal, wieso ich das überhaupt gesagt hatte. Aber die Worte waren einfach da gewesen, über meine Zunge gerollt und aus meinem Mund gepurzelt. Verdammt, das ging diesen Störenfried nichts an, und ich sollte ihm gar nicht erst einen Grund nennen müssen, damit er mich in Ruhe ließ. Wenn er höflich wäre, würde er sich aus reinem Anstand eine andere Bank suchen. War ja nicht so, als stünden hier nicht noch ein paar leere um den See verteilt rum.

»Du siehst überhaupt nicht wie ein furchtbarer Mensch aus«, meinte er und musterte mich erneut mit diesem undurchdringlichen Blick, in dem eine Spur Neugier lag und der mir seltsamerweise eine Gänsehaut bescherte.

Ich lachte laut auf. »Und wie sieht deiner Meinung nach ein furchtbarer Mensch aus?«

Sein Blick hielt meinen gefangen, und wieder staunte ich über die Farbe seiner Iris. Jeder Enzian wäre unter Garantie vor Neid erblasst!

Um nicht rot zu werden, senkte ich den Blick auf seine breiten Schultern, die unter dem eng anliegenden dunkelblauen Shirt ausgezeichnet zur Geltung kamen.

»Jedenfalls nicht so wie du. Du siehst einfach nur furchtbar traurig aus.«

»Siehst du, jetzt hast du es selbst gesagt. Furchtbar.« Ich blickte ihn herausfordernd an.

Ein Muskel in seiner Wange zuckte leicht. Ob ich ihn nervös machte?

Seine Augen blickten mich ernst an, als könnte er sich nicht entscheiden, ob er betroffen sein oder doch lieber einen Witz machen sollte. Er entschied sich für Letzteres. »Und was musstest du dafür tun, um den Titel ›Furchtbarer Mensch‹ zu erhalten? Ich kann mir vorstellen, dass der ganz schön hart umkämpft ist.« Er schmunzelte. »Da gibt es diese Typen mit den Bomben und Serienmörder und –«

»Wieso setzt du dich nicht einfach auf eine andere Bank?«, unterbrach ich ihn grob. »Dort drüben« – ich machte eine ausschweifende Armbewegung zum anderen Ufer – »ist noch jede Menge frei.«

»Dort drüben ist das Licht nicht so gut wie hier«, erklärte er schlicht.

Als er meinen verständnislosen Blick auffing, deutete er auf die Spiegelreflexkamera, die er an einem braunen Lederband lässig über eine Schulter gehangen trug. Das Objektiv darauf war riesig und sah so teuer aus, dass ich Angst hätte, irgendwas kaputt zu machen, wenn ich es nur anfasste. Ich war so mit mir selbst beschäftigt, dass ich nicht einmal seine große Kamera bemerkt hatte.

»Wäre es nicht besser, wenn du die Sonne im Rücken hättest?«, wandte ich ein. Mittlerweile stand die Sonne so tief, dass ich die Augen zusammenkneifen musste und alles in ein orangerotes Licht getaucht wurde.

Er schüttelte den Kopf und strich sich eine dunkelblonde Strähne aus der Stirn, die ihm durch die Bewegung ins Gesicht gefallen war. »Nicht, wenn man vorhat, Gegenlichtfotos zu machen.«

»Und das hast du vor«, stellte ich fest, ohne mir wirklich etwas darunter vorstellen zu können.

»Genau.« Er betrachtete nachdenklich den See, und ich folgte seinem Blick, versuchte zu erahnen, was er darin als Fotomotiv sah.

Mit den Enten, die friedlich darauf schwammen, umrahmt von den roten und gelben Blättern der angrenzenden Büsche und Sträucher und der Wasserfontäne, gab das ein schönes Bild ab.

Die Minuten verstrichen, aber er machte keinerlei Anstalten, ein Foto zu schießen. Die Sonne würde bald untergegangen sein und mit ihr meine Chance auf den natürlichen Stimmungsaufschwung aka Vitamin D.

»Wolltest du nicht Fotos machen?«, brach ich das Schweigen.

»Schon. Aber ich befürchte, dass du, sobald ich mich dem See zuwende, einfach verschwindest.« Er zuckte lässig die Achseln.

Verblüfft starrte ich ihn an. Bestimmt guckte ich gerade wie ein Schaf. Das zumindest hatte Hannah mal zu mir gesagt, als ich ähnlich verblüfft über ein Geständnis gewesen war.

»Da kann ich dich beruhigen. Ich besitze nicht die Fähigkeit, mich in Luft aufzulösen. Aber davon mal abgesehen, was kümmert es dich, ob ich bleibe oder gehe?«

»Vermutlich sollte es mir egal sein«, seufzte er. »Aber du siehst so geknickt aus, und ich habe da diese Sache am Laufen.«

Ich runzelte die Stirn. »Was für eine Sache?«

»Jeden Tag eine gute Tat«, erläuterte er und sah mir dabei tief in die Augen. »Dreihundertfünfundsechzig Tage lang. Und heute habe ich noch keine vollbracht. Dich aufzuheitern, wäre demnach meine gute Tat des Tages.«

»Und wenn ich nicht aufgeheitert werden will?«

»Willst du«, entgegnete er im Brustton der Überzeugung.

Ein Lächeln stahl sich auf mein Gesicht, und ich schüttelte widerwillig den Kopf. Was für ein verrückter Typ! Ein verrückter, gut aussehender Typ mit einem merkwürdigen Sinn für Humor. Das hier war das sonderbarste Gespräch, was ich jemals geführt hatte, aber das Seltsamste daran war, dass ich mich nicht einmal unwohl fühlte.

»Geh die Enten füttern!« Ich deutete mit dem Kinn in Richtung des Sees. »Ich bin mir sicher, sie werden dir dafür auf ewig dankbar sein.«

»Das wäre zu einfach. Dann könnte ich genauso gut jeden Tag einem Obdachlosen einen Euro in den Kaffeebecher werfen. Wo bleibt da die Herausforderung?«

»Kommt es bei einer guten Tat wirklich darauf an, ob sie herausfordernd ist?« Meine Lippen kräuselten sich.

Er sog scharf die Luft ein. »Ich will es mir selbst nicht so einfach machen. Ich möchte wirklich darüber nachdenken, wie ich etwas Gutes bewirken kann. Verstehst du?«

»Ich denke schon«, entgegnete ich langsam. »Und was tust du sonst so, wenn du keine Enten fütterst und keinem Obdachlosen seinen täglichen Euro für einen Cheeseburger schenkst?«, fragte ich betont spöttisch, obwohl mich die Antwort ernsthaft interessierte. Es war bestimmt nicht leicht, jeden Tag eine andere gute Tat zu vollbringen.

Er lehnte sich auf der Bank zurück und blickte mit schmalen Augen an der tief stehenden Sonne vorbei auf den See. »Einmal habe ich einer alten Dame die Einkaufstüten nach Hause getragen, manchmal kaufe ich beim Bäcker ein paar Brötchen, die ich dann an Bedürftige auf der Straße verteile, letzte Woche habe ich eine ganze Kiste alter Bücher aussortiert und der städtischen Bibliothek überlassen. Morgen wollte ich Altkleider spenden, und um die restlichen Tage vollzukriegen, gehe ich zweimal in der Woche mit Hunden aus einem Tierheim spazieren.«

»Dann machst du nicht jeden Tag etwas komplett anderes, sondern deine guten Taten wiederholen sich?«

»Das lässt sich leider nicht vermeiden.«

»Klingt trotzdem nach ziemlich viel Arbeit. Wieso sollte das jemand tun wollen? Wie bist du dazu gekommen? Ich meine, man steht doch nicht einfach morgens auf und beschließt, ach jetzt vollbringe ich mal ein Jahr lang jeden Tag eine gute Tat. Hast du eine Wette verloren, oder etwas in der Art?«

Seine Reaktion auf meine Frage verwirrte mich. Sein Blick verdüsterte sich, seine Kiefernmuskeln traten deutlich hervor, und seine hochgezogenen Schultern verrieten seine Anspannung.

»Ich wünschte, es wäre so«, presste er hervor. Noch ehe ich richtig wusste, was ich darauf erwidern sollte, drehte er seinen Kopf zu mir und sah wieder völlig entspannt aus. »Erlaubst du mir nun, dich aufzuheitern? Nach nicht mal drei Wochen zu scheitern, wäre mehr als erbärmlich. Bitte, sei meine gute Tat des Tages!«, bettelte er, und sein Blick, der erstaunlich viel Ähnlichkeit mit dem von Hannah aufwies, wenn sie etwas von mir wollte, machte es mir unmöglich, einfach Nein zu sagen und davonzugehen.

»Komm schon, sei meine gute Tat des Tages!«

Ich konnte nicht glauben, dass ich tatsächlich gerade von einem Mann mit enzianblauen Augen angefleht wurde, seine gute Tat des Tages sein zu dürfen. Ausgerechnet ich, wo an mir nichts

Gutes war. Eigentlich sollte vielmehr ich gute Taten vollbringen müssen, um wenigstens einen kleinen Teil der Schuld zu begleichen, die ich tagtäglich mit mir herumschleppte. Ich schüttelte entsetzt den Kopf.

»Das kannst du nicht tun.«

Er fuhr sich mit einer Hand durch die Haare, und diese Geste hatte etwas Verzweifeltes.

»Füttere die Enten«, schlug ich erneut vor, klang dabei aber schon etwas nachgiebiger.

»Bitte –« Er stockte. »Ich weiß nicht mal deinen Namen.«

Ich grinste spöttisch. »Ganz genau. Und ich darf mich nicht von fremden Männern aufheitern lassen, hat meine Mama gesagt.« Bei dem Wort Mama brach meine Stimme ganz leicht, aber er schien es nicht bemerkt zu haben.

»Das lässt sich ändern. Ich bin Leon.« Er lächelte mich an und streckte mir seine Hand entgegen. »Und du bist?«

»Nicht in der Stimmung, um aufgeheitert zu werden«, entgegnete ich trocken.

»Und ziemlich schlagfertig.« Sein Lächeln verrutschte ein wenig.

»Ich werde dir meinen Namen nicht verraten«, sagte ich entschieden.

Mit einem frustrierten Seufzen senkte er seine Hand. »Ist dein Name so furchtbar und selten, dass du befürchtest, ich könnte dich anhand dessen auf Facebook finden?«

Nun war ich es, die lächelte. »Das wird für dich wohl ein ungelöstes Rätsel bleiben.«

Verärgerung blitzte in seinen Augen auf. »Ich nehme an, dann wirst du dem bösen, fremden Mann auch nicht erzählen, weshalb du so traurig bist.«

»Exakt. Denn mir fällt kein guter Grund ein, weshalb ich das tun sollte.«

Frustriert blickte er an mir vorbei. Die Spitzen seiner dunkelblonden Haare kräuselten sich an den Enden und schimmerten rötlich im Licht der untergehenden Sonne. Ich spürte ein Ziehen in meiner Brust, ohne recht zu wissen, weshalb.

»Vielleicht, weil es manchmal hilft, darüber zu reden«, meinte Leon schließlich, ohne den Blick vom See abzuwenden, obwohl er meinen Blick auf sich spüren musste. »Außerdem, wie groß ist schon die Wahrscheinlichkeit, dass wir uns ein zweites Mal über den Weg laufen? Ich meine, Berlin ist riesig.«

Da hatte er natürlich recht, auch wenn er selbst nicht ganz überzeugt davon klang. Berlin *war* riesig. Und ein kleiner Teil von mir hoffte, ich würde in einem Geständnis tatsächlich die ersehnte Erlösung finden. Aber der viel größere Teil von mir hatte bereits einen undurchdringlichen Schutzwall gebaut, der mein Geständnis und meine Schuld tief in mir vergrub, wo sie niemals an die Oberfläche gelangen konnten, was Fluch und Segen zugleich war. Niemand würde jemals erfahren, dass alles, was geschehen war, meine Schuld war, und gleichzeitig würde ich niemals mehr einen Tag verbringen können ohne das Gefühl, an meinen eigenen Taten zu ersticken.

»Lass mich dich aufheitern«, murmelte er, und endlich drehte er seinen Kopf zu mir.

In seinem Blick lag etwas, das es mir unmöglich machte, dieses Gespräch zu beenden und nach Hause zu gehen. Vielleicht war es die Traurigkeit zusammen mit einem Funken Schuldbewusstsein, die ich für einen kurzen Moment wahrgenommen hatte und die uns beide verband, oder sein Blick, der mir unter die Haut ging und meine Wangen erröten ließ. Vielleicht wollte ich auch nur nicht in eine Wohnung zurückkehren, in der niemand auf mich wartete. Außerdem konnte ich unmöglich noch mehr Schuld auf mich laden, indem ich Leon seine gute Tat des Tages verwehrte. Letzteres zumindest redete ich mir ein.

»Ich heiße Elle.«

Für einen Moment wirkte er verwirrt, ehe sich seine Lippen zu einem schmalen Lächeln verzogen, das beinahe schüchtern wirkte. »Freut mich, dich kennenzulernen, Elle.«

»Und mach dir gar nicht erst die Mühe, mich auf Facebook zu suchen. Das wird dir nämlich nicht gelingen, weil Elle nur eine Abkürzung ist.«

»Du bist ganz schön von dir überzeugt, wenn du glaubst, ich würde, sobald ich zu Hause bin, Facebook nach dir durchforsten.« Sein Grinsen wurde breiter.

»Würdest du nicht?«, fragte ich mit unverhohlener Skepsis in der Stimme und hob eine Augenbraue. Ich war mir durchaus meiner Wirkung auf Jungs bewusst. War es immer gewesen. Und ich wusste, auch wenn ich nicht in meiner besten Verfassung war, sah ich noch gut aus.

Leons Lachen war das schönste Geräusch, das ich seit Wochen gehört hatte. Es löste etwas in mir aus, von dem ich geglaubt hatte, es verloren zu haben. Freude.

»Tut mir leid, aber darauf kann ich unmöglich ehrlich antworten, wenn ich nicht will, dass dein Ego noch größer wird. Also nein, ich würde niemals nach dir suchen. Und überhaupt, was ist Elle denn für ein Name? Wie dieses aufgeblasene Hochglanzmagazin, das immer beim Friseur herumliegt.«

»Also wirklich!« Ich versuchte mich an einem aufgebrachten Schnauben, und doch klang es vielmehr amüsiert. »Und das bekomme ich ausgerechnet von jemandem zu hören, dessen Eltern offenbar eine große Vorliebe für ein gewisses Seat-Modell haben.«

»Touché.« Leon hob entwaffnend die Hände. »Ich würde mal sagen, deinem Grinsen nach zu urteilen, Mission ›Elle aufheitern‹ läuft.«

Sofort erschlafften meine Gesichtsmuskeln. »Ich grinse überhaupt nicht.«

»Dann hattest du wohl nur einen Muskelkrampf in der Wange, der deine Mundwinkel in die Höhe gezogen hat. Entschuldige, mein Fehler.«

Waren alle Berliner ähnlich direkt, an der Grenze zur Unverschämtheit, oder war das eine Eigenheit von Leon?

»Ich schätze, da musst du dich ein bisschen mehr anstrengen.

Also, wie lautet der nächste Schritt deiner Mission ›Elle aufheitern‹?«, fragte ich mit gleichzeitigem Augenverdrehen.

Leon brummte etwas Unverständliches. Vermutlich wusste er selbst nicht, wie der nächste Schritt aussah.

Allmählich begann ich zu frösteln und verschränkte die Arme unter der Brust. Jetzt, wo die Sonne fast verschwunden war, wurde es sekündlich kälter. »Warten, bis meine Gesichtszüge vor Kälte erstarrt sind, und dann diese zu einem Lächeln verziehen gilt nicht«, warnte ich ihn.

»Weshalb sagst du denn nicht, dass dir kalt ist?« Leon sprang von der Bank auf und sah mich auffordernd an. »Na los, worauf wartest du noch?«

»Vielleicht darauf, dass du mir verrätst, wohin wir gehen?«, entgegnete ich argwöhnisch.

»Wir gehen etwas essen. Du siehst aus, als könntest du eine ordentliche Portion Belgischer Pommes vertragen, und zufällig weiß ich, wo es die besten der Stadt gibt.«

Ich zögerte. Leider wusste ich nur zu gut, weshalb Leon dachte, ich könnte eine ordentliche Portion fettiger Pommes gut vertragen. Ich fand ja selbst, dass ich mittlerweile tatsächlich aussah wie ein Üngerʼaken. Wahrscheinlich sollte ich wirklich etwas essen gehen, aber andererseits kannte ich ihn ja gerade mal seit einer halben Stunde oder so. Ich hatte keine Ahnung, wie viel Zeit vergangen war, seit er sich zu mir gesetzt hatte, aber es war auf jeden Fall nicht genug gewesen, um mit ihm mitzugehen.

»Ich weiß nicht recht«, meinte ich nicht sehr überzeugt. »Und du bist dir sicher, dass es die besten Pommes sind?«

Seine Mundwinkel zuckten. »Die besten deines Lebens.«

»Hm.«

Leon stöhnte. »Elle, kann es sein, dass du es liebst, angefleht zu werden? Gibt dir das irgendeine gewisse Befriedigung?«

»Darum geht es gar nicht«, verteidigte ich mich. »Sondern darum, dass ich dich überhaupt nicht kenne.«

»Darf ich dich daran erinnern, dass du, im Gegensatz zu mir, sehr wohl meinen ganzen Vornamen kennst? Du weißt also wesentlich mehr von mir als ich von dir.«

Ich legte den Kopf schief und presste die Lippen fest aufeinander, um ihn mein Grinsen nicht sehen zu lassen. Doch, es hatte durchaus etwas Befriedigendes, angebettelt zu werden. Und was war schon dabei? Es war nur ein kleines Abendessen, und danach würde ich ihn nie wiedersehen.

»Na schön. Ich komme mit, unter einer Bedingung.«

»Und welche wäre das?« Nun war er es, der skeptisch war.

»Ich möchte deinen Nachnamen wissen, damit ich meiner Freundin schreiben kann, mit wem ich den Abend verbringe«, log ich.

Ich hatte keine Freundin, der ich derartige Dinge schreiben könnte, aber wenn Leon glaubte, ich hätte jemandem eine SMS geschrieben, dann würde er hoffentlich auf keine dummen Gedanken kommen.

»Leon Becker.«

Ich zog mein Handy aus der hinteren Hosentasche und tippte eine Nachricht, die ich niemals absenden würde. Als ich wieder aufsah, streckte er mir auffordernd eine Hand entgegen. »Können wir jetzt etwas essen gehen?«

»Klar«, meinte ich lässig, ergriff seine Hand und ließ mich von ihm auf die Beine ziehen.

Bestimmt war es das schnelle Aufstehen, weshalb mir schwindelig wurde, und nicht die Berührung seiner warmen Hand, die auf meiner kalten Haut ein heißes Stechen hinterließ.

Ich schob das Handy zurück in meine Hosentasche, während ich einen Schritt auf ihn zu machte. »Und wehe, es sind nicht die besten Belgischen Pommes meines Lebens.«

Es waren die besten Belgischen Pommes meines Lebens. Verdammt, die waren sogar so gut, dass es vermutlich die besten Belgischen Pommes auf der ganzen Welt waren. Sogar besser als die in Belgien.

Leons Gesellschaft hatte es tatsächlich geschafft, meine Schuldgefühle so weit in den Hintergrund zu drängen, dass in meinem Magen endlich wieder Platz für etwas anderes war. Als ich die ersten Pommes probiert hatte, war es beinahe wie eine Offenbarung gewesen. Ich hatte gar nicht gewusst, wie hungrig ich eigentlich gewesen war. Genau genommen hatte ich gar nicht mehr gewusst, wie sich Hunger überhaupt anfühlte. Und Appetit! Meine Güte, waren die Pommes knusprig und fettig und gut! Ich konnte gar nicht mehr aufhören zu essen und schlang sie geradezu in mich hinein. Wenn ich nicht Sorge gehabt hätte, dass mir von dem vielen Fett schlecht werden könnte, hätte ich mir wahrscheinlich sogar noch eine zweite Portion bestellt.

Nachdem ich mir das Salz von Daumen und Zeigefinger geleckt und anschließend die Hände an der Serviette abgewischt hatte, lehnte ich mich zufrieden zurück. Mein Blick fiel auf Leons Spiegelreflex, die neben ihm auf dem Tisch stand.

»Oh nein, jetzt habe ich dich völlig vom Sonnenuntergangfotografieren abgehalten«, stellte ich zerknirscht fest.

»Halb so wild«, winkte er ab. »Ist ja nicht so, als würde die Sonne morgen nicht wieder untergehen.«

»Dann machst du öfter Fotos?«

»Das könnte man so sagen.« Er schmunzelte. »Und du, Elle? Was machst du gerne, wenn du nicht gerade abends allein auf einer Parkbank hockst?«

»Eigentlich nichts Besonderes.« Ich zuckte die Achseln. »Bis ich zehn Jahre alt war habe ich in einer Tanzgruppe Rock 'n' Roll getanzt, das habe ich wirklich gerne gemacht, und ich war auch richtig gut darin. Du hättest mal sehen sollen, wie ich die Beine in die Luft schmeißen konnte.« Ich grinste.

Leon hatte sich unbewusst über den Tisch in meine Richtung gebeugt. »Warum hast du aufgehört?«

Ich schluckte. Der Grund war Hannah gewesen. Ich hatte mich um sie kümmern müssen und deshalb keine Zeit mehr gehabt, zu den Tanzstunden zu gehen. »Du weißt ja, wie Kinder so sind. Sie verlieren schnell und ohne Grund ihr Interesse«, wich ich seiner Frage aus. »Wenn ich jetzt mal ein Stündchen Zeit für mich habe, dann lese ich gerne eines dieser aufgeblasenen Hochglanzmagazine.« Ich lüpfte spöttisch eine Augenbraue. Das konnte ich nämlich ausgesprochen gut. Das war sozusagen meine Königsdisziplin, und darauf war ich auch angemessen stolz.

»Dann hast du mit Sicherheit schon einige meiner fotografischen Umsetzungen gesehen.« Leon zwinkerte mir zu.

Das brachte mich so aus dem Konzept, dass ich mich an meiner eigenen Spucke verschluckte und husten musste. »Wie bitte? Heißt das, du fotografierst Models? Echt jetzt?« Ungläubig starrte ich ihn an.

Leon lehnte sich zurück und schüttelte leicht den Kopf. »Ich fotografiere keine Models. Ich mache Produktfotografie. Diese Anzeigenseiten, auf denen sie nur ein Parfüm abgebildet haben oder Nagellack, so etwas fotografiere ich.«

Irgendwie wollte die Tatsache, dass Leon Frauenprodukte fotografierte, nicht so recht in das Bild passen, das ich mir von ihm gemacht hatte. Schon gar nicht, nachdem er so abfällig über diese Magazine geredet hatte.

»Das heißt, du lässt dir deinen Lebensunterhalt von aufgeblasenen Hochglanzmagazinen finanzieren?« Ich prustete, als mir die Ironie hinter meiner Bemerkung klarwurde.

Leon strafte mich mit einem finsteren Blick. »Ich fotografiere nicht nur solche Dinge. Tatsächlich machen Zeitschriften nur einen kleinen Teil meiner Arbeit aus. Der Hauptanteil sind Internetseiten, für deren Werbekampagnen ich etwas fotografisch umsetze, oder Onlineshops, von denen ich eine Kollektion ablichte.«

»Trotzdem. Das Leben hat schon seinen eigenen Humor, findest du nicht?«, erwiderte ich lachend. »Tut mir leid, wenn dir das jetzt unhöflich erscheint, aber ich habe einfach viel zu lange nicht mehr gelacht. Damit hast du dann deine gute Tat des Tages erfüllt. Ich bin offiziell aufgeheitert.« Ich streckte einen Daumen in die Höhe.

»Gern geschehen, schätze ich«, brummte Leon, bevor ihn seine bebenden Nasenflügel verrieten. »Tja, die Ironie des Lebens liegt nun einmal im Detail.«

»Scheint so«, stimmte ich zu, und ehe ich es verhindern konnte, dachte ich daran, dass auch mein Drama im Detail lag. Ich war mir sicher, nichts davon wäre geschehen, wenn ich ein Detail verändert hätte. Wenn ich geschwiegen, die Worte runtergeschluckt hätte.

Leon schien meine veränderte Stimmung zu bemerken. Seine Brauen schoben sich besorgt zusammen. »Elle? Stimmt irgendetwas nicht?«

»Nein, alles bestens«, log ich. »Sind bestimmt nur die Pommes. Ich bin es einfach nicht gewöhnt, so viel zu essen, und jetzt fühle ich mich übersättigt.« Der letzte Teil stimmte sogar. Mein Magen drückte tatsächlich.

Ein beklemmendes Gefühl machte sich in meiner Brust breit und zerquetschte beinahe mein Herz. Ich umfasste mit aller Kraft die Tischkante, bis meine Fingerknöchelchen weiß hervorstachen, und zwang mich, die aufkeimende Welle der Panik niederzukämpfen. Ich würde jetzt nicht aufstehen und die Flucht ergreifen. Ich schaffte das. Ich musste nur ruhig ein- und ausatmen. Ein und aus. Ein und aus. Ein und –

»Elle?«

Weshalb klang Leon so besorgt? Ich atmete doch ganz ruhig ein und aus.

Plötzlich legte sich seine Hand auf meine, und sein Daumen streichelte meinen Handrücken. Noch immer war ich unfähig, meinen Griff zu lockern und die Tischkante loszulassen. »Elle, was hast du?«

Als befände ich mich außerhalb meines Körpers, hörte ich auf einmal meine eigenen hastigen Atemzüge, so laut, als wäre ich eben einen Marathon gelaufen.

Ich versuchte mich nur auf die Stelle zu konzentrieren, an der Leons Daumen unermüdlich meinen Handrücken streichelte. Das hektische Heben und Senken meines Brustkorbs ebbte langsam ab, und meine Atmung beruhigte sich.

»Alles gut.« Ich rang mir ein schmales Lächeln ab, das hoffentlich beruhigend aussah.

»Du siehst aber nicht gut aus«, stellte er ziemlich direkt fest. »Was war das eben?«

»Nichts. Das passiert manchmal einfach.« Jedes Mal, um genau zu sein, wenn ich an diesen speziellen Moment dachte und wünschte, ich könnte ihn ungeschehen machen.

»Du … du hast das öfter?« Leons Augen weiteten sich vor Sorge.

»Nur ab und zu. Eine kleine Panikattacke, nichts weiter. Tut mir leid, jetzt habe ich den Abend verdorben«, entgegnete ich zerknirscht.

»Du brauchst dich dafür doch nicht zu entschuldigen. Aber was war der Auslöser? Habe ich etwas Unpassendes gesagt? Denn falls ja, musst du mir unbedingt sagen, was –«

»Nein, es war nichts, was du gesagt hast. Du kannst überhaupt nichts dafür«, versicherte ich ihm und starrte auf unsere Hände, um seinem sorgenvollen Blick zu entkommen.

Erst jetzt schien ihm bewusst zu werden, dass er immer noch meinen Handrücken streichelte, denn er hörte damit auf und zog langsam seine Hand zurück. Was ich sehr bedauerte, denn jetzt fühlte sich meine Hand irgendwie leer und verloren an, genau wie mein Innerstes.

»Ich sollte besser gehen. Es ist schon spät.«

»Du musst doch nicht –«

»Doch«, unterbrach ich ihn bestimmt. »Aber es war nett, von dir aufgeheitert zu werden«, schob ich hastig hinterher.

»Soll ich dich noch nach Hause begleiten?«

»Nein. Ich möchte jetzt einfach allein sein.«

»Okay.« In diesem einen Wort lag sein ganzes Bedauern.

Ich verstand ihn. Sehr gut sogar. Auch ich bedauerte, dass dieser Abend nun zu seinem Ende kam und ich Leon nie wiedersehen würde. Aber es war besser so.

Ich erhob mich von meinem Stuhl. »Danke, dass du verhindert hast, dass der heutige Abend zu einer Katastrophe wurde«, meinte ich mit einem schmalen Lächeln. Er hatte mich für ein paar Stunden Freude spüren lassen, und das würde ich ihm nie vergessen.

Er warf mir einen ungewöhnlich ernsten Blick zu. »Ich würde es jederzeit wieder tun.«

»Mach's gut, Leon!« Ich sagte bewusst nicht Auf Wiedersehen, denn höchstwahrscheinlich würden wir uns in dieser riesigen Stadt kein zweites Mal begegnen.

Dann drehte ich mich um und verließ das Lokal und Leon.

»Du auch, Elle«, hörte ich ihn noch leise sagen, ehe ich hinaus auf die Straße trat.

Kapitel 4

14. April 2016, 15:44 Uhr

Ich lehnte im Türrahmen und beobachtete Hannah, wie sie an ihrem Schreibtisch saß, das Gesicht dicht über ein kleines Heft gebeugt. Mit ihrem pinken Radiergummi, der die Form einer Handtasche hatte, radierte sie etwas aus und schrieb dann mit ihrem Bleistift darüber.

»Wolltest du nicht Hausaufgaben machen?«, fragte ich streng.

»Bin schon fertig«, nuschelte Hannah, ohne aufzusehen.

Ich ahnte bereits, womit sie beschäftigt war, und als ich näher trat, bestätigte sich mein Verdacht. Hannah saß gebeugt über einem Sudoku und versuchte es zu lösen. Sie kaute am Ende ihres Bleistiftes herum, die Brauen leicht zusammengeschoben, ihr typisches Gesicht, wenn sie intensiv nachdachte.

Ich strich Hannah mit einer Hand über den Kopf, und in meiner Stimme lag nur eine winzige Spur von Tadel. »Machst du schon wieder ein Sudoku?«

»Ist aber mein erstes heute. Ehrlich«, beteuerte sie, noch immer ohne hochzublicken. Sie schrieb eine Fünf in ein Kästchen.

»Du bist schon ein komisches Kind«, meinte ich nachsichtig lächelnd und fuhr ihr dabei weiterhin über den Kopf. »Andere in deinem Alter malen Bilder, und du löst Sudokus.«

»Vielleicht hättest du früher auch lieber welche lösen sollen. Dann wärst du jetzt nicht so schlecht in Mathe.«

»Bin ich gar nicht.« Ich gab ihr einen kleinen, empörten Klaps auf den Hinterkopf.

»Doch. Du hast immer eine Drei in deinem Zeugnis.«

Dass sie aber auch andauernd recht haben musste. Die Abschlussprüfung in Mathe würde wirklich ein Problem werden, wenn ich nicht schleunigst eine Erleuchtung hatte. Allerdings wollte ich mir vor meiner kleinen Schwester ganz gewiss keine Blöße geben.

»Na schön, du kleine Besserwisserin. Hast du Lust auf eine weitere Runde Rückenschreiben? Ich hätte da ein tolles neues Wort für dich.«

Sofort ließ Hannah ihren Bleistift sinken und drehte sich mit leuchtenden Augen zu mir um. »Au ja! Rückenschreiben«, jauchzte sie.

Ich grinste hämisch in mich hinein. »Dann dreh dich mal um.«

Sie kam sofort meiner Aufforderung nach, und ich fing an ihr die ersten Buchstaben auf den Rücken zu malen.

M – I – S – S

»Miss«, rief sie. »Es ist Miss. Oh, wird das jetzt eine englische Runde?«

»Abwarten. Ich bin noch nicht fertig. Bereit für das zweite Wort?«

»Ja!« Sie nickte bekräftigend.

O – B – E –

»Oben.«

Ich malte den nächsten Buchstaben.

R –

»Ober.«

»M-hm. Es geht aber noch weiter.«

S – C – H – L –

»Oberschlau.«

»Genau. Und nun die ganzen zwei Worte bitte«, verlangte ich.

»Miss Oberschlau.« Sie drehte sich zu mir um und funkelte

mich empört an. »Nur damit du es weißt, wenn, dann bin ich Miss Oberschlauer.«

»Das hättest du wohl gerne.« Ich schnaubte amüsiert.

»Gar nicht. Ist so.«

»Gut, aber nur, weil ich Miss Am-Oberschlauesten bin. Und das kannst du nicht mehr steigern«, foppte ich sie.

»Kann ich wohl. Dann bin ich nämlich Miss Unendlich-am-Oberschlauesten.«

»Das geht nicht. Am oberschlauesten ist schon die maximale Steigerung, und nur weil du ein unendlich davor setzt, wird es nicht mehr.«

»Du bist wirklich schlecht in Mathe«, meinte Hannah selbstgerecht. »Mit unendlich wird alles unendlich mehr. Deshalb heißt es ja unendlich.«

Ich rollte übertrieben die Augen. »Du bist wirklich eine furchtbare Besserwisserin.«

»Du bist doch bloß neidisch, weil du in Mathe eine Niete bist.« Hannah streckte mir die Zunge raus.

»Wenn du meinst«, gab ich mich betont gleichgültig. »Falls du mich brauchst, ich bin in meinem Zimmer lernen.«

Hannah hatte sich bereits wieder ihrem Sudoku zugewandt und kaute erneut auf ihrem Bleistift herum. »Okay«, nuschelte sie abwesend.

Ich schloss die Tür leise hinter mir und fragte mich ernsthaft, was mit diesem Kind nicht stimmte. Wir konnten unmöglich miteinander verwandt sein. Sie war so völlig anders als ich. In ihrem Alter hatte ich meine Barbie-Puppen über alles geliebt und jede freie Sekunde damit verbracht, mit ihnen zu spielen. Hannah hingegen ließen Barbies völlig kalt. Als ich die Kiste damals aus dem Keller geholt und ihr stolz meinen Kindheitsschatz überreicht hatte, hatte es mir beinahe das Herz gebrochen, dass sie nur einen flüchtigen Blick hineingeworfen hatte und meinte, sie würde es sich später genauer ansehen, aber erst mal wolle sie das Rätsel in ihrem Rätselbuch lösen.

Vermutlich war Hannah doch im Krankenhaus vertauscht worden. Das konnte einfach nicht anders sein. Zumal wir uns äußerlich auch gar nicht ähnlich sahen. Sie war mit blonden und ich mit rehbraunen Haaren ausgestattet worden. Hannah hatte blaue und ich braune Augen. Wir hätten unterschiedlicher kaum sein können. Sie war der Tag und ich die Nacht.

Kapitel 5

03. Oktober 2016, 11:22 Uhr

Scheiße, war mir langweilig. Bis die Uni endlich anfing, würde es noch zwei Wochen dauern. Vierzehn unendlich lange Tage, von denen ich nicht wusste, wie ich sie füllen sollte. Den Sonntag hatte ich hauptsächlich auf dem Rücken liegend im Bett verbracht in einem Zustand zwischen Schlafen und Wachsein, in der Hoffnung, es würde schneller Montag werden, wenn ich mehr schlief.

Am Montagmorgen hatte ich bereits gegen acht Uhr die Wohnung verlassen. Wenigstens besaß ich schon meinen Studentenausweis, in den das Semesterticket integriert war, so dass ich kein zusätzliches Geld für Fahrkarten ausgeben musste. Mit der S-Bahn war ich zum Alex gefahren, wo mehrere Stände aufgebaut waren und mir der Duft von gebrannten Mandeln entgegenschlug. Verwirrt atmete ich tief ein.

Wieso roch es hier so weihnachtlich? War das hier etwa schon der erste Weihnachtsmarkt? Anfang Oktober? Verwundert folgte ich dem Geruch und der Musik. Über dem Eingang entdeckte ich ein Schild, auf dem »Oktoberfest« stand. Darüber konnte ich als Münchnerin nur schmunzeln. Zum Spaß drehte ich eine Runde, allerdings hatten die ganzen Buden nun wirklich nichts Bayerisches an sich. Bis auf einen Stand, an dem es Weißwürste und Brezeln zu kaufen gab – wieso war da ein L in dem Wort? –, war es nichts Besonderes. Der Glühwein wurde durch Bier ausgetauscht, und alles in allem war es ein netter Versuch, aber so weit vom echten Oktoberfest entfernt wie Berlin von München.

Erst in diesem Moment fiel mir auf, dass sämtliche Läden geschlossen hatten. Ich kramte mein Handy aus der Tasche, blickte auf die Datumsanzeige, und langsam dämmerte mir, dass der dritte Oktober der Tag der Deutschen Einheit war.

Frustriert machte ich mich auf den Rückweg und kaufte mir ein Sandwich in einer Bäckerei, die geöffnet hatte.

Wieder in meiner Wohnung angekommen, wusste ich nichts mit mir anzufangen. Sämtliche Umzugskartons waren inzwischen ausgepackt, weshalb es für mich rein gar nichts zu tun gab.

Ich warf mich aufs Bett und starrte an die Decke.

Vielleicht solltest du deine kleine Schwester mal anrufen und dich erkundigen, wie es ihr geht, drängte mich eine leise Stimme, doch mir fehlte der Mut, um es zu tun. Zum wiederholten Mal griff ich nach meinem Handy, suchte im Verzeichnis die Nummer heraus, nur um diese so lange anzustarren, bis das Display schwarz wurde.

Ob Hannah genauso oft an mich dachte wie ich an sie? Würde sie mir irgendwann verzeihen, dass ich sie zurückgelassen hatte, es vielleicht sogar verstehen? Vermutlich nicht, denn sie kannte nicht den wahren Grund, weshalb ich ihre Anwesenheit nicht länger ertragen hatte. In ihren Augen hatte ich sie grundlos an jemanden abgeschoben, den sie so gut wie überhaupt nicht kannte. Hatte sie bei einer fremden Familie gelassen und war einfach gegangen, obwohl es meine Aufgabe gewesen wäre, mich um sie zu kümmern, so wie ich es versprochen hatte.

Trotzdem solltest du sie anrufen. Vielleicht wartet sie genau darauf. Zumindest das bist du ihr schuldig.

Da war es wieder. Das leidige Wort Schuld. Das Wort, das mein Leben zu definieren schien, das mich erdrückte und die Panik in meiner Kehle aufsteigen ließ, bis ich es nicht mehr schaffte, ruhig zu atmen, und das Gefühl hatte zu ersticken. In der Hoffnung, durch ein Gespräch mit meiner Schwester einen Teil meiner Schuld loswerden zu können, sammelte ich Mut für den Anruf. Ich schloss die Augen, drückte das Handy fest gegen meine Brust und versuchte, meine Atmung zu beruhigen. Als ich mir sicher war, dass ich mich unter Kontrolle hatte, holte ich tief Luft und tippte mit zitternden Fingern auf den grünen Hörer. Gebannt lauschte ich dem Klingeln, während meine Handflächen feucht wurden. Nach einer Minute sprang die Mailbox an, und ich senkte niedergeschlagen das Handy. Offenbar wollte Hannah nicht mit mir reden. Damit blieb mir nur noch eine Möglichkeit, sie zu erreichen, und diese gefiel mir noch viel weniger.

Ich nahm das Handy wieder auf und suchte eine andere Nummer im Verzeichnis heraus.

»Winkel«, meldete sich die tiefe Stimme meines Vaters bereits nach zweimaligem Klingeln.

Praktischerweise hatte mein Vater meine Mutter nie geheiratet, so als hätte er bereits geahnt, dass er sie eines Tages für eine andere Frau verlassen würde. Meine Schwester und ich hatten daher von Anfang an den Nachnamen Meisner getragen.

»Hallo, hier ist Elle.« Ich musste mich räuspern, bevor ich fortfahren konnte, da meine Kehle plötzlich wie zugeschnürt war. »Kann ich meine Schwester sprechen?«, presste ich die Worte hervor. Jedes Wort, das ich an meinen Vater richtete, war ein Wort zu viel und weigerte sich dementsprechend vehement aus meinem Mund hinauszukommen.

»Elle, wie schön, dass du anrufst. Ich habe mich schon gefragt, wie es dir ergeht. Bist du gut in Berlin angekommen? Hast du dich in deiner neuen Wohnung eingerichtet?«

Ich stutzte. Weshalb klang mein Vater so erfreut? Ja, geradezu interessiert an meinem Leben? Hatte er vergessen, dass er sich die letzten acht Jahre kaum hatte blicken lassen?

Deshalb war er auch nicht sonderlich begeistert gewesen, als er erfahren hatte, dass er von nun an die Vormundschaft und das Sorgerecht für Hannah hatte. Egoistisch, wie ich war, hatte ich meine Schwester bis zum letzten Moment in dem Glauben gelassen, wir würden gemeinsam zu Vater ziehen. Doch dann hatte ich Hannahs Koffer vor seiner Haustür abgestellt und Hannah mehr oder weniger zu Vater abgeschoben. Meinen Koffer und die restlichen Dinge, die ich für den Umzug nach Berlin brauchte, hatte ich im Auto gelassen, in das ich ziemlich schnell eingestiegen und davongefahren war.

»Ja«, krächzte ich. »Es ist wirklich …« Ich suchte nach dem richtigen Wort. »… nett hier. Ein paar Dinge fehlen noch in der Wohnung, aber die besorge ich, sobald die Geschäfte wieder offen haben.«

»Dann ist dir wohl heute recht langweilig?«

»Geht schon«, meinte ich ausweichend.

Wir schwiegen beide eine Weile, bis ich schließlich nachfragte. »Was ist jetzt mit Hannah? Kann ich sie sprechen?«

Einen Moment war es still am anderen Ende der Leitung. »Ich fürchte, das dürfte schwierig werden. Sie redet mit keinem von uns. Nicht einmal mit Jenny und Luis will sie spielen. Sie weigert sich, aus ihrem Zimmer zu kommen. Sitzt nur auf ihrem Bett und löst ein Sudoku nach dem anderen. Ich mache mir ehrlich Sorgen deswegen. Vielleicht sollten wir sie zu einem Psychologen schicken, damit sie mit ihm über … das, was geschehen ist, reden kann. Ich glaube, das alles war zu viel für sie. Sie hat Verlustängste, und dann die neue Umgebung, und sie ist es auch nicht gewohnt, die große Schwester zu sein.«

Bei diesem Bild von meiner Schwester lächelte ich traurig. Nur zu gut konnte ich mir vorstellen, wie sie verbissen versuchte, ein Sudoku nach dem anderen zu lösen, nur damit ihre Gedanken beschäftigt waren und sie sich nicht mit ihrer neuen Situation auseinandersetzen musste. Da hatten wir beide vielleicht doch endlich mal eine Gemeinsamkeit. »Hannah ist stark, sie schafft das.« Ich wusste nicht, ob ich damit Vater oder mich überzeugen wollte. »Gib ihr etwas Zeit, sich einzugewöhnen. Und sag ihr, dass ich angerufen habe. Sag ihr, sie kann mich jederzeit zurückrufen, wenn sie es möchte.«

»Das werde ich«, versprach er. »Und du pass gut auf dich auf! Berlin ist eine große Stadt, in der viele zwielichtige Gestalten herumlaufen. Sei bitte vorsichtig und geh abends nicht alleine weg!«

Dass er jetzt die besorgte Vaternummer raushängen ließ, nachdem er sich jahrelang nicht für mich interessiert hatte, kotzte mich an. Um nichts zu sagen, was ich später bereuen würde, beendete ich das Gespräch.

»Ich pass schon auf. Bis bald!«, würgte ich ihn ab.

Das Handy schleuderte ich neben mich auf die Matratze, drehte mich auf den Bauch und vergrub mein Gesicht im Kopfkissen. Diese scheinheilige Besorgnis machte mich unglaublich wütend! Ich hätte schreien können!

Aber ich war auch wütend auf mich selbst, weil ich meine kleine Schwester bei ihm gelassen hatte, ihm, der unserer Familie den Rücken gekehrt, der unsere Mutter mit einem Baby und einem Kind hatte sitzen lassen. Ich würde ihm nie verzeihen können, was er Mama, was er *uns* angetan hatte. Deshalb hatte ich mich in all den Jahren immer geweigert, ihn zu besuchen und Jenny, Luis und *Sylvia* – seine neue Frau – kennenzulernen. Ich wollte nicht sehen, wie mein Vater mit seiner neuen Familie glücklich war. Mit der Familie, die er uns vorgezogen hatte. Ich verspürte nicht das geringste Interesse, meine Halbgeschwister zu treffen. Denn so war es leichter für mich, nicht neidisch zu sein.

Vorgestern allerdings, bevor ich nach Berlin gefahren war, war ich ihnen begegnet. Aber daran zu denken, war das Letzte, was ich jetzt wollte.

Deshalb lenkte ich meine Gedanken in eine andere Richtung. Das einzig Schöne, was mir in den letzten Wochen passiert war, war die Begegnung mit Leon am Samstag gewesen. Bei ihm hatte ich, wenn auch nur für einen kurzen Augenblick, die alte

Elle sein können. Ohne meine Vergangenheit, einfach nur ich selbst. Mit ihm hatte es sich angefühlt, als hätte ich die richtige Entscheidung getroffen. Als wäre der Neuanfang kein Fehler gewesen, sondern genau das, was ich brauchte. So wie ich mir das gewünscht hatte. Leon wusste nicht, was ich getan hatte, und deshalb hatte es sich so gut angefühlt. *Ich* hatte mich gut gefühlt. Ich wünschte mir, so würde ich mich jeden Tag fühlen können. Wenn ich nur hart genug daran arbeitete, konnte ich vielleicht die Vergangenheit hinter mir lassen und nach vorne blicken. In eine schönere Zukunft, die ich noch nicht sehen konnte, die es aber hoffentlich für mich gäbe. Es musste sie einfach geben.

Aus einem Impuls heraus sprang ich aus dem Bett, schnappte mir meine Jeansjacke und verließ die Wohnung. Beim Gehen zog ich mir die Jacke über meinen dicken roséfarbenen Pullover, und ehe ich wirklich wusste, was ich vorhatte, befand ich mich genau wie vor zwei Tagen auf dem Weg zum Park. Anders als damals trug ich heute jedoch einen winzigen Keim voller Hoffnung in mir.

Ich wollte meinen Augen kaum trauen, als ich näher kam und Leon tatsächlich am Boden hockend und fotografierend vorfand. Was genau er da fotografierte, konnte ich leider nicht erkennen, aber dass er es war, daran bestand kein Zweifel. Allein sein sandfarbenes Haar, welches sich an den Enden lockte, war unverwechselbar. Außerdem erkannte ich seine Spiegelreflexkamera wieder, wegen des braunen Kamerabands aus Leder.

Ich blieb stehen, um zu überlegen, was genau ich jetzt tun sollte. Noch hatte er mich nicht entdeckt, ich könnte also einfach wieder umdrehen und in meine Wohnung zurückkehren. Andererseits: Hatte mich nicht erst der Gedanke an ihn überhaupt hierher geführt?

Sei nicht albern, Elle! Nun geh schon zu ihm. Er wird dich wohl kaum beißen.

Seit wann musste ich mir eigentlich Mut zusprechen, um mit

Jungs zu reden? So schüchtern war ich doch sonst nicht. Langsam ging ich auf Leon zu. Er kauerte immer noch am Boden und drehte an einem Rädchen auf seiner Kamera.

»Ist das dein liebster Fotografie-Spot, oder wie kommt es, dass du schon wieder mit deiner Kamera hier bist?«

Überrascht sah Leon zu mir auf, ehe ein Strahlen sein Gesicht erhellte. »Überhaupt nicht. Ehrlich gesagt liegt der Park ein ziemliches Stück von meiner Wohnung entfernt.«

»Und was gibt es hier Tolles zu fotografieren, dass du extra den weiten Weg auf dich nimmst?«

»Pilze«, sagte er schlicht.

»Was? Pilze?« Ich lachte ungläubig auf, ehe ich sie entdeckte. Eine kleine Gruppe unscheinbarer brauner Pilze, die zwischen dem Herbstlaub hervorlugten. »Und die geben ein schönes Motiv ab? Ernsthaft?«

Leon seufzte und bedeutete mir mit einer Handbewegung, mich zu ihm zu kauern. Neugierig kam ich seiner Aufforderung nach. Aus der Hocke betrachtet sahen sie auch nicht wirklich besser aus. Pilze eben.

Leon streckte den Arm aus und deutete auf die Pilze. Seine Hand streifte dabei mein Knie, und mir wurde bewusst, wie nah beieinander wir waren. Zwischen Leons Schulter und meiner befanden sich kaum fünf Zentimeter Luft. Aus irgendeinem Grund machte mich das nervös, und meine Oberschenkel fingen zu zittern an.

»Sie sehen unscheinbar aus, nicht wahr?«, fragte er.

Langweilig wäre der Ausdruck gewesen, der mir als Erstes eingefallen wäre, aber ich wollte nicht unhöflich wirken, deshalb nickte ich nur. Zwei größere Pilze, die umringt von kleineren waren. Aus irgendeinem Grund erinnerte mich der Anblick plötzlich an eine Familie, und ich musste schlucken.

»Weißt du, das ist eines der Dinge, die ich an der Fotografie und insbesondere an Makroaufnahmen so liebe. Es rückt unscheinbare Dinge in ein neues Licht und gibt ihnen dadurch die Möglichkeit zu strahlen. Dank dem Blick durch die Linse werden Dinge, die mit bloßem Auge gar nicht wahrgenommen werden, zu etwas Besonderem. Ich fokussiere das Unscheinbare und mache es dadurch sichtbar.«

Leon drehte das Kameradisplay zu mir, drückte auf einen Knopf und zeigte mir eines der Bilder, das er kurz zuvor aufgenommen hatte. Das Foto war atemberaubend schön. Ich beugte mich ein wenig weiter nach vorne, um mehr auf dem Display erkennen zu können. Das hier war sehenswert und überhaupt nicht mehr langweilig. Der Unterschied zwischen Realität und Foto hätte kaum größer sein können. Auf dem Display war nur der vorderste Pilz wirklich scharf, die anderen Pilze verwischten bereits in Unschärfe. Das leuchtend gelbe Laub bildete einen herrlichen Kontrast zu dem braunen Hut der Pilze, tauchte alles in warme Herbstfarben. Nur die Blätter, die sich auf einer Ebene mit dem fokussierten Pilz befanden, waren gestochen scharf, der Rest verschwamm immer mehr, und den Hintergrund bildeten Hunderte runder gelber Flecken.

»Oh, wow«, stieß ich hervor. »Das sieht unglaublich aus! Vor allem der Hintergrund.«

»Die Kreise im Hintergrund nennt man Bokeh«, erläuterte Leon, und eine Spur Stolz schwang darin mit.

»Ich bin gerade wirklich beeindruckt, wie du aus etwas so Simplem ein solches Kunstwerk erschaffen hast.«

»Rein technisch gesehen, war es die Kamera, die dieses Kunstwerk hervorgebracht hat«, meinte er bescheiden. »Aber ich denke, nun verstehst du, was ich dir vorhin zu erklären versucht habe.«

»Und ob! Ich wette, keinem der Parkbesucher sind diese Pilze bisher aufgefallen, aber du verschaffst ihnen mit deiner Fotografie eine Möglichkeit zu strahlen.«

Er fuhr sich mit einer Hand durch die Haare. »Ich finde, die Pilze haben es verdient, beachtet zu werden.«

»Ich frage mich nur, ob dieser krasse Unterschied zwischen

Realität und Aufnahme nun die Kamera zu einem Lügner oder einem Künstler macht. Erzeugt sie eine schöne Illusion, die es so in Wahrheit gar nicht gibt, oder enthüllt sie das, was schon immer da war, indem sie die Dinge in den Fokus rückt, die wirklich zählen?«

Leon fuhr sich mit dem Daumen am Kinn entlang, während sein Blick auf die Pilze gerichtet war. »In dieser Weise habe ich noch nie über die Fotografie nachgedacht. Für mich war immer klar, dass Dinge sichtbar gemacht werden, die mit bloßem Auge nicht zu erfassen wären. Mir gefällt der Gedanke nicht, die Kamera als Lügner darzustellen. In der Bildbearbeitung kann man viel mogeln, aber ich denke, Kameras fangen einfach die Welt so ein, wie jeder sie betrachten sollte. Stell dir nur mal vor, wie es wäre, durch die Welt zu laufen und sie wahrzunehmen wie durch ein Objektiv. Man könnte die Tiefenschärfe regulieren, und wenn man will, alles mit einem Bokeh-Effekt betrachten.«

»Dadurch würde man sicherlich die Welt ganz anders wahrnehmen.« Ich stand auf und lockerte meine Oberschenkel, die von dem langen Kauern schmerzten.

Leon erhob sich ebenfalls. »Was hältst du von einem kleinen Spaziergang?«

Für einen Moment verhakten sich unsere Blicke, und ich war wie gefangen. »Klar, wieso nicht?«, brachte ich hervor und klang dabei ein wenig atemlos.

Für eine Weile war das einzige Geräusch das Knistern des Laubs unter unseren Schritten und das Rascheln des Windes in den Bäumen.

»Hast du Lust, Enten füttern zu gehen? Da vorne ist wieder der See.« Leon deutete in die entsprechende Richtung.

»Ernsthaft? Hast du wirklich alte Brötchen dabei?« Ich blickte ihn ungläubig von der Seite an. Enten füttern war ich schon seit Ewigkeiten nicht mehr gewesen. Früher als Hannah noch kleiner war, hatten wir es ein paarmal gemacht, aber das war mindestens zwei Jahre her.

»Du denkst gerade, dass ich viel zu alt dafür bin, hab ich recht?«

Ertappt blickte ich zu Boden, weil es wirklich das war, was mir als Erstes durch den Kopf geschossen war.

»Keine Sorge, das ist heute eine Ausnahme. Du hast mich dazu inspiriert.«

»Dann ist das deine gute Tat des Tages? Aber das hab ich doch nur so dahingesagt.«

»Mag sein, aber es ist schwer, jeden Tag etwas Neues zu machen, und ich denke, hey, hör auf zu lachen!«, beschwerte er sich.

»Entschuldige, ich bin gleich wieder ernst«, kicherte ich. »Also, was denkst du?«

Leon runzelte die Stirn. »Du lachst immer noch.«

»Tut mir leid, ich kann nicht aufhören«, prustete ich. Ich holte tief Luft, um mich zu beruhigen. »Okay, ich glaube, es geht wieder. Also?«

»Ich denke, die Enten werden es uns tatsächlich danken.«

»Na sicher tun sie das. Jeder freut sich über Essen.«

»Du machst dich über mich lustig.«

»Tu ich nicht.«

»Oh doch!« Leon stupste mich von der Seite an. »Gib es zu!«

»Niemals!« Ich stupste ihn zurück, und er taumelte einen Schritt zur Seite.

Lachend erreichten wir das Ufer, und Leon zog eine Plastiktüte aus seinem Rucksack und verstaute im Gegenzug seine Spiegelreflex darin. Dann hielt er mir die Tüte hin, und ich nahm mir eine Handvoll Brotwürfel heraus.

Die Enten kamen, durch das Rascheln der Plastiktüte angelockt, angeschwommen. Diese verfressenen kleinen Viecher. Ich holte aus, um ihnen ihre Brotkrumen hinzuwerfen, als Leon meinen Arm packte. »Warte!«

»Was ist?« Ich runzelte die Stirn. Er würde mir doch jetzt keinen Vortrag über die richtige Wurftechnik halten, oder etwa doch?

»Was hältst du von folgendem Vorschlag: Ich stelle dir eine

Frage, und wenn du sie mir ehrlich beantwortet hast, darfst du zur Belohnung die Enten füttern.«

Mein Runzeln vertiefte sich. Er könnte die falschen Fragen stellen. *Dann könnte ich immer noch lügen oder sie nicht beantworten.*

Bedächtig senkte ich den Arm. »Na schön, aber ich fange an.« Ich wog die Brotwürfel in meiner Hand, während ich nachdachte. Eigentlich wusste ich überhaupt nichts von ihm, außer dass er Leon Becker hieß und von Beruf Fotograf war. Ich könnte ihn quasi alles fragen, aber ich kannte meine Frage bereits. »Wieso bist du heute wieder hier im Park, wenn er doch gar nicht in der Nähe deiner Wohnung liegt?«

Ich betrachtete ihn mit schief gelegtem Kopf. Das hatte mich vorhin bereits stutzig gemacht.

Leon kratzte sich am Kinn und starrte für mehrere Sekunden auf den See, bis ich schon glaubte, er würde mir nicht mehr antworten. Dann endlich wandte er sich mir zu, und mich traf die volle Wucht seiner enzianblauen Augen.

»Deinetwegen«, erklärte er schlicht. »Ich hatte gehofft, dich hier erneut anzutreffen. Ehrlich gesagt, war ich auch gestern hier.«

Seine Kiefernmuskeln traten hervor und verrieten seine Anspannung, während er weiterhin Blickkontakt zu mir hielt. Meine Handflächen wurden feucht, und ich konnte nur hoffen, dass die Enten keine so ausgeprägten Geschmacksnerven besaßen, dass sie schweißgetränkte Brotkrumen verweigerten.

»Ich schätze, ich bin aus dem gleichen Grund hier«, gab ich zu.

Einen Moment lang blickten wir einander stumm an. So aufrichtig wie Leon gegenüber war ich schon lange nicht mehr gewesen.

Schließlich griff Leon in die Tüte und löste unseren Blickkontakt. Er holte aus und warf eine Handvoll Brotkrumen auf den See. Gierig stürzten sich die Enten darauf und schnappten sich gegenseitig die Stücke unter dem Schnabel weg.

Als Leon sich mir erneut zuwandte, lag etwas Düsteres in seinem Blick, was ich nicht zu deuten wusste. »Wieso bist du nach Berlin gekommen?«

Ich schluckte ertappt. »Woher willst du wissen, dass ich nicht schon immer hier lebe?«

»Deine Sprache verrät dich. Tatsächlich klingt es mehr nach einem südlichen Dialekt. Bayern?«, riet er.

Natürlich, den Dialekt bekam ich nie ganz weg, egal wie sehr ich mich bemühte. Aber warum hatte seine Frage geklungen, als meinte er etwas völlig anderes? »München, um genau zu sein. Übernächste Woche beginnt mein Studium, und als wir uns am Samstag begegnet sind, war das mein erster Tag in Berlin.«

»Tatsächlich dein erster? Wenn das mal kein Schicksal ist.« Er zwinkerte mir zu, und ich errötete leicht.

Um mich abzulenken, warf ich den Enten die dekadenten Brotwürfel mit Schweißaroma zu. Sie schienen keine ausgeprägten Geschmacksnerven zu haben, denn sie aßen die Brotwürfel alle auf.

»Wie wäre es mit einer einfacheren Runde? Wie alt bist du Leon?«

»Zwanzig. Und du?«

»Achtzehn. Aber warte mal, du bist erst zwanzig und kannst schon von deiner Fotografie leben?«, hakte ich nach, nicht ohne dabei beeindruckt zu klingen.

Ich hatte immer geglaubt, Fotografen gäbe es wie Sand am Meer und dass es ein äußerst hart umkämpftes Business wäre, aber wenn Leon sogar schon Fotos für Zeitschriften gemacht hatte, konnte es wohl doch nicht so schwer sein, Fuß zu fassen.

»Ich habe kein Gewerbe, falls du das geglaubt hast, sondern bin bei einer Agentur angestellt, die die Fotoaufträge für uns an Land zieht. Ansonsten wäre es wohl sehr viel schwerer, davon zu leben. Es dauert, bis man sich seinen eigenen Kundenstamm aufgebaut und einen Namen in der Szene gemacht hat. So gesehen hatte ich Glück. Ich gehe jeden Tag in die Agentur, kann mir gemeinsam mit meinen Kollegen Konzepte ausdenken, und wir haben die nötigen Räumlichkeiten und die passende Ausstattung, um unsere und natürlich vor allem die Vorstellungen der Kunden umsetzen zu können.«

»Und dann machst du an deinen freien Tagen immer noch Fotos?«

»Klar, die Fotografie ist mein Leben, und außerdem lassen sich beide Arten kaum miteinander vergleichen. Das eine ist mein Job, und das andere mache ich zum Spaß. Bei meinen Naturfotos gibt es keine Tageslichtlampen und Diffusor und auch keine millimetergenauen Platzierungen von Produkten. Ich muss mir auch von niemandem vorschreiben lassen, wie ich was umzusetzen habe. Von daher ist das hier eher so was wie mein Ausgleich. Um mal rauszukommen und frische Luft zu schnappen.«

Seine Worte versetzten mir einen Stich im Herzen. Leon hatte seinen Traum zum Beruf gemacht, lebte seinen Traum. Und was hatte ich mit meinem Leben angefangen? Ich hatte es zerstört. Galle stieg mir hoch, und Bitterkeit füllte meinen Mund aus und vergiftete mein Herz. Wieso konnte ich mich nicht einfach für ihn freuen? Was lief bei mir verkehrt? War ich so kaputt, dass ich nicht einmal mehr aufrichtige Freude hinbekam?

Es gab mal eine Zeit, da war das anders gewesen. Da war ich einfach nur ein unbeschwerter, glücklicher Teenager, der bald sein Abitur in der Tasche hätte und dem die Welt zu Füßen lag. Alle Wege standen mir offen, und ich war davon überzeugt, dass eine glückliche Zukunft auf mich wartete. Damals hatte ich die schönen Momente gar nicht richtig zu schätzen gewusst, und nun waren sie unwiederbringlich vorbei. Ich wünschte, ich hätte ein paar Schnappschüsse davon gemacht, als Erinnerung an bessere Zeiten. Aber wer dachte schon an so etwas? Ich war davon ausgegangen, noch eine unendliche Anzahl glücklicher Momente vor mir zu haben. Wie hätte ich wissen sollen, dass diese in Wirklichkeit bereits gezählt waren? Und während sie immer weniger wurden, dahinschwanden wie Wasser, das durch Finger rinnt, unfähig, den Prozess aufzuhalten, die Momente festzuhalten, war ich unaufmerksam gewesen. Hätte ich es gewusst, hätte ich versucht, mir jeden dieser Augenblicke, so gut es ging, ins Gedächtnis zu brennen, um mich später daran erinnern zu können. Stattdessen hatte ich bei Unterhaltungen immer nur mit halbem Ohr zugehört, weil mir mein Handy und die Neuigkeiten meiner angeblichen Freunde, von denen mir nicht einmal die Hälfte zum Geburtstag gratuliert hatte, viel interessanter erschienen waren als das, was sie mir zu sagen hatte. Jetzt wünschte ich nichts sehnlicher, als dass ich ihr zugehört hätte. Mir angehört hätte, was sie mir zu sagen gehabt hatte. Aber dafür war es nun zu spät. Unsere Momente waren vorbei.

Zum Glück schenkte mir Leon gerade keine Aufmerksamkeit. Stattdessen beobachtete er zwei Enten, die sich um ein von ihm hineingeworfenes Brotstück stritten und dabei wild mit den Flügeln auf die Wasseroberfläche schlugen.

»Ich bin dran mit einer leichten Frage. Verrätst du mir deinen vollständigen Namen?«

»Nope.« Ich schüttelte grinsend den Kopf. »Aber du kannst raten, wenn du möchtest.«

»Was ist so schlimm daran, mir einfach zu sagen, wofür Elle die Abkürzung ist?«, fragte er eine Spur genervt.

»Gar nichts«, entgegnete ich fröhlich. »Aber so ist es lustiger.«

»Für wen von uns beiden?«

»Für mich natürlich!«

»Das dachte ich mir.« Er verdrehte die Augen. »Gibst du mir wenigstens ein paar Namen vor, aus denen ich mir deinen aussuchen kann?«

Ich überlegte einen Moment. »Na gut.« Ich presste die Lippen fest zusammen, um nicht zu grinsen, während mir immer mehr schreckliche Namen einfielen, für die Elle die Kurzform sein könnte. »Bereit?«

»Schieß los!«

»Okay, also im Angebot hätten wir: Elenora, Estelle, Noelle, Elisa, Helena, Elisabeth, Eleonore. Such dir was aus.«

»So wie ich dich einschätze, war dein richtiger Name gar nicht dabei. Du kannst unmöglich nach einer alten Jungfer aus dem vorletzten Jahrhundert benannt sein.«

Ich versuchte beleidigt zu gucken, schaffte es aber nicht ganz. »Fallen dir etwa noch mehr Namen ein?«

»Nur einer.«

»Und der lautet?« Jetzt war ich gespannt, da mir kein weiterer einfiel.

»Belle«, verkündete er ungewohnt ernst.

Ich prustete. »Okay, wenn ich Belle bin, wer bist dann du? Oder besser gesagt, was? Etwa das Biest?«

Er sah mich ernsthaft beleidigt an, und ich bereute mein vorlautes Mundwerk. Wieso dachte ich nie nach, bevor ich etwas sagte? Gerade nach allem, was passiert war, sollte ich es besser wissen und mein Gehirn einschalten, bevor ich meinen erstbesten Gedanken hinausposaunte.

»Also wirklich, Elle, ich bin doch nicht das Biest«, empörte Leon sich. »Wenn, dann bin ich dieser Kerzenständer, dessen Name mir nicht mehr einfallen will, weil meine Gesellschaft so erhellend ist. Das ist ja wohl klar.« Er schüttelte tadelnd den Kopf, aber um seine Mundwinkel zuckte es.

»Na dann«, sagte ich grinsend, erleichtert darüber, dass er mir nicht böse war.

»Jetzt weiß ich immer noch nicht deinen vollen Namen«, seufzte er frustriert.

»Du hast ja auch nicht geraten.«

Er stöhnte. »Du bist wirklich ein harter Brocken, weißt du das? Von mir aus, dann sage ich eben Elisa.«

»Leider falsch«, entgegnete ich ohne das geringste Bedauern.

»Darf ich noch mal raten?«

»Natürlich nicht.« Ich stemmte in gespielter Empörung die Hände auf die Hüften. »Du hattest deine Chance.«

»Aber aller guten Dinge sind drei.«

»Wer sagt, dass es gute Dinge sind?« Er machte den Mund auf, um zu protestieren, aber ich war noch nicht fertig. »Weil ich allerdings mal nicht so sein will, verrate ich dir etwas anderes. Meine Mutter liebt Palindrome. Deshalb der Rufname Elle.« Ich biss mir auf die Zunge. Liebte, korrigierte ich mich im Stillen. »Bei meiner kleinen Schwester wurde dann schon der komplette Name ein Palindrom. Sie heißt Hannah«, erklärte ich und fügte hinzu: »Mit stummem H am Ende.«

»Das hab ich schon verstanden.« Leon schmunzelte. »Und das ist tatsächlich ein so interessanter Fakt, dass er mich über die Tatsache hinwegtröstet, dass du mir nicht deinen vollen Namen verraten hast.«

»Darf ich trotzdem die Enten füttern?« Ich warf ihm von unten einen unschuldigen Blick zu, der noch bei niemandem seine Wirkung verfehlt hatte.

Tatsächlich wirkte Leon für einen Moment aus dem Konzept gebracht. Sein Adamsapfel hüpfte rauf und runter, als er hart schluckte. Dann hatte er sich wieder gefangen und machte eine ausschweifende Armbewegung in Richtung des Sees. »Bitte, nur zu.«

Ich griff mir die letzten Brotwürfel und warf sie den Enten zu.

»Das war es dann wohl mit den Fragen.« Leon blickte in die leere Plastiktüte.

»Eine hätte ich noch.«

»So?« Interessiert blickte er mich an.

»Ich habe mich gefragt, ob du mir ein paar Tipps geben könntest, was man in Berlin alles so gesehen haben sollte. Ich habe ja die nächsten Tage nicht viel vor, und na ja, da würde ich gerne die Stadt ein wenig erkunden. So typisches Touri-Sightseeing eben.«

»Nein, kommt nicht in Frage«, entgegnete er entschieden.

»Ich verstehe ja, dass man als echter Berliner über diese Frage nur die Augen verdreht, aber trotzdem –«

»Es ist erst kurz nach eins«, unterbrach er mich. »Wir haben noch den ganzen Nachmittag Zeit. Ich werde dir selbst die wichtigsten Sehenswürdigkeiten zeigen. Das heißt, wenn du nichts dagegen hast, dass ich dich begleite?«

Die Frage klang beinahe schüchtern und ließ aus irgendeinem Grund mein Herz schneller schlagen.

»Überhaupt nicht«, erwiderte ich hastig. »Eine Sightseeing-Tour mit einheimischem Touristenführer klingt super!«

Kleine Fältchen bildeten sich um seine Augen. »Dann lass uns gleich loslegen. Berlin hat ziemlich viele Ecken, die man gesehen haben sollte.«

Für einen kurzen Moment legte er mir die Hand auf den Rücken, genau auf die Stelle zwischen den Schulterblättern. Ein warmes Gefühl durchflutete mich, das bis in mein Innerstes vordrang und mich erwärmte. Ich hatte beinahe vergessen gehabt, wie es sich anfühlte, unbeschwert zu sein. Und damit ich es nicht wieder vergaß, prägte ich mir Leons kurze Berührung ganz genau ein. Noch nie hatte ich eine einzige Geste mit einer vergleichbaren Intensität gespürt. Seine Berührung brannte sich förmlich durch die Kleidung an meinem Rücken hindurch – mitten in mein Herz.

Ein Lächeln bildete sich auf meinem Gesicht. Das ehrlichste seit Wochen. Es entsprang meinem Herzen, und es überraschte mich selbst, darin solche Empfindungen zu finden. Ich hatte gedacht, die Fähigkeit zur aufrichtigen Freude verloren zu haben, aber wie es schien, war Leon dabei, die alte Elle aus dem Trümmerhaufen ihres eigenen Herzens hervorzuzerren. Und das war mehr, als ich nach zwei Tagen Berlin je zu hoffen gewagt hätte. »Ich kann es kaum erwarten, dass du sie mir alle zeigst.«

Kapitel 6

14. April 2016, 18:02 Uhr

Hannah kam zu mir in die Küche gerannt, wo ich gerade das Abendessen zubereitete.

»Und, fertig mit Sudoku?«, fragte ich.

»M-hm. Weißt du, was mir vorhin aufgefallen ist?«

»Nein?«

»Wenn man die neun mit der zwei malnimmt, dann kommt dein Alter raus«, verkündete sie stolz.

»Ähm, ja, das ist das übliche Ergebnis, wenn man neun und zwei multipliziert«, meinte ich stirnrunzelnd und schob ihr einen Teller mit getoasteten Brotscheiben zu.

Wir setzten uns einander gegenüber an den Küchentisch. Mama war wie meistens um diese Uhrzeit noch in der Klinik. Sie arbeitete als Krankenschwester und hatte oft Spät- oder Nachtschicht.

»Das meine ich doch gar nicht«, entgegnete Hannah, als wäre ich schwer von Begriff.

»Und was meinst du dann?«

Hannah griff sich die Packung mit Schmelzkäse und bestrich damit ihre Scheibe Brot. Mein Abendessen fiel ernährungstechnisch figurbewusster aus. Ein Teller voll rohem Gemüse: Paprika, Gurke und Karotten, die ich in Frischkäse dippte.

Sie biss von ihrem Brot ab und verkündete mit vollem Mund:

»Das bedeutet, du bist exakt doppelt so alt wie ich. Ist das nicht witzig?«

Offenbar hatten wir beide eine gänzlich unterschiedliche Auffassung von witzig. »Aber nur dieses eine Jahr. Danach bin ich nie wieder doppelt so alt wie du.«

Hannah dachte angestrengt darüber nach. »Stimmt. Und wie ist es so, wenn man neun Jahre mehr gelebt hat?«

»Erstaunlich unspektakulär«, meinte ich. »Tatsächlich fand ich in deinem Alter vieles aufregender und spannender, einfach weil man es noch nicht so oft gemacht hat.«

Sie stellte ihren Ellenbogen auf dem Tisch auf und stützte ihren Kopf schief auf der Handfläche ab. »Das ist wie mit dem Zähneputzen, oder?«

»Das ist *genau* wie mit dem Zähneputzen«, stimmte ich ihr zu. Wenn man klein war, motivierte es einen unheimlich, mit der Sanduhr im Bad exakt drei Minuten lang die Zähne zu putzen. Bei Hannah war das im Kindergartenalter noch der Fall gewesen, ebenso wie bei mir. Leider ließ die Motivation proportional zum Alter nach, und es kam einem mehr und mehr wie eine lästige Pflicht vor, die zwar zur täglichen Routine gehörte, aber einfach keinen Spaß machte.

Hannah nickte wissend. »Dann hoffe ich einfach, dass es noch gaaanz lange dauert, bis ich so alt bin wie du.«

»Das hoffe ich auch. Weil ich dann ja schon siebenundzwanzig wäre, also fast dreißig, also quasi steinalt.« Ich hielt mir beide Hände an die Wangen und riss entsetzt Mund und Augen auf. Eine Nachahmung des Gemäldes »Der Schrei« von Edvard Munch, auf welche wir gelegentlich zurückgriffen. Das war eine Art Running Gag bei uns.

Hannah kicherte. »Bestimmt hast du dann schon Falten und einen dicken Bauch und bekommst erste graue Haare.«

»Meine Güte, Hannah, willst du, dass ich heute Nacht Alpträume bekomme, oder was?«

»Ich mein ja nur.« Sie grinste.

Kopfschüttelnd biss ich ein Stück Karotte ab und kaute nachdenklich darauf rum. Wer so eine Schwester hatte, brauchte wirklich keine Feinde mehr.

»Und, was essen wir jetzt?«, fragte sie aufgeregt, nachdem sie ihr Brot verspeist hatte.

»Bist du etwa immer noch hungrig?«, fragte ich ungläubig.

»Nö, aber ich hab Appetit.«

»Und worauf?«

»Schokofondue!« Hannahs Augen leuchteten vor Begeisterung.

»Es ist halb sieben abends. Du wirst doch jetzt keine Schokolade mehr essen wollen«, erklärte ich streng. »Aber wenn du magst, mache ich dir einen Obstteller.«

»Ach komm schon, Elle«, quengelte sie. »Nur einmal, ja?«

»Klar, heute ist es einmal und nächste Woche dann schon zweimal.«

»Nein, versprochen.« Sie schob bittend ihre Unterlippe vor und sah mich mit diesem treuherzigen Hundeblick an, bei dem sie ganz genau wusste, dass ich ihr nichts abschlagen konnte.

»Na schön. Aber sag es nicht Mama!« Als würde ich mich ergeben, warf ich die Hände in die Luft. »Und das heute bleibt eine einmalige Ausnahme.« Ich bedachte sie mit einem strengen Blick.

»Ja.« Hannah nickte eifrig.

Ich schlenderte in die Küche und begann eine halbe Tafel Schokolade in kleine Stücke zu brechen. Diese gab ich in eine Tasse und stellte sie in die Mikrowelle, um die Schokolade zu schmelzen. Ich wählte 400 Watt aus, stellte die Zeit auf fünf Minuten und setzte mich wieder zu Hannah.

Nach drei Minuten vernahm ich ein seltsames Knistern und Zischen.

»Scheiße, die Schokolade!« Ich sprang auf, riss die Mikrowellentür auf und roch den strengen Geruch von Verbranntem. Entsetzt blickte ich in die Tasse, und der darin liegende Klumpen bestätigte meine Befürchtung.

»Du hast meine Schokolade verbrannt«, jammerte Hannah.

»Tut mir leid, aber es ist noch eine halbe Tafel da. Die schmelzen wir einfach in einem Wasserbad. Da kann gar nichts schiefgehen. Versprochen.«

»Bei einer Mikrowelle kann eigentlich auch nichts schiefgehen. Du bist echt unbegabt. Ein Glück, dass Mama immer das Mittagessen kocht und nicht du.«

»Ja, ja, ich weiß.« Ich verdrehte die Augen. »Aber Schokolade in der Mikrowelle zu verbrennen ist auch eine Leistung. Glaub mir, das schafft nicht jeder.«

»Vermutlich weil du echt ein seltenes Kochgemie bist.«

»Es heißt Genie«, verbesserte ich sie.

»Nein, ich glaube, da irrst du dich. Jenny ist doch der Name von dem Mädchen aus meiner Klasse. Und die ist ganz bestimmt kein Gemie.«

»Du bist so eine kleine Miss Oberschlau. Aber weißt du was, schlag doch nach dem Essen das Wort einfach mal im Duden nach, und dann sehen wir ja, wer recht hat, okay?«

»Und was bekomme ich, wenn ich recht habe?«

»Du bekommst schon ein Schokofondue. Das muss reichen.«

Hannah dachte einen Moment darüber nach. »Na gut, ich googel es nachher mal im Duden.«

»Du meinst, du schaust es nach«, korrigierte ich sie.

»Sag ich doch, ich googel es.«

»Hannah, du kannst nichts in einem Buch googeln, das geht nur im Internet.«

»Aber du sagst doch auch immer, wenn du etwas nicht weißt, dass du es nachschaust, und dann googelst du es. Also ist das doch das Gleiche.«

»Das stimmt schon irgendwie, trotzdem kannst du nur auf Google etwas googeln.«

Hannah bedachte mich mit einem finsteren Blick, so wie immer, wenn sie falschlag.

»Weißt du was, such dir doch schon mal ein bisschen Obst

aus«, schlug ich in einem versöhnlichen Tonfall vor. »Was hättest du gerne?«

Darauf sprang sie wie von mir beabsichtigt sofort an. »Haben wir Erdbeeren da? Schokoerdbeeren sind die besten!«, verkündete sie voller Innbrunst.

»Das stimmt. Und ich glaube, ganz hinten im Kühlschrank steht noch ein Schälchen.«

Sofort riss Hannah die Kühlschranktür auf, steckte ihren Kopf hinein und beförderte triumphierend die Erdbeeren nach draußen. »Und dann will ich noch eine Banane.«

»Schaffst du das denn alles?«, fragte ich skeptisch.

»Ich bin noch im Wachstum, bei mir setzt sich das in der Höhe und nicht in der Breite an«, erklärte sie empört.

Ich kicherte und strich ihr mit einer Hand über den Kopf. »Na dann wirst du morgen ein Stückchen größer sein.«

Nachdem die Schokolade diesmal auf die altmodische Art geschmolzen war, stellte ich die Tasse vor Hannah ab. Sie hatte in der Zwischenzeit die Banane in Scheiben geschnitten und die Erdbeeren abgewaschen. Gierig spießte sie eine Erdbeere auf und tunkte sie tief in die Schokolade, bis sie von allen Seiten damit bedeckt war. Sie schob sich das tropfende Stück in den Mund, schloss die Augen und kaute glückselig.

»Magst du mal probieren?« Hannah hielt mir eine tropfende Schokoerdbeere hin.

»Vorsicht!«, rief ich, aber es war bereits zu spät, und ein großer Klecks Schokolade landete auf der Tischplatte.

»'tschuldigung.« Hannah wischte mit ihrem Zeigefinger mitten durch den Klecks und leckte die Schokolade von ihrer Fingerspitze ab.

Ich öffnete brav den Mund, damit sie mir die Erdbeere hineinschieben konnte. Schmeckte ganz okay, aber irgendwie hatte ich den Geschmack von Schokolade noch nie richtig gemocht. Wenn überhaupt, dann nur weiße Schokolade, aber auch die aß ich nur selten.

Ich schnappte mir eine Bananenscheibe ohne Schokolade und schob sie hinterher, um den Kakaogeschmack zu überdecken.

Nachdem Hannah fertig war, reichten ihr die Beweise ihrer Schokoladenorgie bis an die Wangen.

»Du hast einen ganz schmutzigen Mund. Geh dich mal waschen!«

»Nö. Das ist mein Schokovorrat für schlechte Zeiten. Wenn ich später wieder Hunger habe.«

»Hannah, bevor du hier alles mit Schokolade vollschmierst, gehst du dir den Mund waschen«, wies ich sie diesmal eine Spur schärfer zurecht.

»Okay«, gab sie nach und verschwand in Richtung Bad.

Ich machte mich daran, die Überreste unseres Abendessens wegzuräumen und das benutzte Geschirr in die Spülmaschine zu stellen.

Kapitel 7

03. Oktober 2016, 18:29 Uhr

Nachdem wir mit dem Hunderter-Bus eine kleine Rundfahrt gemacht hatten und an den wichtigsten Sehenswürdigkeiten wie dem Schloss Bellevue, dem Reichstagsgebäude, dem Brandenburger Tor und der Humboldt-Universität vorbeigefahren waren, stiegen wir am Alexanderplatz aus. Von dort war es nicht mehr weit bis zum Fernsehturm, wo bereits eine Schlange von Menschen für eine Fahrt hinauf anstand. Wir reihten uns in die Schlange ein, und da Leon meinte, die Aussicht wäre das Warten wert, war ich schon mächtig gespannt.

Als wir es irgendwann tatsächlich bis in den Aufzug geschafft hatten, erzählte mir Leon während der Fahrt nach oben mit gesenkter Stimme ein paar Details über den Fernsehturm.

»Wusstest du, dass es das höchste Bauwerk Deutschlands ist?«

»Nein, wie hoch genau ist der Fernsehturm denn?«, flüsterte ich.

»Wenn ich mich recht erinnere, sind es dreihundertachtundsechzig Meter.«

»Nicht schlecht, da hat man wirklich eine gute Aussicht auf die Stadt.«

»Und ob! Ich finde sogar, man muss jede Stadt einmal von oben gesehen haben. Durch die veränderte Perspektive hat man einen ganz neuen Blick darauf. Die Relationen verschieben sich.

Alles sieht viel gleichmäßiger und flacher aus als von unten. Außerdem haben wir die perfekte Uhrzeit abgepasst. Du wirst von dem Sonnenuntergang begeistert sein.«

Über seinen letzten Satz musste ich schmunzeln. Da kam eindeutig der Fotograf in ihm durch. Auf die Idee, nur wegen des Lichts um diese Uhrzeit hochzufahren, wäre ich gar nicht erst gekommen.

Als wir schließlich die Aussichtsetage betraten, war ich froh, dass Leon auf solche Details wie die untergehende Sonne achtete. Verzaubert von dem orangeroten Licht, in das die Gebäude getaucht wurden, starrte ich hinab auf die Stadt.

Um uns herum machten die Menschen jede Menge Fotos, aber ich wollte mir den Moment lieber in mein Gedächtnis einbrennen und ihn ganz bewusst genießen. Plötzlich hörte ich neben mir ein Knipsgeräusch. Erstaunt bemerkte ich, dass Leon von mir ein Foto gemacht hatte.

»Das macht fünf Euro pro Aufnahme«, neckte ich ihn und hielt ihm meine ausgestreckte Hand entgegen.

»Tut mir leid. Ich konnte nicht anders. Dein Gesichtsausdruck und der Lichteinfall waren gerade unglaublich.« Er schenkte mir ein entschuldigendes Lächeln.

»Dann will ich mal nicht so sein.« Ich wandte meinen Blick wieder nach vorne, um zu beobachten, wie die Sonne Stück für Stück hinter den Hausfassaden verschwand.

Leon hingegen, schien mich wesentlich interessanter zu finden als die Aussicht, obwohl er zuvor noch etwas anderes behauptet hatte.

Ich stieß ihn leicht mit der Schulter an. »Hey, du musst nach vorne schauen. Dort ist die atemberaubende Aussicht.«

»So würde ich das nicht sagen. Meine Aussicht ist durchaus ebenfalls atemberaubend.«

Das Blut schoss mir in die Wangen, und ich starrte stur geradeaus. Mein Herzschlag dröhnte mir laut in den Ohren, und in meinem Kopf rauschten die Gedanken. Langsam drehte ich mich zu ihm herum, mit einer Schulter gegen das Geländer gelehnt, in dem vergeblichen Versuch, lässig zu wirken.

»Leon«, setzte ich an, doch der Blick in seine enzianblauen Augen, die vor Leidenschaft förmlich glühten, ließ mich verstummen.

Mein Körper reagierte viel zu heftig auf ihn, obwohl mich mein Verstand warnte, dass es zu schnell ging. Aber ich konnte nichts dagegen tun. Unter seinem Blick wurden meine Handflächen feucht, mein Herz begann zu rasen, und mein Magen kribbelte. Ich ballte die Hände zu Fäusten, versuchte dem Impuls zu widerstehen, einen Schritt auf Leon zu zu machen.

Ich sollte nicht das für ihn fühlen, was ich fühlte. Nicht nach dem, was ich getan hatte, und nicht nach so kurzer Zeit. Aber trotzdem waren sie da. All die Gefühle, all die Emotionen, all die Anzeichen von Verliebtheit. Aufregung, Bauchkribbeln, Herzrasen, Leidenschaft. Noch bei keinem Freund, den ich jemals gehabt hatte, hatte es mir bei seinem bloßen Anblick derart den Atem verschlagen, noch bei keinem hatte mich ein Blick aus seinen Augen dermaßen aus dem Konzept gebracht. Und ganz sicher hatte es sich noch niemals so angefühlt, als würde es mich innerlich vor Spannung jeden Moment zerreißen. Das Knistern zwischen uns war beinahe greifbar. Als bildeten wir einen geschlossenen Stromkreis, konnte ich fühlen, wie die Energie zwischen uns hin- und herfloss, wie es mich immer näher zu ihm hinzog. Automatisch machte ich einen Schritt auf ihn zu.

Leon schien es nicht anders zu ergehen. Langsam hob er einen Arm und strich mir in einer zärtlichen Geste eine Strähne hinters Ohr. Es war wie ein Stromschlag. Meine Wange kribbelte, und seine Berührung ging mir tief unter die Haut, traf mich in meinem Innersten. Meine Güte, was machte er nur mit mir? Das war doch nicht normal. Das konnte ganz sicher nicht normal sein. Ich durfte nicht für einen Mann, den ich heute erst zum zweiten Mal traf, bereits das empfinden, was ich für Leon fühlte.

Seine Hand glitt bedächtig meinen Hals hinab und über meine

Schulter, wo sie liegen blieb. Ich sah die stumme Frage in seinen enzianblauen Augen, die in dem schwindenden Licht dunkler und verheißungsvoller wirkten als jemals zuvor. Er schien auf ein Zeichen von mir zu warten, und nichts hätte ich lieber getan, als ihm ein ermutigendes Lächeln zu schenken, aber es war noch zu früh. Ich konnte das nicht. Wenn ich ihn jetzt küsste, dann würde ich mich anschließend selbst für mein Glück hassen, denn Trauer und Schuld hatten mich viel zu fest in ihrem Griff, als dass ich mir jetzt bereits erlauben würde, wieder glücklich zu sein und schöne Gefühle zu empfinden. Nein, das hatte ich mir weiß Gott nicht verdient.

Ich drehte langsam meinen Kopf zur Seite, starrte hinaus auf Berlin, das so riesig war, dass es unmöglich erschien, die Stadtränder auszumachen. Dadurch unterband ich unseren Blickkontakt, und es war, als hätte ich damit auch den Stromkreis durchbrochen.

Ich spürte, wie Leon langsam seine Hand wegzog und mit ihr das elektrische Kribbeln verschwand. Da ich mich plötzlich schwach fühlte, umklammerte ich mit beiden Händen fest das Geländer auf der Suche nach Halt. Das Metall erschien mir eisig, fraß sich in meine Haut, verbrannte sie geradezu, und ich bemerkte, wie meine Fingerknöchelchen weiß hervorstachen.

Eine Hand legte sich sanft auf meinen oberen Rücken. »Es tut mir leid«, murmelte Leon. »Was auch immer es ist, weswegen du am Samstag traurig warst, du bist es noch immer, das kann ich dir deutlich ansehen. Ich hätte nicht einmal auf die Idee kommen dürfen … es war nicht richtig, dass ich dich so bedrängt habe.«

Ich drehte meinen Kopf nach hinten und blickte zu ihm auf. Seine Miene war angespannt und irgendwie schuldbewusst. »Leon, sei bitte nicht albern! Du hast mich doch nicht bedrängt. Wenn überhaupt, bin ich diejenige, die sich entschuldigen muss. Dafür, dass ich so kaputt bin, dass ich nicht in der Lage bin, dich an mich ranzulassen.« Ich umklammerte das Geländer noch fester, bis meine Finger zu schmerzen anfingen.

»Du bist doch nicht kaputt. Du bist traurig, und auch wenn ich nicht weiß, weshalb, möchte ich dir gerne dabei helfen, wieder glücklich zu werden. Vorausgesetzt, du lässt mich.« Sein Blick bohrte sich in meinen, und ich spürte einen Anflug von Panik bei dem Gedanken daran, ich könnte Leon erzählen, was ich getan hatte. Wenn er es wüsste, was würde er dann von mir denken? Das Gleiche, was ich auch über mich selbst dachte? Mit Sicherheit würde er mir gar nicht mehr nahe sein wollen.

»Ich weiß nicht. Es ist noch zu früh.« Ich seufzte und wandte meinen Blick wieder den funkelnden Lichtern zu.

»Es ist nie zu früh, um wieder glücklich zu sein.« Ich spürte Leons Anwesenheit neben mir als ein Kribbeln auf meiner linken Körperhälfte. Alles in mir sehnte sich danach, ihm nahe zu sein.

Leon lehnte sich zu mir herab. Sein Atem streifte mein Ohr, und eine Gänsehaut bildete sich auf meinem Nacken. »Es muss einen Grund dafür geben, dass wir uns an deinem ersten Tag in Berlin begegnet sind«, murmelte er. »Und ich werde ihn herausfinden.«

Eine Gänsehaut breitete sich bei mir aus, bis mein ganzer Körper damit überzogen war. »Vielleicht …« Meine Stimme brach, und ich räusperte mich. »Vielleicht ist der Grund, damit ich mich nicht einsam fühle. Ohne dich kam ich mir schrecklich verloren vor, ganz allein in der Großstadt, wie eines dieser Lichter da unten. Nur ein Licht von vielen. Nichts Besonderes, nicht einmal besonders hell leuchtend, aber du hilfst mir dabei, trotzdem meinen Weg zu finden. Mich einzuleben. Du zeigst mir das alles hier, hast mir einen wunderbaren dritten Tag in der Hauptstadt geschenkt. Vielleicht ist das der Grund.«

»Ja, vielleicht.« Er klang nachdenklich. »Und um deine Metapher zu verwenden. Möglicherweise soll ich dir dabei helfen, den Mantel der Traurigkeit abzustreifen, damit du wieder strahlen kannst.«

Augenblicklich versteifte ich mich, und Leon spürte es, denn er trat einen Schritt zurück, um mich von der Seite zu mustern. Das war das Einzige, was ich ihm nicht erlauben durfte. Denn wenn er mir den Mantel auszöge, würden darunter die Fetzen meiner Seele zum Vorschein kommen. Der hässliche Kern dessen, was ich getan hatte. Und das durfte niemals geschehen. Niemand durfte es wissen.

»Hast du Lust, noch mit zu mir zu kommen, und wir kochen uns etwas zum Abendessen?«, fragte er, um einen lockeren Tonfall bemüht.

Da mir kein Grund einfiel, der dagegensprach, und mich außerdem die Aussicht, den restlichen Abend allein in meiner Wohnung mit meinen Gedanken eingesperrt zu verbringen, wenig reizte, lehnte ich mich gegen das Geländer und verzog den Mund zu einem spöttischen Grinsen. »Kannst du denn kochen, ich kann es nicht.«

Leon lachte. »Eigentlich nicht, aber für eine Mikrowellenlasagne wird es schon reichen.«

»Mikrowellenlasagne klingt perfekt.«

Ich warf einen letzten Blick auf Berlin. Inzwischen hatte die Dunkelheit Einzug erhalten, und unter uns funkelten die Lichter der Stadt. Ich starrte auf die beleuchtete Silhouette Berlins, ohne wirklich etwas zu erkennen, denn ich konnte nur voller Freude daran denken, dass Leon mich zum Essen bei sich eingeladen hatte.

Während die Mikrowelle ihre Arbeit verrichtete, sah ich mich staunend in Leons kleiner Wohnung um. Sie war ziemlich vollgestopft, aber trotzdem gemütlich. Es gab eine kleine Küche, und das Wohnzimmer diente zugleich als Esszimmer. Dort befand sich auf der rechten Seite ein kleiner Tisch mit vier Stühlen und links eine Couch, auf der ein silberner Laptop stand. In der Ecke türmten sich Gegenstände, die aussahen wie Leons Fotoausrüstung. Am interessantesten allerdings war die Magnetwand, die über und über mit Fotos bedeckt war.

Ich trat näher heran, um sie besser betrachten zu können. Die Aufnahmen waren allesamt wundervoll. Für mich sah ein jedes Foto so aus, als verdiente es einen Preis.

»Die hast alle du gemacht, nicht wahr?«, sagte ich staunend und berührte eines der Bilder mit den Fingerspitzen. Darauf war ein dunkelgrüner Grashalm zu sehen, an dem ein einzelner Tautropfen hing. Dieser war rund wie eine Perle und so scharf aufgenommen worden, dass sich die übrigen Grashalme darin spiegelten.

»Was sich halt so über die Jahre ansammelt«, meinte Leon mit einem Achselzucken, aber ich sah die Spur von Stolz in seiner Haltung. Er deutete auf ein Foto, das eine Pusteblume zeigte, deren Samen im Wind davonflogen. »Das hier war das Erste, auf das ich richtig stolz war. Damals war ich sechzehn und fand es unglaublich gelungen.«

»Und jetzt nicht mehr?«

»Na ja, es ist nicht schlecht und hat mich einiges an Geduld gekostet. Aber inzwischen habe ich mich weiterentwickelt, meine Fähigkeiten und Ansprüche an die Fotografie sind gestiegen.«

Mir gefiel das Foto. »Das war bestimmt schwer, die Samen so gestochen scharf abzulichten, oder?«

»Du ahnst nicht, wie schwer! Es hat unzählige Pusteblumen und ein paar Hundert Fotos gebraucht, bis dieses eine dabei herauskam.«

»Das kann ich mir vorstellen, und genau deshalb solltest du stolz auf dich sein. Nicht viele hätten die Geduld dafür.«

»Schätze, das stimmt, und der perfekte Moment ist jegliches Warten wert.«

Als Nächstes stach mir ein Foto ins Auge, auf dem eine Möwe einen Fisch im Schnabel hielt, den sie eben aus dem Meer gezogen hatte. Sie hatte ihre Flügel weit ausgebreitet, um davonzufliegen. Ich zeigte darauf. »Das hier sieht auch nach einer Menge Geduld aus.«

Leon kratzte sich nachdenklich am Kinn. »Da lag ich einige

Stunden am Strand. Meine Begleiterin war stinksauer, weil sie stundenlang alleine im Café sitzen musste. Auf Rügen ist es im Mai nicht gerade warm. Zumindest kein Strandwetter, um im Bikini in der Sonne zu liegen. Außerdem war es an dem Tag ziemlich windig. Ich weiß noch, als ich das Foto endlich im Kasten hatte, war mein Zeigefinger so steif gefroren, dass ich ihn kaum vom Auslöser nehmen konnte. Und meine Haare standen in alle Richtungen ab, steif vom Salz, das der Wind hineingeblasen hatte.«

Ich entdeckte ein Foto von Berlin, bei dem im Vordergrund die gelbe U-Bahn auf einer wunderschönen Brücke mit zwei Türmen in der Mitte über die Spree fuhr, während im Hintergrund der Fernsehturm aufragte. »Wo ist dieses Foto entstanden?«

»Das ist die Oberbaumbrücke«, erklärte Leon. »Ist ganz in der Nähe der East Side Gallery.«

Die Mikrowelle piepste.

»Ich finde es toll, dass du zu jedem Foto eine Geschichte parat hast. Irgendwann musst du mir die übrigen auch noch erzählen.«

»Klar, wenn es dich nicht langweilt.«

»Auf keinen Fall.«

Leon schlenderte in die Küche, und ich beobachtete ihn dabei, wie er die dampfende Lasagne aus der Plastikverpackung holte und auf einen Teller manövrierte. Dann streute er noch etwas Tiefkühl-Basilikum obendrauf und stellte den Teller mit einem Augenzwinkern auf den Tisch. »Wie frisch vom Italiener.«

Ich kicherte und setzte mich schon mal an den Tisch, während Leon noch mal in der Küche verschwand. Der Duft von Käse und Tomaten stieg mir in die Nase und ließ mir das Wasser im Mund zusammenlaufen. Trotzdem war ich skeptisch und hoffte, mir würde hinterher nicht wie nach den Pommes von dem vielen Fett schlecht werden. Ich sollte wirklich etwas mehr auf meine Essgewohnheiten achten. Wenn ich nicht so unregelmäßig Nahrung zu mir nehmen würde, dann wäre mein Magen auch daran gewöhnt und würde nicht andauernd rebellieren. Und meine Kleidung würde auch etwas besser sitzen. Traurigerweise waren selbst meine Skinny Jeans nicht skinny genug für meine dünnen Oberschenkel.

»Magst du Rotwein?«, rief er aus der Küche.

»Zu einem Gläschen sag ich nicht Nein.«

»Kommt sofort.«

Einen Moment später brachte Leon zuerst zwei Gläser Rotwein und danach seine Lasagne an den Tisch.

Er hielt mir sein Glas entgegen, und seine Augen glühten förmlich. Ich stieß mit meinem Glas sanft dagegen, unfähig, den Augenkontakt zu unterbrechen. Wir tranken beide einen Schluck, während wir uns dabei unablässig über den Rand des Weinglases hinweg in die Augen blickten. Mein Magen war erfüllt von einem warmen Kribbeln, noch bevor der erste Schluck Rotwein diesen überhaupt erreichte.

Da Leon mich weiterhin ansah, fühlte ich mich genötigt, etwas über den Rotwein zu sagen. »Wirklich sehr gut. Er hat so eine … waldige Note im Abgang.«

»Tatsächlich?«, meinte er schmunzelnd, und ich spürte, wie mir die Röte in die Wangen stieg.

»Ähm, ein Aroma nach Brombeere?«, schlug ich vor.

In Leons Augen funkelte unverkennbar der Schalk. »Ich denke, du meinst Kirsche.«

Ich hatte keine Ahnung, wie jemand in einem Wein Kirsche rausschmecken konnte. Ich für meinen Teil schmeckte da vielleicht gerade noch die Weintrauben raus, aber das war es auch schon.

»Ja, natürlich, Kirsche. Jetzt, wo du es sagst. Genau danach hat es geschmeckt.« Hastig nahm ich einen weiteren Schluck Wein.

Plötzlich brach Leon in schallendes Gelächter aus. Irritiert stellte ich das Glas ab und starrte ihn an.

»Elle, ich habe keine Ahnung, nach was der Wein schmeckt, wirklich nicht. Wieso kommst du darauf, ich würde das wissen?«

»Keine Ahnung, du klangst eben sehr überzeugend«, murmelte ich und blickte finster auf den Rotwein. »Na toll, es ist ein Wein von Aldi, stimmt's? Vermutlich auch noch der billige aus dem Tetra Pak.«

»Tatsächlich warst du mir schon eine Flasche wert.« Leon zwinkerte mir zu und griff nach seinem Besteck. »Buon appetito, Elle.«

Nachdem ich ein Stück von der Lasagne probiert hatte, ließ ich es mir nicht nehmen, ihn ein bisschen aufzuziehen. »Ich weiß gar nicht, wieso du meintest, du könntest nicht kochen. Ich finde, die Lasagne schmeckt ganz ausgezeichnet.«

»Das ist mein Rezept für besondere Anlässe. Mit besonderen Personen. Wenn du willst, schreibe ich es dir auf. Das ist so kinderleicht, das bekommst du auch noch hin.«

»Ich weiß nicht.« Meine Lippen kräuselten sich, woraufhin ich von Leon ein scharfes Einatmen vernahm. »Ich hab mal Schokolade für ein Schokofondue in der Mikrowelle schmelzen wollen, und sie ist mir verbrannt. Oben war sie hart und hat fürchterlich gerochen.«

Leon lachte auf. »Das sind aber keine guten Voraussetzungen. Stell dir nur mal vor, wir hätten eines Tages Kinder. Wir müssten ihnen jeden Tag eine Milchschnitte in die Pausenbox legen. Und am Ende würden unsere Kinder gemobbt werden, von anderen Kindern, deren Mütter ihnen die Brote in Form von Herzen schneiden und Gemüse in Regenbogenfarben mit in die Pausenbox legen. Nein, einer von uns beiden sollte schon kochen können.«

»Oh, und stell dir nur mal die Schulfeste vor, an denen wir mit einer Supermarkttorte aus dem Kühlregal daherkämen. Sämtliche Übermütter würden uns dafür killen.« Lachend griff ich nach meinem Glas Rotwein und trank einen Schluck. »Und erst die Geburtstagsfeiern unserer Kinder. Wir müssten mit einer ganzen Kinderschar zu McDonald's fahren. Happy Meal für alle.«

»Ich glaube, die anderen Kinder würden uns dafür lieben. Endlich mal kein Grünzeug wie daheim. Wahrscheinlich würden bald alle Klassenkameraden unserer Kinder zum Mittagessen zu uns kommen wollen.«

Wir lachten beide herzlich. Es war so einfach, sich mit Leon zu unterhalten. Mit niemand anders hätte ich so unkompliziert über imaginäre Kinder reden können wie mit ihm. Ich liebte es, wie wir beide miteinander herumalberten, dabei sollte ich nach nur zwei Tagen nicht mal annähernd etwas Vergleichbares denken. Trotzdem tat ich es. Und ich liebte bereits jetzt jede einzelne seiner Facetten, die er mir bisher von sich gezeigt hatte. Und auch wenn ich erst die wenigsten kannte, konnte ich es kaum erwarten, die restlichen zu entdecken.

Ein lautes Grollen erfüllte den Raum. Die Oberfläche des Weins kräuselte sich leicht. »Was ist das denn?«, fragte ich besorgt. Etwa ein Erdbeben?

»Ach, das ist nur ein vorbeifahrender Zug.« Leon winkte ab. »Die Wohnung liegt gleich neben den Schienen.«

»Und das ist so laut?«, fragte ich entsetzt. Das donnernde Geräusch nahm ab, nur der Weinpegel schwappte immer noch leicht hin und her.

»Ich hör das schon gar nicht mehr. Ehrlich, man gewöhnt sich total schnell daran. Hättest du nichts gesagt, wäre es mir nicht einmal aufgefallen.«

Ungläubig starrte ich ihn an. Ich vermochte mir nicht vorzustellen, dass sich irgendwer jemals an diesen Lärm gewöhnen könnte.

»Dein Blick, Elle«, gluckste er, »unbezahlbar.«

»Ich hab noch ganz andere unbezahlbare Mimik drauf«, gab ich ungerührt zurück.

»Gibst du mir eine Kostprobe? Auch wenn ich sie nicht bezahlen kann?«

Ich verzog in einer nachdenklichen Geste den Mund. »Ja«, sagte ich gedehnt. »Ich denke schon.« Dann zog ich abwechselnd die linke und die rechte Augenbraue in die Höhe, so dass die Bewegung aussah wie eine Welle.

»Das ist echt cool!« Leon versuchte es nachzumachen, scheiterte aber kläglich. Dafür amüsierte ich mich köstlich darüber, wie er angestrengt versuchte, nur eine Augenbraue hochzuziehen, und doch dauernd beide lüpfte. »Ich geb's auf. Du kannst das viel besser.«

»Na ja, dafür kann ich nicht pfeifen.«

»Echt?« Er pfiff die Melodie von *Kill Bill*.

»Angeber«, brummte ich. »Ich weiß nicht, woran es liegt, aber es kommt einfach nur Luft zwischen meinen Lippen hervor und kein einziger Ton. Siehst du?« Ich spitzte die Lippen und pustete kräftig.

»Wegen mir könntest du das den ganzen Tag lang machen. Das sieht unglaublich sexy aus.«

»So, du findest also gekräuselte Lippen sexy?«, fragte ich und spitzte die Lippen noch einmal provozierend.

»Eigentlich Überhaupt nicht. Deine scheinen eine bemerkenswerte Ausnahme zu bilden«, erklärte er, während sein Blick gebannt auf meinem Mund lag. »So wie alles an dir.«

Ich senkte verlegen den Blick zu meiner Lasagne und stopfte mir ein großes Stück in den Mund, um nicht antworten zu müssen.

Nach der Hälfte gab ich schließlich auf. Der Käse sättigte einfach zu sehr.

Nachdem wir fertig waren, half ich dabei, das Geschirr in die Küche zu tragen. Ich sprang auf die Arbeitsplatte und beobachtete Leon dabei, wie er das wenige Geschirr abspülte. Da er mir nicht erlaubte, ihm zu helfen, blieb mir nichts weiter übrig, als seine Rückenansicht zu genießen. Als er gerade den letzten Teller zum Trocknen zur Seite stellte, hopste ich hinunter und schlang ihm aus einem spontanen Impuls heraus von hinten die Arme um die Mitte. Ich war mir nicht ganz sicher, ob meine Motivation mehr dem Wein oder meiner Sehnsucht nach Nähe geschuldet war, aber das war eigentlich auch völlig irrelevant, weil es sich einfach verdammt gut anfühlte, ihn zu umfassen. Ich lehnte meinen Kopf an seinen Rücken, genau zwischen seine Schulterblätter, und spürte an meiner Wange durch den Stoff seines Shirts hindurch die Muskelstränge.

»Elle«, raunte er zärtlich und drehte sich herum, so dass mein Gesicht plötzlich gegen seine Brust gedrückt wurde.

Ich sah zu ihm auf, und seine Augen glühten vor Verlangen. Er hob seine Hand, die ganz warm vom Abwaschen war, und strich mir zärtlich über meine Wange.

»Ich glaube, ich sollte jetzt gehen«, presste ich hervor.

»Du wirst auf keinen Fall nach Mitternacht alleine mit der S-Bahn fahren. Das ist viel zu gefährlich. Ich begleite dich.«

»Leon, ich komme aus München. Glaub mir, ich kann alleine nachts mit der Bahn fahren.« Ich legte ihm beruhigend meine Handflächen auf die Brust. Sein Herzschlag beschleunigte sich unter meiner Berührung. Ich musste mich zusammenreißen, um nicht dümmlich zu grinsen. Seine körperliche Reaktion gefiel mir. »Außerdem bin ich ein großes Mädchen, ich komme schon alleine klar.«

»München ist nicht Berlin. Hier laufen jede Menge Verrückte rum.«

Da hatte er natürlich recht. München konnte man kaum mit Berlin vergleichen, außer vielleicht in einem Punkt. »Ob du es glaubst oder nicht: Die gibt es auch in München.«

»Ich werde dich nach Hause begleiten«, beharrte er.

»Das ist wirklich nicht nötig, Leon. Bis du wieder in deiner Wohnung wärst, würden mindestens anderthalb Stunden vergehen, und dann hätte ich ein schlechtes Gewissen, weil du kaum Schlaf abbekommst.«

»Wenn dir so viel daran liegt, dass ich keinen Schlafmangel erleide, dann bleib einfach hier. Ich schlafe auf der Couch.«

»Leon.« Ich biss mir auf die Unterlippe. Eigentlich hatte ich keine Lust, noch mal raus in die Kälte zu gehen und vierzig Minuten

Bahn zu fahren, ganz besonders nicht, nachdem ich schon leicht angetrunken vom Rotwein war. Und vor allem müde. Aber konnte ich sein Angebot annehmen? Was würde Mama davon halten, wenn ich bei Leon übernachtete? Vermutlich nicht sehr viel.

»Ich weiß nicht.«

»Es gibt nur diese zwei Optionen: Entweder ich begleite dich nach Hause, oder du schläfst hier. Deine Entscheidung.«

»Na schön«, schnaubte ich. Entscheidungen waren noch nie mein Ding gewesen, aber da ich Leon nicht noch mehr Umstände machen wollte und mich, wenn ich ehrlich war, sogar nach seiner Nähe sehnte, selbst wenn er in einem anderen Raum als ich schlief, entschied ich mich dafür hierzubleiben. »Aber ich nehme die Couch«, bestimmte ich.

»Tut mir leid, aber du bist der Gast, das kann ich nicht zulassen.«

»Tja, das wollen wir doch mal sehen.« Ich stapfte zur Couch und legte mich demonstrativ darauf. »Siehst du. Ich liege hier, und ich fürchte, für dich ist kein Platz. Dann musst du wohl doch in deinem Bett schlafen.«

Leons Augen funkelten, als er sich über die Lehne beugte. »Das sehe ich anders.« Allein der Klang seiner rauen Stimme bewirkte ein sehnsuchtsvolles Ziehen in meinen Eingeweiden.

Leon war mit zwei schnellen Schritten auf der anderen Seite der Couch, und ehe ich recht wusste, wie mir geschah, hatte er mich bereits gepackt und trug mich in Richtung Schlafzimmer.

»Leon, lass mich runter!« Ich zappelte mit den Beinen, aber es nützte nichts. Unerbittlich schritt er weiter, stieß die Tür auf und warf mich auf die Matratze.

»Wenn du so stur bist, dann werden wir eben beide hier schlafen.« Er ging um das Bett herum und legte sich auf die andere Seite, ohne mich dabei aus den Augen zu lassen.

»Gut«, sagte ich, tastete nach der Decke und zog sie mir bis unters Kinn.

»Gut«, sagte auch Leon.

Wir blickten uns weiterhin finster an.

»Schlaf gut, Elle.« Leon drehte sich zur Seite und mir den Rücken zu.

Ich starrte in die Finsternis. »Du auch«, murmelte ich.

Als ich die Augen aufschlug, kam mir die Umgebung fremd vor, so wie auch schon an den Morgen davor, weshalb ich einen Moment brauchte, ehe mir klarwurde, wo ich mich befand. Das Bett war groß und breit und definitiv nicht das, in dem ich die letzten zwei Nächte geschlafen hatte. Was bedeutete, dass ich mich nicht in meiner Wohnung befand, sondern in Leons.

Ich streckte mich ausgiebig, und dabei berührte mein Arm die Bettseite neben mir, die leer war. Wo Leon wohl steckte? Mein Blick fiel auf das zerknautschte Kopfkissen neben meinem, und ich entdeckte einen kleinen, zusammengefalteten Zettel. Ich schnappte ihn mir, entfaltete ihn und begann zu lesen.

Guten Morgen, Schlafmütze,
du hast so tief und fest geschlafen, dass ich es nicht übers Herz gebracht habe, dich zu wecken. Zum ersten Mal in meinem Leben bedauere ich es, zur Arbeit zu müssen, denn ich hätte den Tag viel lieber mit dir verbracht.
Fühl dich frei, in meiner Wohnung zu tun und zu lassen, was immer du willst. Das gilt auch für den Kühlschrank. Nimm dir heraus, worauf du Lust hast.
Ich würde mich sehr freuen, wenn du heute Abend noch da bist, wenn ich nach Hause komme. Und falls du gerne noch etwas Berlin erkunden möchtest. Ich glaube, die East Side Gallery könnte dir gefallen.
Leon
PS: Meine Handynummer 0151…

Ich drückte den Zettel gegen meine Brust. Noch nie hatte mir jemand eine nette Botschaft hinterlassen, und obwohl nichts Besonderes drinstand, freute ich mich einfach darüber, dass Leon sich am Morgen die Zeit genommen hatte, um die paar Zeilen zu notieren. Zu Hause hatte es immer nur Zettel am Kühlschrank gegeben, mit Aufgaben für mich, wie die Wäsche zu waschen oder Lebensmittel einkaufen zu gehen.

Ich faltete den Zettel ordentlich zusammen und steckte ihn in meine Hosentasche. Genauso gut hätte ich ihn in meiner Handtasche verstauen können, aber aus irgendeinem Grund mochte ich Leons Nachricht nah bei mir tragen. Ich wälzte mich aus dem Bett und tapste ins Wohnzimmer, wo meine Handtasche noch immer neben dem Tischbein des Esstischs lag. Ich griff danach, ließ mich auf den Stuhl fallen und kramte nach meinem Handy. Sobald ich es hervorgezogen hatte, begann ich damit meine Antwort auf seinen Zettel zu tippen.

Ich: Gute Tat des Tages erfolgreich erfüllt. :-)

Ich drückte auf »Senden« und wartete ein paar Augenblicke, aber natürlich schrieb Leon nicht sofort zurück. Was erwartete ich auch? Dass er den ganzen Vormittag auf sein Handy schielte, in Erwartung einer Nachricht von mir?

Um nicht wie blöd auf das Display zu starren, begab ich mich ins Bad, wo ich mir das Gesicht mit kaltem Wasser wusch und mir anschließend mit den Fingern durch die Haare fuhr, bis ich die gröbsten Knoten entwirrt hatte und sie halbwegs ordentlich aussahen.

Als ich die Badtür öffnete, vibrierte mein Handy. Ich sprintete zum Esstisch und kam mir ein wenig lächerlich vor, weil mir mein Herz wegen einer simplen SMS bis zum Hals schlug.

Leon: Das freut mich, aber würdest du mir noch verraten, womit?

Ich: Dein Zettel. Der war super. Made my day.

Leon: Denkst du, es wäre schummeln, wenn ich dir ab jetzt jeden Tag einen schreiben würde? :-)

Ich: Nö, das würde ich auf jeden Fall gelten lassen. Ganz uneigennützig natürlich. ;-)

Leon: Ich kaufe dem Obdachlosen heute trotzdem ein Brötchen. Bist du nachher noch da, wenn ich von der Arbeit komme?

Irgendwie käme es mir komisch vor, wenn ich hierbliebe und auf ihn warten würde. Immerhin war es seine Wohnung, und auch wenn wir uns wirklich gut verstanden hatten und ich sogar über Nacht geblieben war, wollte ich trotzdem nicht hier auf ihn warten. Nein, lieber würde ich mir die East Side Gallery anschauen, so wie er es vorgeschlagen hatte, und danach zu mir fahren.

Ich: Muss noch was daheim erledigen. Sehen wir uns heute Abend? Wir könnten etwas trinken gehen. Kennst du eine gute Bar?

Leon: Die UnverzichtBAR könnte dir gefallen. Treffen wir uns um neun Uhr davor?

Ich: Geht klar.

Ich schickte noch einen Daumen nach oben, dann steckte ich mein Handy in die Hosentasche. An der Wohnungstür zögerte ich. Leon war nicht da. Das wäre die einmalige Gelegenheit, mich ein bisschen genauer umzusehen. Allerdings war ich dafür zu gut erzogen und wusste, dass es sich nicht gehörte, in anderer Leute Sachen rumzuschnüffeln. Nach einem letzten Blick auf die Magnetwand mit Leons Fotografien, öffnete ich entschlossen die Tür und verschwand im Hausflur.

Während ich an der East Side Gallery entlanglief und die Kunstwerke bestaunte, wurde mir erst so richtig bewusst, dass es sich um ein echtes Stück Geschichte handelte. Genauer gesagt, ein ziemlich langes Teilstück der Berliner Mauer, das von verschiedenen Graffiti-Künstlern bemalt worden war. Jedes Graffito war so unterschiedlich wie der Künstler selbst, und manche gefielen mir besser als andere. Es war beeindruckend, eine so lange Strecke an der Mauer entlangzugehen und sich dabei vorzustellen, wie diese einmal tatsächlich West- und Ostberlin voneinander getrennt hatte. Es war wirklich etwas völlig anderes, darüber im Geschichtsunterricht zu hören, als hier davorzustehen und das Riesengebilde mit eigenen Augen zu sehen, das Menschen und Familien voneinander getrennt hatte.

Ich schluckte schwer. Das erinnerte mich an meine Familie und daran, wie ich uns getrennt hatte. In diesem Moment wurde mir schmerzlich bewusst, wie sehr ich die beiden vermisste. Mama und Hannah fehlten mir. Ohne sie war ich nicht mehr dieselbe. Vielleicht fühlte ich mich aus diesem Grund so stark zu Leon hingezogen. Er vertrieb ein Stück der Einsamkeit in mir. Gab mir ein Gefühl von Geborgenheit. So unbeschwert wie in der kurzen Zeit, die wir zusammen verbracht hatten, hatte ich mich schon sehr lange nicht mehr gefühlt. Trotz allem wusste ich nicht, ob es letztendlich reichen würde. Ob es genug war. Ob *Leon* genug war.

Kapitel 8

16. April 2016, 15:11 Uhr

»Ich finde es nicht gut, dass du dich mit Raphael triffst.« Mama runzelte besorgt die Stirn. Ich kannte diesen Ausdruck nur zu gut.

»Und wieso nicht?«, fragte ich seufzend. Ich war wohl alt genug, um mich zu treffen, mit wem ich wollte.

»Wenn ich das sage, bist du bestimmt beleidigt.«

»Nachdem du nun schon Andeutungen gemacht hast, musst du es auch sagen.« Ich warf ihr einen unwilligen Blick zu.

Mama hob die Hände und ließ sie dann doch wieder in ihren Schoß fallen. Sie wirkte ein wenig hilflos. »Du weißt, dass ich immer nur dein Bestes will, Elle, und ich sage das nur, weil ich wirklich überzeugt bin, dass Raphael nicht zu deinem Besten gehört. Er … wie soll ich sagen? Er ist, nun ja, ein Schnösel. Ich finde einfach, er passt nicht zu dir.«

»Nur weil sein Vater einen Porsche fährt, muss Raphael doch noch lange kein Schnösel sein«, empörte ich mich. »Das ist echt oberflächlich von dir. Ehrlich, ich bin schockiert, das bin ich gar nicht von dir gewohnt.«

»Ich mache ihnen ja auch keine Vorwürfe, nur weil sie reich sind und einen schnöseligen Wagen fahren. Ich meine ja nur, dass Raphael auf mich mehr den Eindruck macht, als wollte er dich nur als Prestigeobjekt haben. Und das ist durchaus verständlich, schließlich bist du wunderschön, Schätzchen, aber so etwas hast du doch gar nicht nötig.« Mama strich sich eine rehbraune Haarsträhne, die sich aus ihrem kurzen Pferdeschwanz gelöst hatte, hinters Ohr.

»Das habe ja wohl immer noch ich zu entscheiden und nicht du. Außerdem mag ich ihn wirklich, Mama.«

»Ich weiß, ich mache mir ja auch nur Sorgen um dich und dein Herz.« Mama bedachte mich mit ihrem liebevollen Sorgenblick. Den hatte sie im Laufe der Jahre wirklich perfektioniert.

»Mama«, stöhnte ich, »ich will ihn ja nicht gleich heiraten. Ich hab ihn doch erst ein paar Mal gedatet, und da ist dieses gewisse Etwas zwischen uns. Und jetzt versuchen wir es einfach mal miteinander. Was ist denn so schlimm daran?«

»Genau das. Dass du es versuchen willst, bedeutet, dass du bereits davon ausgehst, dass eure Beziehung scheitert.«

»Was ist das denn für ein Blödsinn?« Frustriert warf ich die Hände in die Luft. Manchmal trieb Mama mich echt in den Wahnsinn.

»Das wäre, wie wenn du versuchen würdest einen Kuchen zu backen. Dabei dürftest du ihn aber niemals wirklich backen, denn dann würdest du es ja *tun*. Du musst es schon bei dem Versuch belassen. Aus einem Versuch entsteht rein gar nichts. Entweder bist du mit Raphael zusammen, oder du bist es nicht.«

Ich starrte sie verständnislos an. Mama haute öfter mal solche Pseudolebensweisheiten raus, die kein Mensch außer ihr selbst kapierte, aber diesmal trieb sie es wirklich auf die Spitze.

»Ich treffe mich trotzdem heute Abend mit Raphael«, erklärte ich schließlich mit vorgerecktem Kinn, »und mir ist es egal, ob du das gut findest oder nicht. Es ist immer noch mein Leben.«

Mama strich mir beschwichtigend über den Kopf. »Ich sehe ja ein, dass man manche Fehler selber machen muss. Ich würde sie dir nur gerne ersparen. Aber mach deine eigenen Erfahrungen mit Raphael. Und glaub mir bitte, Schätzchen, ich wünsche mir nichts mehr, als dass ich mich irre und ihr beiden zusammenpasst, aber –«

»Aber du glaubst es nicht«, vollendete ich den Satz für sie hörbar genervt.

»Nein.« Sie blickte mich aus traurigen blauen Augen an.

Den gleichen blauen Augen, die auch Hannah hatte. Bis auf die unterschiedliche Augenfarbe sah ansonsten ich Mama wie aus dem Gesicht geschnitten aus. Hannah kam mehr nach unserem Vater, ich jedoch hatte die braunen Haare und Gesichtszüge unserer Mama geerbt, weshalb meine Schwester und ich uns de facto überhaupt nicht ähnelten.

»Gut, das ist deine Meinung.« Ich stemmte mich vom Sofa hoch. »Ich geh mich jetzt fertig machen für mein Date«, entgegnete ich trotzig.

Kapitel 9

04. Oktober 2016, 13:37 Uhr

Meine Verabredung mit Leon um neun Uhr abends schien mir noch ewig weit weg zu sein. Ich hatte bereits meine Einkäufe im Supermarkt erledigt und nun nichts weiter zu tun. Mit einem Apfel in der Hand ließ ich mich aufs Bett fallen, wo ich mit dem Gedanken spielte, Hannah anzurufen. Mittlerweile müsste sie aus der Schule zurück sein. Allerdings bezweifelte ich, dass sie heute mit mir reden wollte. Und ich konnte es ihr kaum verübeln. Ich selbst würde vermutlich auch nicht mit mir reden wollen. Trotzdem war sie meine kleine Schwester, und ich musste wissen, wie ihr erster Schultag, seit ich weggezogen war, verlaufen war.

Ich kramte mein Handy hervor und wählte die Nummer. Diesmal versuchte ich gar nicht erst, Hannah auf ihrem Handy zu erreichen. Sie würde mich doch nur wieder ignorieren.

Im Prinzip wusste ich, dass der einzige Ort für Hannah der an meiner Seite war, aber ich war zu schwach gewesen, sie bei mir zu behalten. Ich hatte es nicht länger ertragen, in Hannahs traurige blaue Augen zu blicken, die mich jedes Mal schmerzhaft an Mama erinnerten und daran, was ich getan hatte.

»Winkel«, meldete sich eine weibliche Stimme. Die Stimme von *Sylvia.*

»Hier ist Elle.« Meine Stimme war kühl, und ich ließ die Begrüßung absichtlich weg. »Ich möchte bitte meine Schwester sprechen.«

»Die ist vor fünf Minuten in ihrem Zimmer verschwunden, um Hausaufgaben zu machen. Warte kurz.«

Ich hörte, wie Sylvia die Treppenstufen hinaufstieg, dann knisterte es kurz in der Leitung. Ich hielt den Atem an.

»Elle?«, fragte ein zartes Stimmchen.

Erleichtert stieß ich die Luft aus. Sie redete mit mir! »Hannah, wie geht es dir? Hast du ein schönes Zimmer? Verstehst du dich mit Luis und Jenny? Wie war es heute in der Schule?« Ich bombardierte sie mit allen Fragen, die mich die letzten Tage beschäftigt hatten.

»Tu doch nicht so, als würde dich das interessieren.« Hannah klang niedergeschlagen, obwohl sie es mit einem Vorwurf zu tarnen versuchte.

»Aber das tut es wirklich«, rief ich bestürzt.

»Tut es nicht! Du bist so eine Heuchlerin!« Ihre Stimme brach am Ende, und ich konnte die Tränen förmlich sehen, die sich in ihren Augen sammelten. »Wieso hast du so getan, als würdest du mitkommen? Du hast gesagt, Vater würde sich ab jetzt um uns kümmern.«

Meine Brust zog sich zusammen. »Es tut mir leid«, murmelte ich. »Ich konnte nicht. Ich konnte einfach nicht bleiben, und ich dachte, so wäre es leichter.«

»Für wen von uns? Dich oder mich? Du bist einfach ins Auto gestiegen und davongefahren. Und jetzt bin ich ganz allein.« Sie schniefte. »Bei Fremden.«

Es zerquetschte mir förmlich das Herz, weil ich wusste, dass alles, was Hannah sagte, der Wahrheit entsprach. Natürlich kannte sie diese Leute nicht. Unser Vater hatte uns verlassen, da war Hannah ein Jahr alt gewesen, und außer sporadischen Telefonaten und Treffen an Geburtstagen war da nie eine wirkliche Beziehung entstanden, zumindest nicht bei Hannah. Für sie war Rainer mehr ein Fremder als eine Bezugsperson. Ich war damals,

als unsere Eltern sich trennten, zehn Jahre alt gewesen und liebte meinen Vater über alles, so wie jedes Kind seine Eltern lieben sollte. Umso weniger verstand ich, wie er uns für Sylvia hatte verlassen können. Wie wir ihm so egal hatten werden können, dass er diesen Schritt ging. Rainer hatte all seine Vaterliebe, die er uns hätte schenken müssen, seinen neuen Kindern Luis und Jenny geschenkt. Dass er für unsere Halbgeschwister da war, aber nicht für Hannah und mich, hatte ich ihm nie verzeihen können. Ich hatte ihn regelrecht mit Verachtung gestraft, wann immer er einen Annäherungsversuch unternommen hatte. Wenn er angerufen hatte oder vorbeigekommen war, hatte ich mich jedes Mal geweigert, mit ihm zu sprechen. Bis ich Hannah zu den Winkels geschafft hatte. Weil Rainer Winkel immer noch ihr Vater war. Ihr Erziehungsberechtigter. Ihr Vormund. So hatte es das Jugendamt festgestellt. Was ebenfalls meine Schuld war, denn ich hatte Mamas Wunsch ignoriert. Hatte so getan, als hätte es dieses eine Gespräch kurz nach meinem achtzehnten Geburtstag nie gegeben, als hätte ich nicht ein Dokument unterschrieben, das sich noch immer versteckt in unserem Haus in München befand.

Meine Hände zitterten, als ich versuchte, die richtigen Worte zu finden. »Du bist nicht allein. Du hast Vater und Sylvia. Außerdem sind Jenny und Luis gar nicht so viel jünger als du. Du könntest ihnen ein gutes Vorbild sein, die große Schwester zu der sie aufschauen.« Die Worte schmeckten wie Säure in meinem Mund.

»Ich will aber nicht die große Schwester sein, wenn es bedeutet, dass ich meine große Schwester verliere«, antwortete sie niedergeschlagen.

Das Handy fiel mir aus der Hand und landete auf der Matratze. Hastig hob ich es auf und presste es an mein Ohr, aber das Zittern wollte nicht aufhören. Hannah brach mir mit ihren Worten, ohne es zu ahnen, das Herz. Ich sollte ihr endlich gestehen, dass alles einzig und allein meine Schuld war und dass ich sie aus diesem Grund hatte verlassen müssen. Ich hatte mich nicht in der Lage gefühlt, so viel Verantwortung zu übernehmen. Bei den Winkels würde sie es besser haben, viel besser. Aber ich konnte ihr nicht die ganze Wahrheit sagen. Danach würde Hannah mich mit Sicherheit hassen – noch mehr, als sie es jetzt vielleicht ohnehin schon tat –, und das würde mir nicht nur das Herz brechen, es würde es mir verätzen, bis nur noch ein schwarzer Klumpen übrig war.

»Es tut mir so leid«, flüsterte ich und meinte jedes Wort davon ehrlich. »Es tut mir so unendlich leid. Ich hoffe, du kannst mir eines Tages verzeihen.«

Es folgte ein langes Schweigen und dann: »Ich weiß es nicht. Ich weiß nur, dass mich die einzigen beiden Menschen, die ich jemals geliebt habe, verlassen haben. Keiner von beiden ist hier, um mich in den Arm zu nehmen.«

Tränen rannen mir über die Wangen, und nun heulten wir gemeinsam. Getrennt durch Hunderte Kilometer Raum, aber zur selben Zeit. Es waren bittere Tränen. Sie schmeckten nach Verlust und Verrat. Nach Einsamkeit und Enttäuschung. Ein Schluchzen entwich meiner Kehle.

»Weinst du auch?«, fragte Hannah durch ihre verstopfte Nase.

»Nein, das hört sich nur so an«, sagte ich schniefend. »Die Verbindung hier ist wirklich schlecht.«

»Du lügst. Du weißt doch, dass ich weiß, wenn du lügst.«

»Und du bist immer noch eine kleine Miss Oberschlau«, meinte ich und lachte unter Tränen. »Löst du nachher noch ein Sudoku?«

»M-hm, ich denke schon.«

»Aber erst schön Hausaufgaben machen, ja?«

»Ja, ja, ich weiß: Erst die Arbeit, dann das Vergnügen. Das sagt Sylvia andauernd.« Ich konnte ihr anhören, dass sie gerade die Augen verdrehte.

»Echt? Oh Mann, das ist ja voll nervig. Also, ich würde das niiieee sagen.«

»Nö, du würdest sagen: Was du heute kannst besorgen, das verschiebe nicht auf morgen.«

Erleichtert nahm ich wahr, dass Hannah wieder gefasster klang, ja beinahe schon mit mir herumalberte.

»Das stimmt doch gar nicht. Wenn, dann sage ich nur ganz blöde Sprüche, so was wie: Morgen, morgen, nur nicht heute, sagen alle faulen Leute.«

»Der ist wirklich blöd.« Sie kicherte. »Der passt zu dir.«

»Frechheit!«, rief ich lachend, was durch meine verstopfte Nase komisch klang. »Wenn ich könnte, würde ich dir dafür jetzt ordentlich durchs Telefon in die Wange kneifen.«

»Uh, jetzt hab ich aber Angst. Cleaning Ünger'aken kommt gleich durchs Telefon«, triezte sie mich.

»Pass nur auf, dass ich nicht wirklich gleich komme.«

»Ich würde dich ja noch weiter provozieren, wenn du das dann wirklich tust. Leider sind das ja doch nur leere Drohungen.«

»Ach Mensch, Hannahlein, du machst es mir aber heute auch echt schwer.«

»Ich weiß«, sagte sie und seufzte abgrundtief. »Aber ich vermisse dich nun mal so sehr.«

»Ich komme dich bald besuchen, und dann machen wir beide was Schönes zusammen, ja?«

»Versprochen?«

»Dickes Ehrenwort.«

»Und du hast nicht die Finger überkreuzt?«

»Nein.« Es tat verdammt weh, dass Hannah mir nicht mehr glaubte.

»Und die Zehen auch nicht?«

»Hannah«, rügte ich sie. »Ich schwöre, dass ich dich bald besuchen komme.«

»Okay, weil wenn nicht, bist du ein Arsch mit Ohren, und das willst du wirklich nicht sein.«

»Nein, das will ich ganz und gar nicht sein. Mir reichen meine Erfahrungen mit denen völlig.«

Ich dachte an den einen Arsch mit Ohren, der mir das Herz gebrochen hatte. Mistkerl! Selbst jetzt noch war ich bei der bloßen Erinnerung daran sauer. Was auch kein Wunder war, schließlich lag es noch gar nicht so lange zurück.

»Ich verstehe eh nicht, was so toll daran sein soll, mit Jungs zu knutschen. Die bringen doch nichts als Ärger.«

Manchmal wünschte ich, ich wäre auch wieder neun Jahre alt. Damals war die Welt irgendwie ein viel schönerer Ort gewesen. Alles war so einfach gewesen. Da hatte es keine Schattenseiten, nur Sonnentage gegeben, und die größten Dramen waren die, wenn ich aufhören musste, mit meinen Puppen zu spielen, weil das Essen fertig war.

»Musst du auch nicht. Und irgendwann wirst du es verstehen.«

»Glaube ich nicht. Das ist doch voll eklig. So Zungen sind echt glitschig, und dann hat einer vielleicht Mundgeruch. Iiihhh!«

Ich kicherte. »Also Zwiebeln sollte man davor tatsächlich besser nicht essen und Knoblauch auch nicht, aber ansonsten macht es echt total Spaß. Weißt du, knutschen ist ein wenig wie Sudoku. Dieses Gefühl, wenn du ein schwieriges gelöst hast, dann willst du doch unbedingt das nächste lösen, weil es so viel Spaß gemacht hat. Und so ist das mit Jungs auch. Wenn du erst mal das Rätsel darum gelöst hast, wie sich ein Kuss von ihm anfühlt, dann willst du unbedingt gleich den nächsten Kuss haben.«

»Du meinst, man kann nach Küssen süchtig werden?«, fragte sie zu gleichen Teilen angeekelt und fasziniert.

»Aha! Du gibst also zu, dass du süchtig nach Sudoku bist.«

»Das hab ich nie gesagt.«

»Natürlich nicht«, spottete ich.

»Wir sollten langsam mal aufhören. Ich muss noch ein Sud-, äh Hausaufgaben machen.«

»Dann will ich dich nicht davon abhalten. War schön mit dir zu reden.«

»Fand ich auch.«

»Ich ruf dich bald wieder an, okay?«

»Okay.«

Nachdem ich aufgelegt hatte, war ich ganz verwirrt von den vielen Emotionen während des Telefonats. Und obwohl Hannah am Ende relativ fröhlich geklungen hatte, nagte das schlechte Gewissen an mir. *Ich weiß nur, dass mich die einzigen beiden Menschen, die ich jemals geliebt habe, verlassen haben. Keiner von beiden ist hier, um mich in den Arm zu nehmen.* Diese zwei Sätze schallten wieder und wieder durch meinen Kopf. Es schmerzte, weil es wahr war. Die ungeschminkte Wahrheit war nicht immer schön, deshalb wurde sie auch so oft mit der Maske der Lüge verschleiert. Damit man nicht sah, was wirklich darunterlag, denn manchmal war es leichter, statt der hässlichen Wahrheit nur die schöne Maske zu sehen. Manchmal war es weniger schmerzhaft, an die Illusion zu glauben, als tiefer nach der Wahrheit zu graben. Aber früher oder später bröckelte jede Maske, wurde porös, bekam erste Risse, bis sie schließlich zerfiel und die hässliche Wahrheit, die darunter verborgen lag, ans Licht kam.

Nein, es war besser so. Lieber ließ ich mir von Hannah die ungeschminkte Wahrheit sagen, auch wenn es weh tat. Ehrlichkeit war so viel wertvoller, bildete sie doch die Basis für Liebe und Vertrauen. Niemand wusste das besser als ich, nachdem ich all das verspielt hatte.

Ich hasste mich dafür, dass mein Leben nur noch aus Selbstmitleid bestand. Verachtete mich für meine pathetischen Gedanken. Und doch konnte ich nicht anders, denn diese selbstmitleidige, von Schuldgefühlen erdrückte Person war nun einmal ich. Ich war nicht immer so gewesen, aber durch meine eigenen Entscheidungen zu dieser Person geworden. Und egal wie sehr ich mir wünschte, ich könnte aus meiner Haut, egal wie sehr ich mir diesen Neuanfang herbeigesehnt hatte, so ließ sich die Vergangenheit nicht einfach abstreifen wie ein lästig gewordenes Kleidungsstück. Sie haftete an mir wie der Duft der Zeit. Vergänglich und zugleich unwiderruflich.

Das Telefonat hatte mich dermaßen fertiggemacht, dass ich mich schon um kurz nach halb acht auf den Weg zur UnverzichtBAR gemacht hatte und nun bereits bei meinem zweiten Drink angelangt war. Ich saß allein an der Theke auf einem hohen Barhocker und versuchte meine Schuldgefühle buchstäblich zu ertränken. Das klappte ziemlich gut, da der Alkohol mir dankenswerterweise gleich zu Kopf stieg.

Der Barkeeper hatte ein paarmal versucht, mit mir zu flirten, aber ich war nicht darauf eingegangen, da ich nicht in der Stimmung dafür war. Trotzdem hatte ich es mir nicht nehmen lassen und heute meinen schwarzen Lederminirock angezogen, in dem ich mich immer besonders sexy fühlte.

Ich nahm einen weiteren Schluck meines Drinks, als ich spürte, wie mir jemand mit zarten Fingern die Haare aus dem Nacken strich. Als ich aufsah, stockte mir bei Leons Anblick der Atem. Was für ein Glück es doch war, ausgerechnet ihm an meinem ersten Tag in Berlin begegnet zu sein! Leon war intelligent, nett, kreativ und attraktiv und damit eigentlich zu gut für mich. Vielleicht war das einer der Gründe, warum ich Leon so faszinierend fand. Er war ein guter Mensch, und in seiner Nähe hatte auch ich das Gefühl, ein guter Mensch zu sein. Leon gab mir das Gefühl, *gut* zu sein.

»Wieso sitzt du denn schon drinnen? Bin ich etwa zu spät?« Leon klang leicht besorgt, was ich sehr süß fand.

»Nein, überhaupt nicht. Ich hatte es nur zu Hause nicht mehr ausgehalten«, gestand ich.

Er ließ sich auf den Barhocker neben mir gleiten, bestellte sich ein Bier und wandte sich mir zu. »Der Tag zog sich schrecklich in die Länge. Noch nie habe ich mir den Feierabend so sehr herbeigesehnt wie heute. Vor allem nach gestern Nacht. Ich wünschte, ich hätte dich heute Morgen nicht verlassen müssen.«

»Du hättest mich wecken können«, meinte ich schulterzuckend. »Du sahst so friedlich aus. Ich wollte dich ausschlafen lassen.«

»Nun, ausgeschlafen bin ich.«

»Das sehe ich.« Leon legte seine Hand auf meinen Oberschenkel und strich sanft mit seinem Daumen über die dünne Strumpfhose. »Und du siehst sehr hübsch aus«, meinte er mit rauer Stimme.

Allein vom Klang seiner Stimme wurde mir ganz heiß. Mein Gott, musste Leon auch noch eine sexy Stimme haben? Als wenn seine phantastischen Augen, sein umwerfender Charme und seine ganze verdammte Ausstrahlung nicht genug wären.

Ich wusste nicht recht, wie ich mit dem Kompliment umgehen sollte. Natürlich war mir klar, dass ich hübsch war, das hörte ich schließlich nicht zum ersten Mal, aber aus Leons Mund schien es zum ersten Mal in meinem Leben wirklich etwas zu bedeuten. Denn ich wollte in seinen Augen hübsch aussehen.

»Elle, was ist los? Du zitterst ja.« Leon zog seine Hand von meinem Oberschenkel weg und musterte mich besorgt.

Erst jetzt merkte ich, dass ich am ganzen Körper bebte.

»Was hast du?«, hakte er nach.

»Es ist nichts. Vermutlich nur der Alkohol. Ich hab heute noch nichts gegessen«, murmelte ich.

Schließlich konnte ich schlecht sagen, dass sein Kompliment mich innerlich aufgewühlt hatte und seine körperliche Wirkung auf mich ein Übriges tat. Alles in mir sehnte sich so sehr nach einer Berührung von Leon, dass ich regelrecht erzitterte.

»Du trinkst auf nüchternen Magen Alkohol?«, stellte er missbilligend fest, und sein Tonfall gefiel mir nicht.

Ich war schließlich alt genug, um mit meinem Körper machen zu dürfen, was ich wollte.

»Mir war eben danach«, gab ich etwas heftiger zurück als beabsichtigt.

Leons Blick wurde weicher. »Ich wollte dir keinen Vorwurf machen, aber dann bestell dir zumindest jetzt etwas zu essen.«

»Hab keinen Hunger«, murmelte ich und griff nach meinem Drink.

»Schluss jetzt, Elle!«, knurrte Leon, entwand meiner Hand das Glas und stellte es neben sein Bier außerhalb meiner Reichweite ab.

»Hey! Ich kann auch ohne Spaß Alkohol haben! Und bevor du etwas sagst, ich meine das genauso.« Ich funkelte ihn wütend an.

»Das glaube ich dir aufs Wort«, entgegnete er nicht weniger zornig. Seine Kiefermuskeln traten angespannt hervor.

»Gib mir das Glas zurück!«, verlangte ich.

»Nein!« Wir funkelten uns wütend an, bis sich seine Gesichtszüge glätteten. »Wenn du mich lässt, zeige ich dir, wie viel Spaß wir beide heute Abend haben können. Und dafür brauchst du keinen weiteren Alkohol.«

»Fein«, entgegnete ich gereizt, blickte allerdings schon etwas versöhnlicher drein.

»Also, was möchtest du essen?«, fragte er, als wäre nie etwas gewesen.

Um dieser Diskussion ein Ende zu bereiten, gab ich nach. »Nachos mit Dip?«, schlug ich vor, da ich keine Ahnung hatte, was ich wollte.

Leon nickte knapp und bestellte die Nachos zusammen mit einem Sandwich und einem Glas Wasser.

»Komm, wir setzen uns an einen der Tische. Dort haben wir mehr Platz.« Er deutete auf einen kleinen Tisch mit zwei Stühlen auf der anderen Seite der Bar.

»Schön.« Ich sprang vom Barhocker und strauchelte, was mich ungemein ärgerte.

Leon schnaubte und packte mich stützend am Arm. Wieso war mir jetzt, wo ich stand, nur so schwindelig? So ein Mist!

Ich ließ mich von ihm zu dem Tisch ziehen und musste einsehen, dass Leon recht hatte. Ich war tatsächlich angetrunken. Sobald ich sicher saß, ging er los, um sein Bier von der Theke zu holen. Meinen Drink ließ er stehen. Wie vernünftig er doch war. Plötzlich war ich genervt von mir selbst und vom Universum, das manchmal einfach ein Riesenarsch mit Ohren war. Leon hatte etwas Besseres verdient als ein kaputtes achtzehnjähriges Mädchen, das keine Ahnung vom Leben hatte und es noch nicht einmal auf die Reihe bekam, etwas zu essen, bevor es sich betrank. Betreten starrte ich auf die Tischplatte, während sich eine Träne aus meinem Augenwinkel stahl, die ich hastig wegwischte. Leider nicht schnell genug.

»Elle, was hast du?«, fragte Leon bestürzt.

»Ist das die Frage des Tages, oder stellst du auch mal andere?«

»Sehr witzig. Also?« Er verschränkte die Arme auf dem Tisch, beugte sich zu mir vor und sah mich mit schräg gelegtem Kopf durchdringend an.

»Nichts.«

Leons Blick wurde weicher. »Es ist das gleiche ›nichts‹ wie am Samstag, stimmt's?«

Ich nickte erschöpft. Ich hatte keine Kraft mehr, um mir weitere Lügen auszudenken, dafür schwirrte mir der Kopf zu sehr. Verdammter Alkohol! »Immer ruiniere ich alles«, stieß ich hervor und hasste mich einmal mehr für meinen pathetischen Tonfall.

»Du ruinierst doch nichts. Wovon redest du überhaupt?«

»Doch, natürlich. Heute ruiniere ich nur den Abend und morgen dein Leben. Am besten hältst du dich von mir fern. Oder noch besser, ich gehe.« Mit wackeligen Beinen erhob ich mich. Der Stuhl knirschte über den Boden, doch Leon war schneller.

Leon kam um den Tisch herum und drückte mich vehement auf den Stuhl zurück. Sein Gesicht war dicht über meinem, während er mir fest in die Augen blickte. »Ich lasse dich nicht gehen, bevor du nicht etwas gegessen hast. Das ist mein Ernst, Elle.«

Er legte mir eine Hand an die Wange und fuhr mit dem Daumen unter meinem Auge entlang. Erst als ich seinen nassen Daumen sah, begriff ich, dass ich weinte.

»Okay.« Ich nickte schwach. Ich musste wirklich etwas essen, wenn ich nicht riskieren wollte, demnächst zusammenzubrechen.

Leon wirkte erleichtert. Er nickte einmal, dann setzte er sich zurück an seinen Platz.

Einen Augenblick später wurden ein Berg an Nachos, das Sandwich und ein Glas Wasser an unseren Tisch gebracht. Mit großen Augen starrte ich auf das viele Essen. »Das kann ich unmöglich alles essen, ohne dass mir schlecht wird.«

Leon verdrehte die Augen. »Du hast noch nicht einmal angefangen und redest schon wieder vom Aufhören.«

Nur um ihm zu widersprechen, schnappte ich mir eines der Mais-Dreiecke vom Rand, dippte es in die Guacamole und schob es in den Mund. Verdammt, war ich hungrig. Wie hatte ich es nur den ganzen Tag ohne Essen ausgehalten? Gierig schob ich mir zwei weitere Nachos gleichzeitig in den Mund, nur um dann nach dem Sandwich zu greifen und eine große Ecke davon abzubeißen.

»Iss du mal ein paar Nachos!« Ich schob Leon den Teller hin. »Sonst komme ich mir so verfressen vor.«

»Ja klar, weil du mit deiner Figur auch furchtbar verfressen aussiehst«, grummelte er. Trotzdem steckte er sich brav eines mit Käse in den Mund.

Nachdem ich das Sandwich hinuntergeschlungen hatte, fühlte ich mich tatsächlich besser. »Leon, du bist echt ein verdammt guter Mensch.«

Bei meinen Worten zuckte er kaum merklich zusammen, und für einen Moment meinte ich wieder den schuldbewussten Ausdruck in seinen Augen zu erkennen. »Wie meinst du das?«, fragte er und fühlte sich sichtlich unwohl dabei.

»Na ja, erst dein Zettel von heute Morgen, und jetzt rettest du mich vor dem Verhungern. Das wären bereits zwei gute Taten an einem Tag.«

Er kratzte sich am Kiefer. »Ich weiß nicht recht. Damit machst du es mir schon sehr leicht, meine Dreihundertfünfundsechzig-Tage-Challenge erfolgreich durchzuführen. Dir jeden Morgen eine nette Botschaft zu schreiben, ist nun wirklich keine Leistung.«

»Aber darum geht es doch gar nicht bei guten Taten. Nur weil sie aufwendiger sind, sind sie noch lange nicht besser. Manchmal sind es die kleinen Gesten, die die größte Wirkung erzielen. Und dein Zettel hat wirklich mein Herz berührt.«

»*Du* hast mein Herz berührt, Elle.« Er streckte seinen Arm aus und griff nach meiner Hand.

»Und deshalb hast du es dir verdient, meinen vollen Namen zu erfahren. Und wehe, ich bekomme nicht in den nächsten Tagen eine Freundschaftsanfrage auf Facebook von dir.« Ich grinste.

»Die kommt noch heute«, sagte er, mein Grinsen erwidernd.

»Noelle Meisner.«

Mit allem hatte ich gerechnet, aber nicht damit, dass er erst die Augen aufriss und dann prustete. »Verdammt, du heißt wirklich Noelle? Das gibt's ja nicht. Das muss echt Schicksal sein.«

»Oookay«, entgegnete ich gedehnt. »Offenbar spielt die Pointe verstecken, aber ich versteh wirklich nicht, was daran so lustig sein soll.«

»Noelle«, setzte er an.

»Ja, das ist mein Name.« Ich runzelte die Stirn.

»Du heißt tatsächlich Noelle.«

»Das sagtest du schon. Am besten nennst du mich weiterhin Elle. Das scheint dir weniger Probleme zu bereiten«, entgegnete ich pikiert.

»In Ordnung, Elle. Du sagtest doch, deine Mutter liebt Palindrome, stimmt's?«

»Ja?« Ich zog misstrauisch eine Augenbraue in die Höhe. Worauf wollte er hinaus? Ich hatte absolut keine Lust, jetzt über Mama zu reden.

»Ich bin mir sicher, deine Mutter würde mich dafür lieben.«

»Wie kommst du denn darauf?« Seine Worte waren wie ein Schlag ins Gesicht, aber das konnte er nicht wissen.

»Nun ja.« Leon strahlte mich an, während er eine kleine Pause machte. »Weil mein Name rückwärtsgelesen in deinem steckt.«

Überrascht riss ich die Augen auf. »Das ist mir bisher noch gar nicht aufgefallen. Was für ein merkwürdiger Zufall.«

Am liebsten hätte ich mir gegen die Stirn geschlagen. Ich war so in meiner eigenen Welt, bestehend aus Schuldgefühlen und mitleidigen Gedanken, gefangen, dass mir das völlig entgangen war. Mein Gott, was hatte ich wohl noch alles in den letzten Wochen übersehen? Und bekam ich überhaupt noch etwas mit? »Ein Glück, dass deine Eltern dich nicht andersherum benannt haben. Noel und Noelle wäre ziemlich merkwürdig.«

»Das wäre in der Tat seltsam.« Noch immer klang Leon höchst amüsiert. »Trotzdem gefällt mir der Gedanke, dass du mich in gewisser Weise immer bei dir haben wirst, dass ich wortwörtlich in dir drinstecke.«

»Dir ist klar, wie versaut das klingt?« Ich zog eine Augenbraue in die Höhe.

»Natürlich. Die Doppeldeutigkeit war bewusst gewählt.«

Augenblicklich färbten sich meine Wangen rosa, und in meinem Magen kribbelte es. Ich griff nach den Nachos, um meine Verlegenheit zu überspielen.

Als ich aufsah, glühten seine Augen vor Verlangen.

»Leon, sieh mich nicht so an«, meinte ich schwach.

»Warum nicht?«

»Weil … weil du mich betrachtest, als wäre ich irgendetwas Kostbares, das du besitzen möchtest, und das bin ich sicher nicht. Ich –« Meine Stimme brach. »Ich bin nur ein gefälschter Edelstein, verstehst du? Ich bin nicht so, wie ich auf dich wirke.«

»Ich denke, du bist genauso, wie du auf mich wirkst. Wieso redest du dir immer ein, du wärst schlecht? Verdammt, Elle, was ist nur vorgefallen, dass du dir nicht vergeben kannst?«

Ich schluckte schwer. Die Enge auf meiner Brust nahm zu, drohte mich zu erdrücken, wie ein Sack voll Blei presste es sämtliche Luft aus meinen Lungen. Vielleicht konnte Leon mich doch besser durchschauen, als ich dachte. »Ich möchte nicht darüber reden«, krächzte ich.

Plötzlich hatte ich keinen Appetit mehr. Ich schob den Teller Nachos weit von mir fort.

»Elle«, setzte er an.

»Lass es gut sein. Ich möchte jetzt nach Hause.« Ich stand auf, und diesmal hinderte mich Leon nicht daran. Mit wackeligen Beinen schlängelte ich mich durch die Tische in Richtung Ausgang. Erst an der Tür, als mir die frische Nachtluft entgegenschlug, wurde ich langsamer, und Leon trat neben mich.

»Komm, ich begleite dich nach Hause.«

Ich schüttelte den Kopf. »Ist schon gut. Ich schaff das alleine.«

»Du musst nicht immer alle Kämpfe alleine ausfechten. Lass einfach zu, dass ich dir helfe«, erwiderte er sanft.

Etwas an der Art, wie er es sagte, ließ den Schutzwall in meinem Innern zerbrechen, mit dem ich ihn auf Abstand hielt.

»Na schön.«

Wir liefen stumm nebeneinanderher. Auf dem Weg zur S-Bahn-Station fing es an zu regnen. Keiner von uns hatte einen Regenschirm dabei.

»Lass uns rennen«, schlug ich vor.

»Von mir aus.«

Wir rannten gemeinsam die Straße entlang, und irgendwie war es befreiend. Der Regen nahm zu und durchnässte unsere Kleidung, trotzdem hatte ich dabei so viel Spaß wie selten in meinem Leben. Irgendwann griff Leon nach meiner Hand, und wir rannten, ohne uns loszulassen, bis zur S-Bahn-Station. Umrundeten erstaunte Passanten, wichen Pfützen aus und stürmten die Treppen hinauf. Wir sprangen in die S-Bahn, als bereits das Signal ertönte und sich die Türen hinter uns schlossen.

»Gerade noch geschafft«, japste ich.

Keuchend lehnte ich mich an Leon, als die Bahn anfuhr. Meine Haare trieften vor Nässe, und am Boden um uns herum sammelte sich eine kleine Pfütze. Heftig atmend verbanden sich unsere Blicke, und ich versank in einem Meer aus Enzianblau.

Kapitel 10

23. April 2016, 17:45 Uhr

»Elle, Schätzchen, könntest du bitte auf Hannah aufpassen? Ich muss zu einer Verabredung und bin schon wieder zu spät dran.« Mama stand im Türrahmen und wirkte tatsächlich, als wäre sie in Eile. Ihr Blick war gehetzt. Dennoch fiel mir auf, dass sie sich heute schick gemacht hatte. Mama trug einen dezenten rosafarbenen Lippenstift ihre Haare waren offen. Beides bekam ich unter der Woche, wenn sie zur Arbeit musste, nie zu sehen.

»Du weißt aber, dass ich am Montag meine erste Abiprüfung schreibe, oder?«, fragte ich genervt.

»Das weiß ich, Schätzchen, aber Hannah wird dich bestimmt nicht stören. Sie liest gerade das neue Detektivbuch, das ich ihr gestern mitgebracht habe.«

»Das ist übermorgen«, stellte ich noch einmal klar. »Ich muss mich aufs Lernen konzentrieren.«

»Du kannst ganz sicher trotzdem genug lernen. Es ist ja nur, falls irgendetwas sein sollte …« Sie strich sich den Saum ihres schlichten babyblauen Blusenshirts glatt.

»Von mir aus. Du gibst ja sowieso eher keine Ruhe.«

»Danke, Schätzchen, und weiterhin viel Erfolg beim Lernen!« Mama drehte sich um und schloss die Tür hinter sich.

»Warte, mit wem –« … triffst du dich, hatte ich sie noch fragen wollen, aber Mama war bereits außer Hörweite.

Sehr merkwürdig. Fast hatte ich den Eindruck, als hätte sie das mit Absicht gemacht. Natürlich hatte meine Mutter jedes Recht, an einem Samstagabend auch einmal auszugehen, aber diese Geheimniskrämerei passte nicht zu ihr. Weshalb sagte sie mir nicht, mit welcher Arbeitskollegin sie sich traf und wo sie hinging? Und dann irritierte mich auch, dass sie plötzlich gesteigerten Wert auf ihr Aussehen legte. Ob sie vielleicht in Wahrheit ein Date hatte?

Seufzend wandte ich mich wieder meinen Unterlagen zu. Ich durfte mich jetzt nicht durch das rein hypothetische Liebesleben meiner Mama ablenken lassen. Die Abschlussprüfungen waren im Moment wichtiger.

»Elle!« Hannah stürmte in mein Zimmer. »Ich hab eine ganz tolle Idee!«

»Siehst du nicht, dass ich gerade zu lernen versuche?«, fragte ich ungehalten und versetzte ihrer Freude damit einen Dämpfer.

»Mama sagt immer, man kann nichts versuchen. Entweder man tut es, oder man tut es nicht. Also lernst du nun oder nicht?«, entgegnete sie trotzig.

In Momenten wie diesem, war es echt merkwürdig, dass Hannah exakt die gleichen Augen wie Mama hatte. *Gruselig.*

Ich stützte meinen Kopf mit einer Hand ab. Gott, dieses Kind war einfach eine schreckliche Besserwisserin.

»Bitte, du kleine Miss Oberschlau, dann lerne ich eben.«

»Das stimmt doch gar nicht. Du redest gerade mit mir«, beschwerte sie sich.

»Hannah!«, fuhr ich sie an. »Komm jetzt endlich zum Punkt! Was willst du?«

»Du musst mich nicht gleich so anschreien.« Tränen sammelten sich in ihren Augen. »Ich geh ja schon wieder. Nie hat jemand Zeit für mich. Immer muss ich alleine spielen.« Sie wandte sich zum Gehen.

Verdammt, das konnte sie wirklich gut. Jetzt hatte ich ein schlechtes Gewissen. »Warte mal!«

Blitzschnell drehte sie sich herum. »Ja?« Sie zog eine Schnute.

»Wie lange dauert das denn, was du vorhast?«, fragte ich resigniert.

»Überhaupt nicht lange. Vielleicht zwanzig Minuten«, sagte sie voller Hoffnung.

»Ich denke, zwanzig Minuten Pause gehen in Ordnung«, seufzte ich. »Verrätst du mir deine tolle Idee?«

»M-hm.« Hannah kam auf mich zu und deutete auf mein Gesicht. »Du kannst doch abwechselnd mit den Augenbrauen wackeln.«

»Stimmt.« Ich hob abwechselnd die linke und die rechte Augenbraue an.

»Ja, genau das. Und ich hab kleine Schiffe aus Papier gefaltet.« Sie öffnete ihre Hand, und darin lagen zwei rosafarbene Papierschiffchen.

»Okay, aber ich verstehe immer noch nicht, was das jetzt mit meinen Augenbrauen zu tun hat.«

»Ich hab doch diese Gesichtsfarben vom Fasching, und ich dachte, wir könnten deine Augenbrauen blau anmalen, damit sie wie Wellen aussehen. Und dann kleben wir dir die Schiffe auf die Stirn, und du wackelst mit den Augenbrauen, so dass es so aussieht, als würden die Schiffe auf dem Meer fahren.« Hannahs Augen leuchteten vor Begeisterung.

»Wo nimmst du nur immer diese Ideen her?«, fragte ich zu gleichen Teilen genervt und belustigt.

Sie zuckte mit den Schultern. »Weiß nicht. Und, darf ich dich jetzt anmalen?«

»Na schön. Aber dafür will ich den restlichen Abend meine Ruhe haben. Kein Mucks mehr von dir, abgemacht?«

»Okay.«

»Dann hol mal deine tollen Farben her.«

Das ließ sich Hannah nicht zweimal sagen. Sie rannte aus

meinem Zimmer, nur um wenige Sekunden später mit den Gesichtsfarben zurückzukommen.

»Oh, ich hab das Wasser vergessen. Bin gleich wieder da.« Hannah verschwand ein weiteres Mal, und ich beäugte derweil die Farben. An Fasching war sie als Tiger verkleidet gegangen, und ich hatte ihr das Gesicht dementsprechend bemalen müssen. Das hatte erstaunlich viel Spaß gemacht, und selbstverständlich ganz unvoreingenommen konnte ich sagen, dass Hannah der süßeste Tiger weit und breit gewesen war.

Mit einem alten Zahnputzbecher gefüllt mit Wasser kam sie zurück und stellte ihn auf der weißen Schreibtischplatte ab. Hoffentlich hinterließen die Farben keine Flecken auf dem Weiß. Hannah griff nach einem Pinsel, tauchte ihn ins Wasser und anschließend in ein schönes Marineblau.

»Aber pass auf, dass du meine Unterlagen nicht volltropfst.«

»M-hm.« Hoch konzentriert trug sie die Farbe auf meinen Augenbrauen auf. Vorsichtshalber schloss ich die Augen, damit nichts hineintropfte. Ich spürte nur das leichte Kitzeln der Pinselborsten und die kühle, nasse Farbe auf meiner Haut.

»Fertig. Jetzt muss ich nur noch die Schiffe festkleben. Nicht bewegen!«, warnte Hannah, als hätte sie Angst, die Farbe könnte mein Gesicht wieder verlassen. Dabei spürte ich bereits, wie sie langsam antrocknete.

»Ähm, warte mal! Mit was willst du die denn festkleben?«, fragte ich skeptisch. Nicht, dass sie noch auf die schlaue Idee kam und richtigen Kleber verwendete.

»Doppelseitiges Klebeband.«

»Na gut, dann mach mal.«

Nachdem die zwei Papierschiffchen befestigt waren, erlaubte sie mir, mich im Spiegel anzusehen.

»Gott, Hannah, wie das aussieht!« Ich lachte.

Sie hatte sogar das Stück zwischen meinen Augenbrauen mit einer blauen Linie angemalt, damit es eine durchgängige Welle bildete.

»Und jetzt wackelst du abwechselnd mit den Augenbrauen, und ich filme das«, rief sie begeistert.

»Moooooment! Von Filmen war nie die Rede. Am Ende landet der Film sonst wo.«

»Ach Quatsch, ich will das doch nur später Mama zeigen. Sei kein Spielverderber, Elle«, bettelte sie und rüttelte dabei an meinem Arm.

»Von mir aus. Aber das Video bekommt sonst niemand zu sehen, hast du mich verstanden?« Ich warf ihr einen scharfen Blick zu.

»Ja.« Hannah griff bereits nach ihrem Handy und tippte darauf herum. »Bist du bereit?«

Ich nickte.

»Dann los!« Sie drückte auf Aufnahme, und ich wackelte abwechselnd mit den Augenbrauen, ungefähr dreißig Sekunden lang.

»Nun zeig mal her! Ich will wissen, wie blöd ich dabei aussehe.«

»Überhaupt nicht blöd.« Hannah kicherte. »Nur sehr lustig.«

»Das glaube ich auch.« Ich schnappte mir ihr Handy und sah mir das kurze Video an. Okay, es sah tatsächlich ziemlich bekloppt aus, aber auf eine witzige Art.

»Und nächstes Mal malen wir dir dann Tierlippen.«

»Was soll das denn sein?«

»Warte, ich zeig's dir.« Hannah suchte kurz etwas auf ihrem Handy und hielt mir dann die Fotos hin. Dort waren Leuten verschiedene Tiere auf den Mund gemalt worden, so dass die Lippen die Form für den jeweiligen Körper bildeten. »Guck mal, die Krabbe ist doch total cool oder die Biene oder noch besser der Fuchs. Ja, wir malen dir einen Fuchs auf die Lippen, und ich will den Panda.«

Ich verwuschelte Hannah liebevoll die Haare. »Na mal sehen. Aber nur, wenn du mich jetzt in Ruhe weiterlernen lässt.«

»Okay, ich seh mir jetzt das Video noch mal an.« Sie kicherte und war bereits auf dem Weg zur Tür.

»Hey, und was ist mit den Farben?«

»Ups! Die hätte ich glatt vergessen.« Sie eilte zum Schreibtisch zurück und griff sich ihre Malfarben und den Zahnputzbecher.

Nachdem sie gegangen war, stellte ich mich vor den Spiegel und wackelte noch einmal mit den Augenbrauen. Mit einem amüsierten Schnauben entfernte ich die Papierschiffe und ging ins Bad, um mir die Farbe aus dem Gesicht zu waschen.

Kapitel 11

04. Oktober 2016, 22:42 Uhr

Als wir vor meiner Wohnung standen, keuchten wir schwer, weil wir auch diesen Weg rennend zurückgelegt hatten. Ich schloss die Tür auf und trat ein.

Leon blieb im Türrahmen stehen. »Ich geh dann mal wieder.«

Ich kräuselte die Lippen, während ich überlegte, ob ich ihn reinbitten sollte.

Leon sog scharf die Luft ein. »Tu das nicht«, flüsterte er mit heiserer Stimme.

»Was?«

Leon antwortete mir nicht. Stattdessen schob er meine nassen Haare beiseite, legte eine Hand an meinen Nacken und beugte sich zu mir herab.

Automatisch beschleunigte sich mein Herzschlag, und ohne nachzudenken, schlang ich meine Hände um seinen Hals, vergrub die Finger in seinen nassen Haaren.

Ich streckte mich ihm entgegen, um die Distanz schneller zu überbrücken. Ich starrte auf seine vollen Lippen und wollte nicht länger warten, herauszufinden, wie diese sich anfühlen und schmecken würden. Leon senkte den Kopf, und im nächsten Moment lagen seine Lippen auf meinen. Er brachte die Welt um mich herum zum Einstürzen. Er riss die Mauern in mir ab, die all die glücklichen Empfindungen in mir eingeschlossen hatten, und ließ mich unbändige Freude spüren. Alles um mich herum verschmolz zu einer unscharfen Masse aus Formen und Farben. Die Welt um mich hatte aufgehört zu existieren. Für die Dauer unseres Kusses war Leon meine ganze Welt. Die einzige Welt, die ich brauchte. Er packte mit der anderen Hand meine Taille, zog mich noch näher an sich heran, bis nasser Stoff auf nassem Stoff lag und seine vom Regen kühle Haut ein wenig die Hitze löschte, die meinen Körper durchströmte.

Der Kuss fühlte sich an, als würde ich nach einer Ewigkeit zum ersten Mal richtig atmen. Es hatte etwas Befreiendes. Einen vergleichbaren Kuss hatte ich noch nie zuvor erlebt.

Leons Zunge kitzelte fordernd meine Lippen, und ich kam ihrer Aufforderung nach. Ihn zu spüren und zu schmecken war phantastisch. Leon war phantastisch.

Meine Knie begannen zu zittern, und ich klammerte mich fester an ihn. Unser Kuss wurde noch eine Spur intensiver. Wie zwei Ertrinkende klammerten wir uns aneinander, und ich wusste instinktiv, dass es nicht nur meine eigene Verzweiflung war, die ich in diesem Kuss schmeckte. Nur welchen Grund hatte Leon dafür? Warum war er verzweifelt? Der Kuss war bittersüß, aber nicht weniger berauschend. Und er schmeckte nach Hoffnung. Hoffnung darauf, vielleicht doch nicht so einsam sein zu müssen, wie ich geglaubt hatte.

Leons Hand fuhr unter meine Jacke und dann unter den Saum meines Tops, bis er es aus dem Lederrock gezogen hatte und die nackte Haut auf meiner Hüfte berührte. Einen winzigen Moment spannte ich mich unter seiner Berührung an, bis ich mich erneut in unserem Kuss verlor.

Doch wie alle Momente kam auch dieser irgendwann zu seinem Ende. Keuchend lehnte ich mich zurück, musste mich mit einer Hand am Türrahmen abstützen, weil meine Knie so weich waren, als würden sie jeden Augenblick unter meinem Gewicht nachgeben.

Mit zwei Fingern berührte ich meine prickelnde Unterlippe.

Noch immer konnte ich seinen Kuss auf meinen Lippen schmecken. *Mein Gott, Elle, was tust du denn da? Du kennst ihn doch erst seit drei Tagen, und davon habt ihr euch einen ganzen überhaupt nicht gesehen.*

Für gewöhnlich dauerte es ein paar Dates, bevor es an den ersten Kuss ging. Allerdings war Leon alles andere als gewöhnlich. Und ich sollte mir nicht ständig wegen Kleinigkeiten den Kopf zerbrechen. Doch es hatte sich nicht wie eine Kleinigkeit angefühlt, von Leon geküsst zu werden. Ganz und gar nicht. Und das war es, was mir Angst machte. Dass ich bereits jetzt solche tiefen Gefühle für Leon empfand.

Wie konnte es sich so richtig und gleichzeitig so falsch anfühlen, ihn zu küssen? Wie konnte sich irgendetwas so widersprüchlich anfühlen? Ob es das war, was Mama empfunden hatte? Hatte sie sich über die gleichen Dinge Gedanken gemacht?

»Ich werde jetzt gehen«, raunte er und drückte seine weichen Lippen auf meine Stirn.

»Gute Nacht, Leon«, murmelte ich und konnte nicht verhindern, dass ich mich seltsam leer und einsam fühlte, als ich die Tür hinter ihm schloss und ins Bad schlich, um mich aus meinen nassen Klamotten zu schälen und eine heiße Dusche zu nehmen.

Am nächsten Morgen war das Erste, was ich bemerkte, das blinkende Handy neben meinem Kopfkissen. Es zeigte den Eingang einer neuen Nachricht an. Mit klopfendem Herzen entsperrte ich das Display und las die SMS von Leon.

> **Leon:** Deine Augen haben die Farbe von Schokolade, was ich unglaublich passend finde, denn du bist genauso süß und verführerisch.

Ein dümmliches Grinsen breitete sich auf meinem Gesicht aus. Das hier war der schönste Morgen, den ich seit sehr langer Zeit erlebt hatte! Leon hatte tatsächlich daran gedacht, mir eine nette

Botschaft zu schreiben, und ich konnte nicht in Worte fassen, wie viel mir das bedeutete. Am liebsten hätte ich mir die SMS ausgedruckt und an die Wand gehängt, und das, obwohl ich Schokolade nicht einmal besonders mochte. Aber wen kümmerten schon solche kleinen, unwichtigen Details, wenn man die tollste Nachricht seines Lebens erhielt? Leon fand mich *süß und verführerisch.*

Ich drückte das Handy gegen meine Brust, während ich an die Decke starrte und zum ersten Mal verstand, was Mama gemeint hatte, als sie zu mir sagte, dass man um Liebe niemals kämpfen müsse, da man sie geschenkt bekomme.

Leon schenkte mir jeden Tag so unglaublich viel davon. Mit seiner Art und durch eben solche kleinen Gesten. Ich war immer noch berauscht von unserem Kuss gestern Nacht und durchströmt von Dankbarkeit, Leon hier in den unendlichen Weiten des Großstadtdschungels begegnet zu sein.

Ich wünschte, ich könnte Mama davon erzählen. Von Leon und meinen Gefühlen für ihn und dass ich nun endlich verstand, was sie gemeint hatte, und wie sehr mir das leidtat, was ich daraufhin zu ihr gesagt hatte. Nicht nur, dass sie recht gehabt hatte, nein, das Schlimmste war, dass sie nie erfahren würde, dass sie recht gehabt hatte.

Das Display war inzwischen schwarz geworden, und ich schaltete es erneut an, um eine Antwort zu tippen. Nur leider fiel mir absolut nichts ein, was auch nur vergleichsweise zauberhaft gewesen wäre.

Ich: Danke schön! :-) Magst du nach der Arbeit zu mir kommen? Ich könnte versuchen, was zu kochen.

Immerhin wusste er jetzt, wo ich wohnte, und ich würde mich sehr freuen, wenn wir den Abend zur Abwechslung mal bei mir verbringen würden. Außerdem vertrieb Leons Nähe die Einsamkeit. Er gab mir ein Gefühl von Geborgenheit, ein wenig so, als wäre ich in rosa Zuckerwatte gepackt. Mit ihm zusammen war die Realität weniger bitter und hart.

Um mir die Zeit zu vertreiben, räumte ich meine Wohnung auf, obwohl es nicht wirklich etwas zum Aufräumen gab. Bisher hatte ich außer schlafen nicht besonders viel hier drin getan. Das Wohnzimmer bestand aus einer winzigen Küchenzeile, einer Couch und einem Schreibtisch, der auch als Esstisch für vier Personen umfunktioniert werden konnte – wenn ich denn so viele Stühle gehabt hätte. Ich hatte nur zwei, und die hatte ich, wie alle Möbel, von meiner Vorgängerin übernommen, die ihr Studium beendet hatte und das Zeug loswerden wollte. Was mir nur recht gewesen war, so hatte ich nichts extra kaufen müssen, geschweige denn selbst aufbauen. Ich fürchtete nämlich, dass meine handwerklichen Fähigkeiten nicht unbedingt besser ausgeprägt waren als meine Kochkünste. Also gar nicht.

Dann gab es ein weiteres winziges Zimmer, in dem sich ein großes Bett befand, das fast den ganzen Raum einnahm. In der Ecke hatte noch ein Kleiderschrank Platz gefunden, daneben stand mein Bügelbrett samt Bügelleisen.

Beim Betrachten der Küchenzeile fiel mir ein, dass ich mit meinem Handy im Internet nach einfachen Kochrezepten stöbern könnte. Als ich es in der Hand hielt, zeigte es den Eingang einer weiteren SMS an.

Leon: Soll ich vorsorglich was vom Thailänder mitbringen? ;-)

Ich kicherte in mich hinein. Leon kannte mich einfach schon zu gut.

Ich: Gute Idee. Dann bis um sieben.

Ich stöberte ein wenig nach Rezepten, entschied mich für Pasta und beschloss, den Tag mit Einkaufen zu verbringen. Ich fuhr als Erstes zu einer gewissen schwedischen Möbelhauskette, um mich mit den fehlenden Dingen wie einem Nudelsieb und einem Kochtopf einzudecken. Außerdem nahm ich noch ein paar Duftkerzen mit, weil ich einfach nicht durch die Dekoabteilung laufen konnte, ohne etwas zu kaufen. Ich gönnte mir einen Hot Dog als Mittagessen und machte mich anschließend auf den Weg zum Supermarkt.

Kapitel 12

16. Juli 2016, 18:02 Uhr

»Du siehst wunderschön aus, Schätzchen. Das Kleid steht dir hervorragend.« Mama betrachtete mich stolz. »Dreh dich mal.«

Ich tat ihr den Gefallen. »Wunderschön«, wiederholte sie.

»Du siehst aus wie eine Prinzessin«, rief Hannah.

»Ich gehe ja auch zu einem Ball. Und mein Prinz kommt mich gleich abholen.« In meinem Magen spürte ich vor lauter Vorfreude ein Ziehen. Raphael würde jeden Moment kommen, und ein Anzug stand ihm immer besonders gut.

»Weißt du, wann du wieder zurück sein wirst?«

»Keine Ahnung. Das ist der Abschlussball, Mama, da ist open end.«

»Schon gut. Ich wünsche dir jedenfalls einen ganz tollen Abend, Schätzchen.«

»Den werde ich sicherlich haben.« Ich grinste.

»Ich wünschte, ich wäre auch schon mit der Schule fertig und könnte auf einen Abschlussball gehen.« Hannahs Stimme war zu gleichen Teilen sehnsüchtig und neidisch.

»In neun Jahren kaufe ich dir ein hübsches Kleid, wenn du einen guten Abschluss machst«, sagte ich.

»Ehrlich?« Hannah sah mich mit großen Augen an.

»Klar, wieso nicht? Bis dahin verdiene ich ja auch schon mein eigenes Geld.«

»Ich will dann aber auch so ein Prinzessinnenkleid wie du haben. Allerdings in Rot. Einem dunklen Rot.«

»Na, mal sehen«, meinte ich und betrachtete mich noch einmal in dem großen Wandspiegel im Flur. Das mitternachtsblaue Abendkleid mit den silbernen Ziernähten an Saum und Dekolleté hatte mir auf Anhieb gefallen, als ich es im Laden entdeckt hatte. Es war das erste und einzige Kleid, welches ich anprobiert hatte. Quasi Liebe auf den ersten Blick. Schade, dass das nur bei Kleidung funktionierte. Bei Jungs klappte das leider nie so schnell. Selbst bei Raphael hatte ich vier Dates gebraucht, ehe ich ihn das erste Mal geküsst hatte. Dafür war es ein sehr süßer Kuss mit einigem Bauchkribbeln gewesen.

»Du hast bestimmt noch nichts gegessen. Bevor du gehst, solltest du eine Kleinigkeit zu dir nehmen.« Mama bedachte mich mit einem ihrer berühmten sorgenvollen Blicke.

»Nein, aber ich hab auch keinen Hunger. Dafür bin ich viel zu aufgeregt.« Ich drehte mich vor dem Spiegel.

»Ich weiß, aber ich habe Angst, dass du mir sonst umkippst, Schätzchen. Ich mache dir eine Scheibe Brot.«

»Nein.« Genervt drehte ich mich zu Mama um. »Mir ist schon ganz schlecht vor Aufregung. Ich will jetzt wirklich nichts.«

»Elle, ich bitte dich. Nur eine Scheibe mir zuliebe. Es wird ein langer Abend, und ich weiß, dass ihr dort auch Alkohol trinken werdet. Also bitte, iss vorher noch etwas.«

Manchmal trieb sie mich mit ihrer ständigen Besorgnis in den Wahnsinn. Ich würde schon nicht gleich umkippen. »Raphael kommt jeden Moment, und wenn ich jetzt noch was esse, muss ich nachher den Lippenstift neu nachziehen.«

»Ich weiß wirklich nicht, weshalb du immer aus einer Mücke einen Elefanten machen musst. Du bist sowieso schon so dünn, dass ich mir Sorgen mache. Und bevor ich nicht weiß, dass du eine ordentliche Grundlage im Magen hast, wirst du nicht zum Abschlussball fahren.« Sie bedachte mich mit einem unnachgiebigen Blick, den ich zornig erwiderte.

»Cleaning Üngeraken«, warf Hannah mit einem Kichern nicht sehr hilfreich ein.

»Du kannst mir das nicht verbieten. Ich bin achtzehn und mache, was ich will«, entgegnete ich trotzig.

»So benimmst du dich im Moment aber nicht«, erwiderte sie unnachgiebig. »Und solange du hier unter meinem Dach wohnst, wird gemacht, was ich sage.«

»Schön.« Ich verschränkte trotzig die Arme vor der Brust. »Dann mach mir eben dein blödes Brot.«

Mama drehte sich wortlos um und ging in die Küche. Ich folgte ihr widerwillig. Böse sah ich ihr dabei zu, wie sie mir eine Scheibe Brot belegte. Sie reichte es mir auf einem Teller, und ich biss wütend hinein. Während ich darauf herumkaute, hatte ich das Gefühl, das Brot in meinem Mund würde immer mehr werden. Nur mit Mühe gelang es mir, es hinunterzuschlucken und ein weiteres Mal abzubeißen. Ich verstand nicht, weshalb sie mich dazu zwang. Merkte Mama nicht, wie zugeschnürt mein Magen vor lauter Aufregung war? Und wie sehr sie gerade dabei war, mir mit ihrer gluckenhaften Art den Abend zu ruinieren?

»Elle, Schätzchen«, seufzte Mama. »Nun schau doch nicht so finster. Ich möchte doch auch, dass du einen schönen Abend hast, und glaub mir, Alkohol auf nüchternen Magen ist kein Spaß.«

»Ich weiß, dass du es nur gut meinst, aber manchmal erdrückst du mich einfach mit deiner Fürsorge. Ich bin erwachsen, Mama, und ich möchte, dass du mich auch so behandelst. Stattdessen werde ich ständig von dir bevormundet.«

»Das will ich doch gar nicht. Es ist nur –«

In dem Moment klingelte es an der Haustür. »Scheiße, das ist Raphael. Mach du die Tür auf, ich muss noch schnell ins Bad und neuen Lippenstift auftragen.«

Ich drückte Mama den leeren Teller in die Hand und hastete ins Badezimmer. Vor dem Spiegel zog ich mir mit meinem mauvefarbenen Lippenstift die Lippen nach. Und weil ich schon mal dabei war, puderte ich mein Gesicht gleich auch noch einmal ab. Nichts war schlimmer, als glänzende Stellen auf Nase und Stirn. Kritisch betrachtete ich mich. Meine Haare hatte ich mir geglättet und mit extraviel Haarspray fixiert. Das sollte eigentlich den Abend über gut halten.

Als Raphael mich erblickte, weiteten sich seine Augen vor Erstaunen. »Du siehst echt gut aus, Elle«, stellte er fest.

Ich errötete leicht und hoffte, unter den zwei Schichten Puder wäre es nicht allzu stark zu erkennen. »Danke, du auch.« Raphael trug einen mitternachtsblauen Smoking, der farblich auf mein Kleid abgestimmt war.

»Hier, ich hab was für dich.« Etwas unbeholfen streckte er mir eine Handgelenk-Corsage entgegen, die aus mehreren kleinen altroséfarbenen Rosen bestand, die an einem Band, im Farbton meines Kleides, befestigt waren. Ich nahm sie entgegen und trug die Handgelenk-Corsage wie einen Armreif an meinem rechten Arm.

»Die ist wunderschön. Danke!«, wisperte ich.

Mein Gott, die passte so perfekt zu dem Kleid, dass mir beinahe die Tränen gekommen wären. Damit hatte ich überhaupt nicht gerechnet. Ich blickte Raphael tief in die Augen, und er schenkte mir ein Lächeln, bei dem mir warm ums Herz wurde.

Hannah stupste mir ihren spitzen Ellenbogen in die Seite. »Du guckst wie ein Schaf«, raunte sie so laut, dass es jeder hören konnte.

Ich lachte gekünstelt. »Was erzählst du denn da? Das tue ich überhaupt nicht.«

»Doch natürlich –«

»Viel Spaß euch beiden«, unterbrach Mama meine kleine Schwester.

Raphael hielt mir seinen Arm entgegen. »Komm, lass uns gehen.«

Ich hakte mich bei ihm unter und warf einen Blick auf Mama. Diese sah aus, als würde sie jeden Moment in Tränen ausbrechen. Bevor das tatsächlich noch geschah, schlüpfte ich schnell zur Tür hinaus und ließ mich von Raphael in Richtung seines Autos ziehen. Oder vielmehr in Richtung des schnöseligen Porsches seines Vaters.

Kapitel 13

05. Oktober 2016, 18:50 Uhr

Irgendetwas roch furchtbar verbrannt. Ich rannte zum Herd, aber es war bereits zu spät. Die Pasta war zu einem undefinierbaren Klumpen verkocht, der am Boden des Topfes angebrannt war.

Ich hatte nicht die geringste Ahnung, wie das hatte passieren können. Wo war das ganze Wasser auf einmal hin? Ich war nur kurz im Bad gewesen und hatte mir die Haare mit einem Lockenstab gestylt, und als ich die Tür geöffnet hatte, war mir schon der Geruch von Verbranntem entgegengeschlagen. Ich stellte den Topf in die Spüle, goss Wasser darauf und hoffte inständig, dass sich der Klumpen vom Topfboden lösen würde, wenn er nur lange genug einweichte. So ein Mist, ich hatte den Topf doch gerade erst neu gekauft. Hoffentlich musste ich ihn nicht wegwerfen.

Ich riss das einzige Fenster in meiner Wohnung auf und ließ die kühle Herbstluft ins Zimmer strömen.

Um kurz nach neunzehn Uhr klingelte es, und ich drückte auf den Türöffner, um Leon hereinzulassen.

Ich lehnte mich gegen den Türrahmen und stellte erleichtert fest, dass er eine weiße Plastiktüte in der Hand hielt.

Leon schnupperte. »Du hast gekocht. Riecht interessant.«

»Sehr witzig. Ich hab die Pasta anbrennen lassen.« Ich streckte meine Hände nach der Tüte aus. »Danke, dass du dich nicht auf meine Kochkünste verlässt und etwas zu essen mitgebracht hast.«

Leon reichte mir die Tüte, und der köstliche Duft von Kokosmilch und Curry stieg mir in die Nase.

»Du hast Pasta anbrennen lassen?« Er grinste hämisch. »Scheint ein spezielles Talent von dir zu sein.«

Ich rollte mit den Augen. »Ehrlich, ich habe keine Ahnung wie das passieren konnte. Es war wirklich genug Wasser im Topf, und als ich zurückkam, war keines mehr drin.« Um Leons Mundwinkel zuckte es, obwohl er sich alle Mühe gab, nicht zu lachen. »Ich weiß, ich weiß, echt peinlich«, seufzte ich.

»Ach was, ich finde es vielmehr amüsant. Außerdem bin ich ja jetzt da.« Er beugte sich zu mir herab und gab mir einen Begrüßungskuss.

»Leon, der Retter in der Not«, spottete ich. »Aber ich schätze, damit hast du deine gute Tat des Tages mehr als erfüllt.«

»Darauf hatte ich gehofft.« Er zwinkerte mir zu.

»Du hast gehofft, dass ich das Essen verhunze?«, rief ich empört.

»Nicht direkt, aber heute war so viel in der Agentur los, dass ich erst kurz nach sechs rauskam und keine Zeit mehr hatte, abends mit den Hunden aus dem Tierheim eine Runde zu laufen. Ich hoffe, sie verzeihen es mir.«

Da wir unser Gespräch noch immer im Hausflur führten, trat ich einen Schritt zur Seite, ließ Leon in meine winzige Wohnung eintreten und schloss hinter ihm die Tür.

»Wieso? Was war denn in der Agentur los?«

»Wir haben für eine große Werbekampagne morgen den Abgabetermin, und da ging es heute drunter und drüber. Alle sind in großer Hektik, wobei ich unter Druck wesentlich effizienter arbeite. Von daher war es ein recht produktiver Tag.«

»Das klingt doch gut.« Inzwischen hatte ich die Tüte auf dem Schreibtisch abgestellt und begann sie auszupacken.

»Ich wusste nicht, was du gerne möchtest, deshalb habe ich einfach mehr gekauft.«

»Und was ist das alles?«

»Pad Thai, Frühlingsrollen, Grünes Thai-Curry, Som Tam.« Er zeigte dabei auf die entsprechenden Verpackungen.

Leon deutete meinen verständnislosen Blick und erläuterte die Gerichte genauer. So erfuhr ich, dass Som Tam ein scharfer Salat war, dessen Hauptzutat grüne Papayas waren.

Ich entschied mich für das Thai Curry und holte Besteck, damit wir nicht die Plastikvariante benutzen mussten.

»Dann bist du Spezialist für Thai-Essen?«, fragte ich.

»Wohl eher Spezialist für Takeaway-Imbissbuden. Wie du weißt, reichen meine Kochfähigkeiten nicht über deine hinaus.«

»Was hast du denn sonst noch für nicht vorhandene Fähigkeiten, von denen ich wissen sollte?«, fragte ich und zog eine Augenbraue in die Höhe.

Leon warf mir einen empörten Blick zu. »Als wenn ein Mann mehr als eine Schwäche bräuchte.«

»Tu nicht so, als hättest du nicht mehr. Komm schon, raus mit der Sprache. Ich will alle deine Schwächen hören.« Ich probierte einen Bissen vom Curry, während ich darauf wartete, dass er sie mir gestand. Es schmeckte himmlisch. Noch besser, als es roch.

»Ein Mann hat keine Schwächen«, wiederholte er.

»Na klar, und ein Mädchen kann kochen«, entgegnete ich belustigt.

»Ein Mädchen sieht *Game of Thrones*, und ein Mann mag das.«

»Ein Mädchen sieht noch ganz andere Dinge, und jetzt sag schon!«

Leons Mundwinkel zuckten. »Ich schätze, ich habe eine Schwäche für hartnäckige Mädchen mit Palindrom-Namen und schokobraunen Augen. Zählt das?«

»Überhaupt nicht.« Ich schüttelte energisch den Kopf. »Zunächst mal ist das keine Schwäche, sondern eine Stärke. Jemanden zu mögen ist immer eine gute Sache und sollte deshalb auch als solche bezeichnet werden«, belehrte ich ihn. Manchmal hörte ich meiner Mama eben doch zu und verstand sogar, was sie mir sagen wollte. »Und zum anderen kann ich Schokolade nicht ausstehen. Sag doch einfach, ich habe mokkabraune Augen oder so was in der Art.«

»Du magst keine Schokolade?« Leon hielt mitten in der Bewegung inne und ließ die volle Gabel langsam wieder auf die Schachtel zurücksinken, die Augen weit aufgerissen. »Wer bitte schön mag keine Schokolade? Was ist denn bei dir schiefgelaufen?«

»Also wirklich«, sagte ich schnaubend, »nicht jeder mag Schokolade. Wieso magst du denn keinen Rosenkohl?«

»Ich mag Rosenkohl.«

»Dann eben Walnüsse.«

»Die mag ich auch.«

Frustriert stöhnte ich auf. »Und du fragst ernsthaft, was bei mir schiefgelaufen ist? Wer mag denn all diese unausstehlichen Dinge?«

»Elle, Elle, Elle.« Leon schnalzte missbilligend mit der Zunge. »Es ist genetisch unmöglich, Schokolade nicht zu mögen. Das ist, als würdest du sagen, du magst keinen Sauerstoff oder du hasst es zu schlafen.«

Ich verdrehte die Augen. »Themawechsel. Wir waren gerade bei *deinen* Schwächen.«

»Du gibst ja doch keine Ruhe. Also gut: Ich habe Flugangst, eine Spritzenphobie, es macht mich wahnsinnig, im Stau zu stehen, ich hasse es, wenn Leute beim Essen schmatzen, und kann meinem Vater nicht mehr in die Augen sehen. Reicht dir das?«

Ich brauchte einen Moment, in dem ich ihn einfach nur anstarrte, um das alles zu verarbeiten. »Möchtest du mir erzählen, weshalb du deinem Vater nicht mehr in die Augen sehen kannst?«

»Nein.« Leon wich meinem Blick aus, was ein misstrauisches Gefühl in mir weckte, das ich nicht ganz zuordnen konnte.

»Okay.« Ich schluckte. »Aber wenn es etwas ist, das sich durch ein Gespräch aus der Welt schaffen lässt, dann solltest du es tun. Glaub mir, irgendwann ist es zu spät und du wirst es ewig bereuen, wenn du nie mehr die Gelegenheit dazu bekommst, dich auszusprechen.« Das wusste ich leider nur zu gut.

»Können wir bitte das Thema wechseln?«, murrte er.

»Von mir aus. Dann erklär mir doch mal deine Flugangst. Hattest du schon immer Höhenangst?«

»Es hat nichts mit der Höhe zu tun, sondern viel mehr mit dem Wissen, dass unter dem Flugzeugboden nichts mehr ist außer Luft. Auf einem Berg zu stehen und die Aussicht zu genießen, macht mir nämlich nichts aus. Aber Flugzeuge … ich vertraue der Technik einfach nicht.«

Ich stocherte in meinem Curry rum. »Fliegst du dann gar nicht?«

»Wenn es sich vermeiden lässt, nicht. Und nun klär mich doch über ein paar deiner Schwächen auf. Schließlich muss ich wissen, worauf ich mich einlasse.« Er zwinkerte mir zu.

»Wenn du mich danach unattraktiv findest, ist das nicht meine Schuld. Ich habe dich gewarnt.«

»Ich glaube nicht, dass du irgendetwas sagen oder tun könntest, was dich weniger begehrenswert macht.« In seinen Augen blitzte es süffisant auf.

»Ich bin grottig in Mathe, kann mir schlechter die Fingernägel lackieren als eine Dreijährige, süßes Popcorn finde ich eklig, und ich hasse es, wenn Leute ihre Füße auf den Couchtisch legen.«

»Du hast recht, das sind wirklich total unattraktive Macken«, meinte Leon mit einem Stirnrunzeln. »Jetzt bin ich total abgetörnt.«

»Ich hatte dich vorgewarnt«, meinte ich mit einem Schulterzucken. »Jetzt erzähl mal: Wie bist du eigentlich zum Fotografieren gekommen? Hast du das schon immer gerne gemacht, oder kam das erst später?«

»Zu meinem zehnten Geburtstag schenkten mir meine Eltern

meinen ersten Fotoapparat. Das war damals noch ein analoger mit Film. Ab diesem Zeitpunkt war nichts und niemand mehr vor mir sicher. Ich liebte es vor allem, Menschen zu fotografieren, wenn sie sich gerade unbeobachtet fühlten. So gibt es ein paar schöne Schnappschüsse meiner Schwester Mona, wie sie heimlich die Schokoladenpralinen von der Geburtstagstorte meiner Tante nascht, oder von meiner anderen Schwester Chrissi, wie sie in der Ecke sitzt und in der Nase bohrt. Auch die haarigen Füße meines Onkels in geschmacklosen Männersandalen wurden verewigt, genauso wie eine Schnecke, die meine Mutter in ihrem Salat fand. Später, als ich eine Digitalkamera bekam, wurde die Fotografie ernsthafter. Ich lag stundenlang im Gebüsch rum, um Fotos von Vögeln zu machen, oder harrte bei Gewitter vor dem Dachfenster aus, um einen Blitz auf ein Foto zu bannen. Ich beschäftigte mich immer mehr mit Kameraeinstellungen, von denen man nicht viele an der Digitalkamera vornehmen konnte, um meine Ergebnisse zu verbessern. Der nächste logische Schritt war deshalb die Investition in eine Spiegelreflexkamera, für die ich einen ganzen Sommer lang als Kellner in einem Restaurant gearbeitet habe. Dafür war das Gefühl, als ich die Spiegelreflex in den Händen hielt, umso besser.«

»Das glaube ich dir. Dinge, die man sich selbst erarbeitet hat, wertschätzt man gleich ganz anders. Ich wusste gar nicht, dass du zwei Schwestern hast. Sind sie jünger oder älter als du?«

»Beide jünger. Mona ist siebzehn, und Chrissi macht gerade diese nervige Pubertätsphase durch. Sie ist fünfzehn. Hast du auch Geschwister?«

»Hannah. Sie ist neun und eine kleine Miss Oberschlau.« Bei der Erinnerung an sie musste ich unwillkürlich lächeln.

»Und du liebst sie über alles«, stellte Leon fest.

»Wie könnte man jemanden nicht lieben, der der festen Überzeugung ist, es heißt Gemie, weil Jenny ein Vorname ist.«

Leon lachte leise. »Ihre Art zu denken gefällt mir.«

»Ja, mir auch.«

Plötzlich musste ich mit den Tränen kämpfen. Angestrengt starrte ich auf mein halb aufgegessenes Curry und hoffte, Leon würde es nicht auffallen. Selbstverständlich hatte ich kein Glück.

»Elle, was hast du? Ist es wegen Hannah?«

»Ach nichts.« Ich wischte mir eine Träne mit dem Handrücken weg. »Ich vermisse sie bloß.«

»Aber weshalb bist du dann hierher gezogen? Versteh mich nicht falsch, in bin natürlich sehr froh, dass du hier bist, aber wenn du deine Familie vermisst, weshalb studierst du nicht in München?«

»Das hat andere Gründe.« Gründe, über die ich nicht reden wollte. Sofort schnürte sich mir die Kehle zu. »Außerdem wollte ich immer in Berlin studieren.« Das stimmte sogar.

»Und was möchtest du studieren?«

Dankbar über den Themawechsel, blickte ich auf. »Englisch und Latein auf Lehramt.«

»Eine Lehrerin.« Leon sog anerkennend die Luft zwischen den Zähnen ein.

»Noch bin ich es ja nicht«, entgegnete ich bescheiden.

»Aber du hast ein Ziel, und ich wette, deine Eltern sind ziemlich stolz auf dich.«

So viel zum Themawechsel. Natürlich war es nur nett gemeint, und Leon konnte ja nicht ahnen, dass genau das der wunde Punkt war.

»Nein, eigentlich nicht.« Ich hörte selbst, wie geknickt ich klang, und kurz darauf legte sich Leons Hand tröstend auf meine. Er sagte nichts, sah mich einfach nur mitfühlend an und streichelte mit seinem Daumen meinen Handrücken.

Ich brauchte ganz dringend einen Kuss von Leon, um in den Nebel des Vergessens eintauchen zu können. Wenn wir uns nahe waren, ging es mir besser.

»Küss mich«, flüsterte ich. »Bitte.«

Er stand auf und zog mich in seine Arme. Ich lehnte meinen Kopf an seine Brust und ließ zu, dass mir ein paar Tränen über die Wangen liefen und im Stoff seines Hemdes versickerten. Leon strich mir über den Kopf, so wie ich es bei Hannah immer tat.

»Bitte«, wiederholte ich leise. Es war kaum mehr als ein Hauch. »Wenn du mich küsst, geht es mir besser, dann komme ich mir weniger verloren vor.«

Leon nahm mein tränenverschmiertes Gesicht in die Hände und wischte mit seinen Daumen die feuchten Spuren von meinen Wangen. Dann beugte er sich zu mir runter, und ich spürte den sanften Druck seiner Lippen auf meinen. Es war ein ruhiger, zärtlicher Kuss. Anders als gestern Nacht. Diesmal war es ein tröstender, der Seele und dem Herz schmeichelnder Kuss. Wie Balsam umhüllte er mich und tat seine heilende Wirkung.

Als ich aufsah, lag in seinen Augen eine Traurigkeit, die meine zu spiegeln schien. Ein dunkelblauer See aus unvergossenen Tränen. Seine Augen wirkten unendlich tief, als könnte ich mich darin verlieren, und ich hätte nichts lieber als das getan.

»Leon, es tut mir leid«, setzte ich an.

»Du musst dich doch nicht dafür entschuldigen, dass du traurig bist«, entgegnete er entschieden und klang dabei fast ein wenig empört. Er senkte den Blick, und unter dem Licht der Deckenbeleuchtung warfen seine Wimpern dunkle Schattenkränze auf seine Wangenknochen. »Es ist das Gleiche wie die ganzen anderen Tage auch, oder?«

Ich nickte stumm.

»Aber du wirst mir nicht mehr erzählen«, stellte er resigniert fest.

»Es tut mir leid«, wiederholte ich, »aber ich bin noch nicht so weit, um darüber reden zu können. Und vielleicht werde ich es nie sein.«

»Ich möchte, dass du weißt, dass du mir alles erzählen kannst. Ich bin für dich da, ganz egal was es ist.«

»Danke, das weiß ich zu schätzen.« Diesmal war ich es, die die Initiative ergriff. Ich schlang meine Arme um seinen Hals und küsste ihn ein weiteres Mal.

Es half wunderbar dabei zu vergessen. Und genau das war es, was ich wollte. Vergessen. Selbst wenn es nur für die Dauer eines Kusses war. Leon zu küssen war befreiend und schön. Es erfüllte mich mit einer Leichtigkeit, die ich sonst vergeblich suchte. Wenn ich Leon küsste, tat mein Herz nicht länger weh. Er war wie ein Schmerzmittel für mich. Und mindestens genauso süchtig machend. Denn wenn ich wieder allein war, schmerzte es umso mehr, und das machte mich abhängig. Abhängig von Leon.

Er strich mir sanft über Wange und Hals, selbst seine Zunge schien tröstend gegen meine zu drücken. Und ein schrecklicher Gedanke nistete sich in meinem Hinterkopf ein. War es wirklich Leon, den ich liebte, für den mein Herz schneller schlug, oder nur seine Küsse und Berührungen, die aus mir wieder den Menschen machten, der ich einmal war?

Wir hatten es uns auf meinem Bett gemütlich gemacht, und ich kuschelte mich in Leons Arme.

Er spielte gedankenverloren mit einer Strähne meines Haares. »Ich würde dich gerne noch etwas besser kennenlernen. Was hältst du davon, wenn ich dir fünf Dinge nenne, und du mir einfach nur sagst, ob du sie magst oder nicht magst.«

»Wieso nicht?« Ich musste ein Gähnen unterdrücken. Irgendwie wurde ich jedes Mal müde, wenn ich im Bett lag, ganz gleich, wie viel Uhr es war.

Leon drehte sich auf die Seite und stützte sich mit einem Arm am Kopf ab. »Den Sommer.«

Um besser zu Leon aufsehen zu können, drehte ich mich auf den Rücken. »Mag ich.«

»Erdbeeren.«

»Mag ich.«

»Spinnen.«

»Iiihhh, hast du gerade Spinnen gesagt? Jetzt habe ich das Bedürfnis unter dem Bett nachzusehen. Nur zur Sicherheit.«

»Du sollst doch nur mit ›Mag ich nicht‹ antworten.« Leon grinste.

»Dann darfst du aber nicht so schreckliche Dinge sagen.« Ich schauderte leicht.

»Bettwanzen«, sagte er spöttisch.

Ich schlug ihm gegen die Brust. »Die mag ich auch nicht. Und jetzt kann ich dank dir heute Nacht nicht mehr in diesem Bett schlafen«, jammerte ich. »Morgen bringe ich die Matratze zur Reinigung.«

Leon verdrehte die Augen. »Letzte Frage: *Game of Thrones.*«

»Das weißt du doch schon.«

»Ich weiß nur, dass du die Serie gesehen hast, nicht ob du sie magst.«

»Tu ich aber.«

»Ein Glück.« Leon wischte sich imaginären Schweiß von der Stirn. »Sonst hätte ich mich von dir trennen müssen. Jemand, der *Game of Thrones* nicht mag, kann auch sonst keinen guten Geschmack haben.«

»Na sonst ist aber alles gut bei dir, ja?« Ich lachte.

Er tat, als müsste er darüber nachdenken. »Doch. Ich glaube schon.«

»Sehr beruhigend«, meinte ich sarkastisch.

»Du bist dran«, erinnerte er mich sanft.

»Hm, mal überlegen. Biffy Clyro.«

»Die sind gut. Mag ich.«

»Sehr gut. Mangelnden Geschmack kann ich dir ebenfalls nicht vorwerfen.« Ich grinste. »Dirndl.«

»An mir mag ich sie nicht, aber ich bin mir sicher, an dir sähe ein Dirndl heiß aus, daher tendiere ich zu ›Mag ich‹.«

Ich verdrehte die Augen. »Man merkt, dass du nicht aus dem Süden kommst. Da hätte niemand so eine Antwort gegeben.«

»Und man merkt, dass du aus Bayern kommst. Hier hätte auch niemand so eine Frage gestellt.«

»Pff! Volksfeste sind super und Dirndl noch mehr. Wenn du

erst mal mein Dekolleté darin gesehen hast, wirst du mir sicherlich zustimmen.«

»Davon überzeuge ich mich gerne mit eigenen Augen.«

»Das glaub ich dir sofort.«

Ich überlegte, was ich als Nächstes sagen könnte. »Deine Schwestern.«

»Mag ich – meistens jedenfalls.«

»Geburtstag.«

»Ist der beste Tag im Jahr! Mag ich sehr.«

»Ich auch! Ich kann gar nicht verstehen, weshalb manche Menschen da so einen Aufstand drum machen. An meinem Geburtstag liebe ich es, mich wie eine Prinzessin zu fühlen.«

»Du bist süß, wenn du solche Dinge sagst.« Leon gab mir einen Kuss auf die Stirn.

»Mich.« Ich räusperte mich. »Magst du mich?«

»Von mögen kann keine Rede sein.« Leon strich mir eine Strähne hinters Ohr. »Ich fürchte, ich habe mich längst in dich verliebt.«

Mein Herz begann wild zu klopfen. Trotzdem erfüllten mich seine Worte mit einer gewissen Melancholie. »Sag das nicht. Du kennst mich doch kaum.«

»Ich kenne vielleicht noch nicht jede kleine Facette von dir, aber ich bin dabei, dich jeden Tag ein Stückchen besser kennenzulernen. Und was ich bis jetzt herausgefunden habe, gefällt mir sehr. Du besitzt eine unglaubliche Persönlichkeit, Elle.«

Es machte mich traurig, dass er nur die in der Sonne glitzernde Seite von mir sah, die ich ihm zeigte. Niemals würde ich ihn einen Blick in den Abgrund meiner Seele werfen lassen, aber das führte auch dazu, dass Leon mich niemals wirklich kennen würde.

Ich drehte mich mit dem Rücken zu ihm und schmiegte mich in seine Arme. »Lass uns schlafen«, murmelte ich.

Leons Arm lag über meinem Bauch, und er zog mich ein Stück zu sich ran. Sein Atem streifte meinen Nacken. »Schlaf gut.« Er hauchte mir einen Kuss auf die nackte Haut an meiner Schulter. Seine Lippen hinterließen ein Prickeln, und mit einem wohligen Gefühl schloss ich die Augen.

Kapitel 14

17. Juli 2016, 04:24 Uhr

Leise schloss ich die Haustür hinter mir und schlich auf Zehenspitzen im Dunkeln den Flur entlang. Ein Lichtschwall fiel durch einen Spalt in der Tür. Ertappt blieb ich stehen und sah mich Mama gegenüber, die sich blinzelnd die Augen rieb.

»Elle, bist du wieder zurück?«, fragte sie verschlafen, obwohl in der Frage selbst schon die Antwort lag.

Sie trat in den Flur und knipste die Deckenbeleuchtung an. Beide blinzelten wir benommen ins Licht.

»Hattest du einen schönen Abend, Schätzchen?« Nur mit ihren weinrot karierten Pyjamashorts und einem farblich dazu passenden Top bekleidet, stand sie vor mir. Durch das tägliche Fahrradfahren zum Krankenhaus hatte Mama eine gute Figur, die sie nicht zu verstecken brauchte.

»M-hm, war ganz toll, und jetzt bin ich ziemlich kaputt.« Ich unterstrich meine Aussage durch ein Gähnen. Hoffentlich ließ sie es damit bis morgen früh gut sein. Ich wollte in mein Zimmer, bevor Mama auffiel, wie zerzaust meine Haare waren.

»Was habt ihr denn alles gemacht?« Mama trat barfuß einen Schritt auf mich zu. »Und weshalb ist deine schöne Frisur so durcheinander?«

»Weil es windig war«, entgegnete ich pampig. »Was man eben so macht auf einem Abschlussball. Tanzen, lachen, saufen.«

Immer musste sie alles so genau wissen, dabei wollte ich wirklich nicht, dass sie sämtliche Details des heutigen Abends erfuhr. Raphael und ich hatten nämlich beschlossen, unsere Beziehung zu vertiefen, und miteinander geschlafen. Es war nicht mein erstes Mal gewesen, aber mein erstes Mal mit Raphael und mein erstes Mal im Wagen von Raphaels Vater. Ich konnte nur hoffen, dass er geistesgegenwärtig genug war und das benutzte Kondom entsorgte, bevor sein Vater morgen mit dem Porsche zur Arbeit fuhr.

Allerdings musste ich zugeben, dass ich den Sex im Auto weniger prickelnd gefunden hatte, als ich gedacht hatte. Eigentlich war es einfach nur schrecklich unbequem gewesen. Ständig stieß man mit seinem Ellenbogen irgendwo an, holte sich blaue Flecken, und die Beine konnte man auch nicht richtig ausstrecken. Außerdem war Raphael gar nicht auf meine Wünsche eingegangen, und somit hatte an diesem Abend nur einer von uns einen Orgasmus gehabt.

Mama kicherte leise, als hätte ich einen Scherz gemacht. »Ich sehe schon, du musst erst mal wieder nüchtern werden. Du kannst mir dann morgen noch alles genauer erzählen.«

Toll, darauf freute ich mich schon, aber vielleicht hatte sie bis dahin wenigstens meine zerzausten After-Sex-Haare wieder vergessen.

»Gute Idee. Schlaf gut«, sagte ich, drehte mich um und verschwand in meinem Zimmer.

»Du auch, Schätzchen«, hörte ich sie noch sagen, ehe die Zimmertür hinter mir ins Schloss fiel.

Am nächsten Morgen wurde ich von Hannah geweckt, die in mein Zimmer stürmte, auf mein Bett sprang und dieses ganz eindeutig mit einem Trampolin verwechselte. Sie hüpfte auf der Matratze und rüttelte abwechselnd an meiner Schulter. »Aufwachen, Elle, aufwachen!«

»Was ist?«, knurrte ich.

Ich war mir ziemlich sicher, dass ich noch nicht lange schlief, und noch dazu hatte ich wahnsinnige Kopfschmerzen.

»Ich will wissen, ob du die schönste Prinzessin auf dem Ball warst!«

»Wir sind hier nicht in einem Disneyfilm, Hannah. Du hast eine völlig falsche Vorstellung von einem Abschlussball. Und jetzt lass mich schlafen.« Demonstrativ zog ich mir die Decke über den Kopf.

»Aber es ist schon nach elf, und bald gibt es Mittagessen.« Sie sprang erneut auf meinem Bett herum.

»Hab keinen Hunger. Alles, was ich will, ist schlafen.«

Hannah ließ sich neben mich auf die Matratze plumpsen, so dass ich von der Federung beinahe in die Luft flog. »Meine Güte, Hannah! Jetzt reicht es aber!«

Ich quälte mich, meine Augenlider anzuheben, nur um zum wiederholten Mal festzustellen, das pinke Wandfarbe bei Kopfschmerzen nicht unbedingt optimal war. Es war, als bohrte sich die Farbe in meine Augäpfel.

»'tschuldigung«, nuschelte sie. Sie kuschelte sich an mich und schlang ihre Arme um meine Mitte. »Raphael sah gestern gut aus, nicht? Deshalb hast du auch geguckt wie ein Schaf«, kicherte sie.

»Hannah! Ich sagte, jetzt ist genug!« Ich sprang aus dem Bett, lief zum Schreibtisch, zog die Schublade auf, und nach kurzem Wühlen hatte ich gefunden, wonach ich suchte. Ich nahm es heraus und verbarg es in meiner geschlossenen Faust.

Mit einem listigen Funkeln in den Augen näherte ich mich ihr. »Weißt du, was man mit kleinen Schwestern macht, die zu viel reden?«

»Nein.« Noch immer kicherte sie.

Dieses Kind hatte einfach keine Angst vor mir. Irgendetwas hatte ich falsch gemacht. Hätte wohl besser mal ein Buch zu dem Thema »Wie man kleinen Geschwistern den nötigen Respekt beibringt« lesen sollen. Aber der Zug war vermutlich bereits abgefahren. »Mach mal die Augen zu.«

Nun sah ich doch einen Funken Angst in ihnen aufblitzen, bevor er von Argwohn überlagert wurde. »Warum? Was hast du vor?«

»Das wirst du gleich sehen. Na los, mach schon! Es ist nichts Schlimmes«, versprach ich ihr.

Ich sah ihr an, dass sie wissen wollte, was ich in meiner Hand verbarg, aber sie kannte mich gut genug, um zu kapieren, dass sie es nur erfahren würde, wenn sie tat, was ich verlangte. Brav schloss sie die Augen.

Ich zückte mein Washi Tape riss einen großzügigen Streifen ab und klebte ihn Hannah quer über den Mund.

Diese gab einen unwilligen Laut von sich und riss die Augen auf. Sie wollte es sich vom Mund reißen, aber ich wackelte warnend mit dem Zeigefinger. »Sieh es dir erst mal vor dem Spiegel an!«

Ich hatte nämlich ein ganz besonderes Washi Tape gewählt. Eines, das ich erst kürzlich gekauft hatte, um damit Geschenke zu verpacken.

Hannah sprintete zum Spiegel, beugte sich ganz dicht davor und versuchte zu lesen, was darauf geschrieben stand. Da es allerdings aus ihrer Perspektive in Spiegelschrift war, dauerte es eine Weile, bis sie es entziffert hatte.

Sie riss sich den Streifen vom Mund. »Sehr witzig. *With Love.*« Sie bedachte mich mit einem finsteren Blick.

»Nicht wahr?«, entgegnete ich mit zuckersüßer Stimme. »Wer mich nervt, bekommt einfach den Mund mit ganz viel Liebe zugeklebt.«

Hannah sah mich an, als hätte ich den Verstand verloren, was nicht meine Schuld war, immerhin war ich verkatert, und wer konnte mit einem dicken Schädel schon klar denken?

»Du bist echt doof. Klebst du Raphael auch den Mund zu, wenn er dich küssen will?«

»Ich hab dir schon mal gesagt, dass Küsse nicht eklig sind.«

»Ich weiß nicht recht. Ich finde schon deine feuchten Schmatzer grenzwertig, und mit Zunge ist es ja noch *feuchter*«, meinte Hannah altklug.

»Was findest du eklig? Etwa die hier?« Ich gab ihr einen extradicken und extralauten Schmatzer auf die Wange.

»Aua, mein Ohr«, jammerte sie. »Jetzt bin ich taub.«

»Leider nur immer noch nicht stumm«, murmelte ich und erntete dafür einen leichten Tritt gegen das Schienbein.

»Ich brauche jetzt ein Aspirin«, stöhnte ich. »Von dir bekommt man ja Kopfschmerzen.«

Leider ließ sich Hannah trotz meiner drastischen Mundzuklebemaßnahme nicht abschütteln. Aber aus Fehlern lernte man ja. Das nächste Mal würde ich einfach Paketband nehmen, vielleicht schreckte sie das genug ab, um mich nie mehr verkatert zu wecken.

Hannah folgte mir wie ein Hund erst ins Bad, wo ich mir ein Aspirin holte, und dann in die Küche, wo Mama bereits fleißig das Mittagessen vorbereitete. Ich holte mir ein Glas aus dem Schrank, füllte es mit Leitungswasser und warf die Tablette hinein.

»Was ist denn noch, Hannah?«, fragte ich leicht verzweifelt. »Bist du jetzt mein Schatten, oder was?«

»Ich will bloß wissen, wie es gestern war. Hast du zufällig deinen Schuh verloren?«

Ich schnaubte. »Da ich nicht Aschenputtel heiße, lautet die Antwort nein.«

»Na ja, Aschenputtel war ja auch blond. Vielleicht verliere ich dafür meinen Schuh.«

»Von mir aus.« Ich lehnte mich gegen die Arbeitsplatte und trank das Glas in einem Zug leer.

»Hauptsache, du hattest einen schönen Abend«, sagte Mama lächelnd.

Ehrlich gesagt, konnte ich mich an die Gespräche im Einzelnen kaum noch erinnern. Ich wusste nur, dass wir alle viel gelacht und auf unsere Zukunft angestoßen hatten. Wir standen in unserer üblichen Gruppe zusammen, und alle erzählten von ihren großen Träumen und Plänen nach dem Abitur. Ein paar wollten eine Zeit lang ins Ausland, andere hatten große Karrierepläne, und als ich an der Reihe war, erzählte ich davon, zum Studieren nach Berlin zu ziehen.

Mir war nicht bewusst gewesen, dass Raphael und ich noch gar nicht darüber geredet hatten, auf jeden Fall starrte er mich an, als hätte ich verkündet, ich wolle auf den Mond ziehen. Wütend hatte er mich gefragt, ob mir nicht klar sei, wie weit weg das von ihm wäre und ob mir unsere Beziehung nichts bedeuten würde. Seine Worte taten weh, aber ich ließ mir nichts anmerken, und zum Glück schien er es bald wieder vergessen zu haben. Jedenfalls erwähnte er es den restlichen Abend nicht mehr. Aber ich vermutete, das war der Grund, weshalb er im Auto nicht auf meine Wünsche eingegangen war. Raphael war sauer auf mich, weil ich vorhatte, zum Studieren nach Berlin zu ziehen.

»Den hatte ich, Mama.« Ich gab ihr einen Kuss auf die Wange. »Und danke noch mal für das schöne Kleid.«

Mama lächelte mich an.

»Ich will ein dunkelrotes, wenn ich mit dem Abi fertig bin«, erklärte Hannah.

»Vergiss es! Du bekommst mein altes Kleid, weil du mich nicht hast ausschlafen lassen.«

»Gar nicht wahr!« Sie streckte mir die Zunge raus. »Du hast mir versprochen, du kaufst mir ein Kleid.«

»Kann mich nicht erinnern. Wann soll das denn gewesen sein?« Ich blickte sie gespielt ratlos an.

»Mama, du hast es doch gehört. Ich bekomme mein eigenes Kleid. Elle hat es versprochen.«

»Natürlich, mein Häschen, du bekommst dein eigenes Kleid«, sagte Mama und wuschelte Hannah einmal durch die Haare. »Und wenn nicht von Elle, dann von mir.«

»Ich geh noch mal ins Bett, bis das Essen fertig ist. Ihr ruft mich einfach, ja?« Mir dröhnte der Kopf. Hoffentlich wirkte das Aspirin bald.

»Natürlich. Geh ruhig.« Mama warf mir einen wissenden Blick zu, und ich schaute unwillkürlich zur Seite.

Nicht daran denken, was du gestern mit Raphael im Auto seines Vaters getrieben hast. Obwohl es lächerlich war, schämte ich mich in Gegenwart meiner Mutter, an Sex mit meinem Freund zu denken, denn unter ihrem Blick hatte ich jedes Mal das Gefühl, sie könne Gedanken lesen. Als wüsste sie nur zu gut, was ich gestern Abend alles getrieben oder besser mit wem ich es getrieben hatte, und ihre Fragen dienten lediglich dazu, den Schein zu wahren.

Ich drehte mich um und spürte Mamas Blick im Rücken, während ich die Küche verließ. Wenigstens folgte mir Hannah diesmal nicht, und so konnte ich mich ungestört in mein Bett legen und noch ein wenig vor mich hin dösen.

Kapitel 15

06. Oktober 2016, 09:17 Uhr

Nur mit meinen blau-weiß gemusterten Pyjamashorts, einem weißen Top und einem kuscheligen beigen XXL Cardigan bekleidet, saß ich gemütlich auf dem Fensterbrett, die Beine angezogen und mit beiden Händen eine Tasse Kaffee haltend. Der Ausblick war nichts Besonderes. Eine breite Straße, an deren Rand links und rechts die Autos der Anwohner parkten. Diese wurden vom Bürgersteig durch eine Reihe hoher Bäume abgetrennt, die mir im Sommer sicherlich den Blick auf die gegenüberliegende Häuserfront verwehren würden, aber inzwischen lichteten sich die Blätter doch schon deutlich, lagen nach dem Regen als brauner Matsch auf dem Boden, der ziemlich rutschig aussah. Die Wolken hingen seit Dienstag über der Stadt fest. Tief und grau und erdrückend. Die Straße glänzte dunkel und feucht. Ein paar Fußgänger mit Regenschirm huschten auf dem Gehweg unter meinem Fenster vorbei.

Ich trank einen Schluck des inzwischen lauwarmen Kaffees und trauerte dem Sommer hinterher. Vor zwei Monaten war alles viel besser gewesen. War ich noch ein glückliches Mädchen gewesen, nur hatte ich es damals nicht gewusst. Ich hatte geglaubt, nichts könne schlimmer sein als das Gefühl, ungeliebt und betrogen worden zu sein, doch ich hatte keine Ahnung gehabt. Liebend gerne würde ich meine Schuldgefühle dagegen eintauschen. Aber die Zeit lief nun mal nur in eine Richtung, und alles, was ich tun konnte, war, mich in Erinnerungen zu flüchten, sie lebendig und klar zu halten, bevor der Nebel des Vergessens sie mir nahm.

Leon war vor über einer Stunde zur Arbeit aufgebrochen, und seitdem saß ich hier, schlürfte meinen Kaffee auf der Fensterbank und beobachtete das Geschehen unter meinem Fenster. Ob es in München ebenfalls regnete?

Ich dachte an Hannah und an das Versprechen, das ich ihr während unseres Telefonats gegeben hatte. Am liebsten würde ich zu ihr fahren und sie in die Arme schließen. Aber wenn ich jetzt zu ihr zurückging, würde ich es dann ein weiteres Mal schaffen, ihr den Rücken zu kehren und nach Berlin zu fahren? Wahrscheinlich nicht. Und dann müsste ich ihr die Wahrheit sagen, weshalb wir nicht in unser Haus zurückkehren konnten und ich es deshalb wohl in absehbarer Zeit verkaufen musste. Und wie könnte ich meiner kleinen Schwester sagen, dass ich an dem Tod unserer Mutter schuld war, ohne alles zu zerstören? Ohne das letzte Fünkchen Vertrauen, das sie noch in mich hatte, damit auszulöschen?

Ich würde ihr alles nehmen, was ihr noch geblieben war. Ihre Kindheit, die große Schwester, ihr unbeschwertes Lachen.

Ich konnte mir selbst kaum noch in die Augen blicken und würde es nicht ertragen, wenn Hannah es ebenfalls nicht mehr konnte. Ihr das zu verschweigen war selbstsüchtig von mir, und doch war ich lieber das als ganz allein.

Mein Handy vibrierte, und ich hastete zum Schreibtisch.

Leon: Ein Mann bekommt ein Mädchen nicht mehr aus seinem Kopf und muss ständig an sie denken.

Ich sog scharf die Luft ein. Da stand es schwarz auf, na ja nicht weiß, eher auf Displayhintergrund, dass Leon ständig an mich denken musste. Ich konnte kaum glauben, dass er tatsächlich das Gleiche zu empfinden schien wie ich. Auch ich sah ständig Leon und ganz besonders seine faszinierenden Augen vor mir. Mein Herz klopfte mir bis zum Hals, während ich meine Antwort tippte.

Ich: Einem Mädchen ergeht es genauso. :-* Sehen wir uns heute Abend?

Leon: Klar. Worauf hast du Lust?

Ich: Was hältst du von Kino?

Ich hatte das Bedürfnis, aus meiner Wohnung rauszukommen, und ich wollte auch nicht zu Leon. Das Kino erschien mir eine gute Gelegenheit dafür. Mein Handy blinkte auf.

Leon: Gute Idee. Neunzehn Uhr vorm Kino am Alex?

Ich: Passt. Bis dann! :-)

Um mir die Zeit zu vertreiben, beschloss ich, trotz Regen einen kleinen Spaziergang zu machen. Ich ging zu dem Park, in dem alles angefangen hatte. Konnte es sein, dass das wirklich erst vor fünf Tagen gewesen war? Ich hatte das Gefühl, Leon schon viel länger zu kennen. Mit ihm war alles ganz einfach und vor allem völlig anders als bei meinen früheren Beziehungen. Leon würde niemals meine Wünsche so offensichtlich ignorieren, wie Raphael es getan hatte, und auch die anderen, viel verletzenderen Dinge, die Raphael getan hatte, würde er niemals tun.

Vor Raphael hatte ich nur einen einzigen Freund gehabt. Mike. Er war es auch gewesen, an den ich meine Unschuld verloren hatte, wobei er fairerweise auch die seine an mich verloren hatte. Der Sex war dementsprechend ziemlich, nun ja, mies gewesen. Wir waren beide dermaßen unsicher gewesen und hatten uns ständig einander versichern müssen, dass das, was wir gerade taten, auch für den anderen okay war, was zur Folge hatte, dass wir nicht wirklich in Stimmung kamen.

Der Matsch schmatzte unter meinen Füßen, und das vor Nässe glänzende Laub machte den Weg rutschig. Inzwischen hatte ich fast das Ende des Parks erreicht, ohne es bemerkt zu haben. Meine rechte Hand, die den Regenschirm hielt, war weiß vor Kälte, und ich wechselte die Hand, um die andere in meiner Jackentasche aufzuwärmen. Der Vorteil an dem Wetter war, dass ich den Park ganz für mich alleine hatte und somit meinen Gedanken ungestört nachhängen konnte. Ich erlaubte mir, an meine Mutter zu denken und wie sie mich in den Arm genommen hatte, nachdem ich herausgefunden hatte, was Raphael getan hatte. Genau diese kleinen Gesten waren es, die ich so sehr vermisste. Mein Herz zog sich schmerzhaft zusammen. Ich vermisste meine Mama. Tränen traten mir in die Augen, aber das machte nichts. Hier würde niemand meine Tränen bemerken, nicht, wenn ich sie mir vom Regen wegwaschen ließ. Ich machte den Regenschirm zu. Ich wünschte, ich könnte noch einmal in Mamas Armen liegen und ihr sagen, wie leid mir meine letzten Worte taten. Dass ich ein dummes, egoistisches, rücksichtsloses Ding war, das nicht darüber nachgedacht hat, was es mit seinen Worten anrichtete. Ich wünschte, ich könnte ihr sagen, wie lieb ich sie hatte und wie sehr mich das Wissen um meine letzten Worte an sie jeden Tag quälte.

Der Regen vermischte sich mit meinen Tränen, die mir ungehemmt über die Wangen rannen. Meine Haare klebten platt an meinem Kopf, aber es war mir egal. Ich spürte die Kälte nicht einmal mehr. Zu stark waren die Schluchzer, von denen ich geschüttelt wurde, und zu groß mein Selbstmitleid, als dass ich irgendetwas anderes wahrgenommen hätte.

Halb blind vor Tränen rutschte ich auf einem Laubhaufen aus und konnte mich gerade noch mit den Händen am Boden abstützen, bevor ich in den Matsch gefallen wäre. Meine dreckigen Finger wischte ich am nassen Gras der Wiese ab. Der Schreckmoment sorgte dafür, dass meine Tränen versiegten und ich mich schniefend umsah. Ich war fast wieder an meinem Ausgangspunkt angelangt und hatte es nicht einmal bemerkt. Ich kramte nach einem Taschentuch, aber auch das war vom Regen nass, so dass es nicht zu gebrauchen war. Trotzdem schnäuzte ich mir die Nase, bevor ich mich auf den Heimweg machte.

Unter der heißen Dusche merkte ich erst, wie gut es getan hatte, den Tränen freien Lauf zu lassen. Ich fühlte mich ein winziges bisschen befreiter. Zwar nicht viel, aber zumindest so viel, dass ich genügend Motivation empfand, mir meine Zehennägel zu lackieren. Vermutlich würde es Leon sowieso nicht auffallen, Männer achteten ja nicht sonderlich auf solche Details, aber mir fiel es auf, und ich machte mich ja nicht für andere hübsch, sondern für mich selbst. Als Zeichen meiner Wertschätzung mir selbst gegenüber. Aus diesem Grund würde ich auch nie einen Tag im Pyjama verbringen, einfach weil ich es liebte, mir etwas Schönes anzuziehen und mich darin wohlzufühlen. Das war etwas, was ich von Mama gelernt hatte. Sich selbst genügend wertzuschätzen, um sich ein tolles Make-up zu gönnen, selbst wenn man das Haus nicht verließ und man selbst es als Einziger zu Gesicht bekam.

Kapitel 16

30. Juli 2016, 11:10 Uhr

»Schätzchen, könntest du noch kurz im Supermarkt vorbeifahren? Ich hab die Champignons für das Mittagessen vergessen.«

»Toll, kaum hat man einen Führerschein und darf alleine damit fahren, wird man ausgenutzt«, beschwerte ich mich.

»Du darfst doch bereits seit vier Monaten alleine fahren«, korrigierte mich Mama.

Ich stöhnte. »Das ist gar nicht der Punkt. Aber schön, da du ohnehin keine Ruhe gibst, fahr ich zum Supermarkt. Brauchen wir sonst noch etwas anderes?«

»Du könntest eine Wassermelone mitbringen und eine Flasche Sekt. Ich glaube, wir haben keinen mehr im Keller, und ich hab später eine Verabredung.«

»Schon wieder? Langsam könntest du ruhig mal mit ein paar Details rausrücken. Immerhin quetschst du mich über meine Dates auch immer aus.«

»Das mache ich bald. Aber ich glaube, zum jetzigen Zeitpunkt ist es noch etwas verfrüht.« Mamas Wangen färbten sich rosa. Wie ätzend! Sie war doch kein Teenager mehr.

»Verfrüht? Du triffst dich doch schon seit April mit ihm.«

»Woher weißt du das? Ich dacht–«

»Ich bin nicht blöd, Mama. Ich hab doch gemerkt, wie du dich aufgebrezelt hast; auch wenn du nicht direkt gesagt hast, dass du dich mit einem Mann triffst, war das nicht zu übersehen.«

Wahrscheinlich hatte sie mein Augenrollen bemerkt, jedenfalls sagte sie deutlich energischer: »Na los, sonst gibt es heute das Mittagessen erst um zwei.«

»Und jetzt auch noch Stress machen«, grummelte ich, krabbelte aber aus dem Bett, in dem ich es mir gemütlich gemacht und in einem Magazin, das meinen Namen trug, geblättert hatte.

Ich war gerade auf dem Weg zum Auto, vollgepackt mit einer schweren Tüte, von der ich befürchtete, sie würde jeden Moment reißen, wegen der verflixt schweren Wassermelone, als ich jemanden mit einem Sixpack Bier in der Hand bemerkte, der verdächtig nach Raphael aussah. Er bog um die Ecke, und da ich mir ziemlich sicher war, dass es sich um meinen Freund handelte, wurde ich stutzig. Was in Gottes Namen machte Raphael hier? Mir hatte er heute Vormittag geschrieben – zusammen mit einem kotzenden Smiley –, dass er den ganzen Tag mit seiner Familie seine Großeltern besuchen fahren würde.

Meine schmerzenden Arme ignorierend, ging ich am Supermarktgebäude entlang zu der Ecke, um die er eben verschwunden war. Als ich um die Ecke bog, blieb ich wie angewurzelt stehen. Der Schock über den Anblick, der sich mir bot, lähmte mich. Leider nur für wenige Sekunden, ehe der Schmerz in meiner Brust mit voller Wucht zuschlug und mein Herz zertrümmerte. Das sorgte zumindest dafür, dass ich mich wieder bewegen konnte, und ich hastete zurück um die Ecke, wo ich mich an die Supermarktfassade lehnte und zusammen mit der Einkaufstüte zu Boden glitt.

Am Ende der Straße saß Raphael in weiblicher Begleitung, beide hatten jeweils eine geöffnete Bierdose in der Hand, aus der sie jedoch nicht tranken, weil ihre Münder bereits auf anderen Öffnungen klebten. Raphael hatte mit dem Rücken zu mir dagesessen, weshalb ich erkannt hatte, wem er seine Zunge in den

Hals steckte. Michaela. Ich hätte kotzen können. Ausgerechnet diese blöde Kuh, die mich nie hatte leiden können, weil sie trotz ihrer blonden Haare – auf die laut Statistik die meisten Männer abfuhren – nur das zweitbeliebteste Mädchen der Klasse war. Gleich nach mir. Und das hatte sie immer gewurmt. Aber dass sie so weit gehen und mir den Freund ausspannen würde, damit hätte ich nie gerechnet. Und damit, dass Raphael mich betrog, noch viel weniger.

Erst letztes Wochenende hatten wir heißen Sex gehabt, diesmal ohne das Auto seines Vaters, dafür aber mit Orgasmus für mich.

Ich verstand die Welt nicht mehr. Was war hier los? Wir hatten doch so viel Spaß zusammen, und er hatte immer wieder beteuert, wie hübsch er mich fand und wie sehr er es genoss, mit mir zusammen zu sein. Wieso betrog er mich dann mit dieser … dieser Schlampe! Von nun an würde ich sie nur noch Schlampen-Michi nennen, so viel stand fest!

Tränen traten mir in die Augen, aber ich war zu wütend, um jetzt zu heulen. Ich sprang auf; die Tüte fest mit beiden Händen umklammernd, spielte ich mit dem Gedanken, den beiden damit eines überzuziehen. Eine Gehirnerschütterung würde sie zumindest davon abhalten, weiterhin zu knutschen. Und die Tatwaffe – die Wassermelone – würde ich anschließend einfach aufessen und damit alle Beweismittel beseitigen.

Obwohl es ein wirklich guter Plan war, kam er nicht zur Ausführung, denn als ich mich den beiden näherte, entdeckte mich Schlampen-Michi, hob überrascht den Kopf und machte damit auch Raphael auf meine Anwesenheit aufmerksam.

Sobald dieser mich erblickte, wich sämtliche Farbe aus seinem Gesicht. Er senkte den Blick beschämt auf seine Schuhspitzen, während er stammelte: »Was tust du denn hier? Wolltest du nicht heute auf deine Schwester aufpassen?«

»Aber erst am Abend, du Idiot!«, schrie ich ihn an. »Und viel wichtiger ist die Frage, was du hier machst? Was soll das werden?«

»Das ist nicht wie –«

»Das hast du doch gesehen«, fiel ihm Schlampen-Michi mit einem süffisanten Grinsen ins Wort.

Zu gerne hätte ich ihr den triumphierenden Blick aus den Augen gekratzt. Stattdessen stammelte ich wie das kleine, verletzte Mädchen, das ich war: »Wie konntest du das tun, Raphael? Nach allem, was wir zusammen hatten?«

In seinem Blick veränderte sich etwas. Er wurde kühl und hart. »Du gehst doch sowieso bald nach Berlin. Dann wäre die Beziehung ohnehin zu Ende. Also was soll's?«

»Was soll's?!« Ich konnte ihn nur mit vor Schock geweiteten Augen anstarren. Am liebsten hätte ich ihn angebrüllt, dass er eben mein beschissenes Herz zertrümmert hatte, aber jedes weitere Wort an diesen Mistkerl war ein verschwendetes Wort.

Raphael zuckte leicht zusammen, was seiner kühlen Fassade kleine Risse verlieh. Ganz so cool war er dann eben doch nicht. Er kratzte sich am Hinterkopf. »Du dachtest doch nicht wirklich, ich würde eine Fernbeziehung mit dir führen? Wenn du ehrlich bist, hatten wir beide sowieso nie eine Zukunft. Du hast dich dafür entschieden, mich zu verlassen, als du das mit Berlin klargemacht hast.«

Das fiese Grinsen auf Schlampen-Michis Gesicht zusammen mit dieser frechen Frage von Raphael waren zu viel für mich. Wütend schnappte ich nach Luft, presste die schwere Einkaufstüte gegen meinen Bauch, um sie ihm nicht doch noch über den Kopf zu hauen. »Wie kannst du es wagen? Du Mistkerl!«, schrie ich ihn an. »Du … du Riesenarsch mit Ohren!«

»Jetzt mach doch nicht so eine Szene deswegen. *Du* bist es doch, die mich verlässt. Ich habe mich eben nur schon nach einer Alternative umgesehen.« Er zuckte mit den Achseln.

In diesem Moment wurde mir klar, dass ich nie mehr für ihn gewesen war als eine Frau, mit der man gut ficken konnte. Wie hatte ich nur so blind sein können?

Ich kratzte die letzten Reste meiner Selbstbeherrschung zusammen und machte auf dem Absatz kehrt. Dann rauschte ich zum Auto davon, wobei mir die ersten Tränen über die Wangen liefen. Keiner der beiden rief mir hinterher, ich solle warten.

Noch nie in meinem Leben hatte mich ein Mensch so sehr gedemütigt. Dieser Tag war sogar noch schlimmer als der Tag vor acht Jahren, als Papa verkündete, er würde sich von Mama scheiden lassen, weil er seine große Liebe gefunden habe.

Es war ein Wunder, dass ich auf dem Heimweg keinen Unfall baute, denn vor lauter Tränen sah ich die Straße kaum. Alles war verschwommen. Menschen, Autos, Gebäude. Alles war nur ein verzerrter Umriss. Ein Einheitsbrei aus Farben und Formen.

Als ich unsere Auffahrt erreichte, blieb ich im Auto sitzen und weinte hemmungslos. Was war nur los mit mir? Wieso hatte ich nicht erkannt, dass ich für Raphael nicht mehr gewesen war als ein hübsches Prestigeobjekt, dass er vorführen konnte und mit dem er gelegentlich Sex hatte? Hatte ich tatsächlich so eine schlechte Menschenkenntnis, oder lag es daran, dass ich genauso oberflächlich war wie er? Ich wollte gar nicht leugnen, dass ich viel Wert auf mein Äußeres legte und sehr stolz auf meine schlanke Figur war, aber deshalb war ich doch kein schlechter Mensch, oder? Nur weil meine oberste Priorität meinem Körper galt, hieß das doch nicht, dass ich mich nicht um andere Menschen kümmerte, sondern diese mir egal waren. Womit hatte ich es verdient, auf diese Weise gedemütigt und abserviert zu werden?

Nach ein paar Minuten kam Mama zur Haustüre raus. Vermutlich hatte sie das Auto gehört, als ich in die Auffahrt gefahren war, und fragte sich nun, was ich so lange hier draußen machte.

Sie klopfte gegen die Fensterscheibe, hielt aber inne, als sie mein Gesicht erblickte. Bestimmt sah es genauso verquollen aus, wie es sich anfühlte. Sie ging hastig um den Wagen herum, öffnete die Beifahrertür und setzte sich zu mir ins Auto.

»Schätzchen, was ist denn passiert? Hattest du einen Unfall?

Bist du verletzt?« Ich konnte sehen, wie sie meinen Körper auf verletzte Körperteile scannte.

»Nein, ich bin nicht verletzt. Zumindest nicht äußerlich«, schniefte ich.

Sie schlang mir ihre Arme um den Oberkörper und zog mich an sich. Trotz der unbequemen Haltung lehnte ich mich dankbar an ihre Schulter.

Mama streichelte mir tröstend übers Haar. »Magst du mir erzählen, was vorgefallen ist?«, fragte sie mit sanfter Stimme.

Als Antwort wurde ich von einem weiteren Schluchzer geschüttelt.

»Schhh, ist ja gut. Alles ist gut. Ich bin bei dir«, tröstete sie mich, wie sie es schon getan hatte, als ich noch ein kleines Kind war.

Aus dem Bedürfnis heraus, ihr mein Herz auszuschütten, sprach ich die schrecklichen Worte schließlich aus. »Mama, er … er hat mich betrogen. Ich hab ihn knutschend mit einem anderen Mädchen erwischt.« Leider machte es, die Wahrheit laut auszusprechen, erst mal nicht besser, sondern sogar noch realer. Ich schluchzte laut auf.

»Oh, mein armes Schätzchen.« Mama zog mich fester in ihre Arme und wiegte mich hin und her. »Aber ich –«

»Sag jetzt nicht, du hast es ja gleich gesagt«, fiel ich ihr schniefend ins Wort.

»Lass mich bitte ausreden«, tadelte sie mich mit weicher Stimme. »Ich wollte sagen, dass ich finde, ohne Raphael bist du viel besser dran. Es tut mir natürlich selbst unendlich weh, dass du es auf diese Weise erfahren musstest, aber glaub mir, der richtige Mann wartet irgendwo da draußen auf dich. Und nachdem du das mit Raphael erst einmal verdaut hast, wirst du bereit für ihn sein. Für deine große Liebe, und das ist etwas ganz Wunderbares. Glaub mir. Freu dich darauf! Die wahre Liebe ist leicht, beschwingt, erfüllend und schön. Genau wie du, Schätzchen.«

»Danke, das ist lieb von dir, aber ich glaube nicht, dass ich mich jemals wieder auf irgendetwas freuen kann«, schniefte ich. »Außerdem habe ich Raphael geliebt, Mama.«

Sie gab mir einen Kuss auf die tränennasse Wange. »Das mag schon sein. Du warst in ihn verliebt, aber er war ganz sicher nicht deine große Liebe. Du mochtest die Vorstellung von euch beiden, als das hübscheste Paar der Schule, mehr aber auch nicht. Du weißt vermutlich nicht, was ich meine, weil du es noch nie selbst empfunden hast. Aber die tiefe, aufrichtige Liebe fühlt sich um Welten anders an als das, was ihr beide hattet. Und wenn du ihr begegnest, wirst du es wissen. Dann wirst du verstehen, wovon ich spreche. Du wirst die Wahrheit intuitiv in dir drin spüren.«

»Glaubst du wirklich? Gerade hätte ich nicht übel Lust, einfach ins Kloster zu gehen und der Männerwelt auf immer abzuschwören.«

Mama lachte freudlos. »Glaub mir, das geht vorüber. Ich werde dir jetzt mal etwas erzählen. Als euer Vater sich von mir trennte, dachte ich das Gleiche wie du jetzt. Es hat mich sehr getroffen, dass er mich nicht genug liebte, um bei mir zu bleiben, bei seiner Familie zu bleiben. Ich möchte nicht sagen, dass er mich nie genug geliebt hat, denn das ist nicht wahr. Wir haben einander sehr geliebt, und trotzdem war euer Vater der falsche Mann für mich und ich die falsche Frau für ihn. Trotzdem können falsche Männer das Richtige tun, und euer Vater tat es, indem er mir euch beide schenkte. Verstehst du, was ich damit sagen will?«

»Aber, Mama, er hat dich für eine andere verlassen! Wie kannst du so etwas sagen, nachdem ihr elf Jahre zusammengelebt habt?«

»Ich weiß, dass Sylvia das Beste ist, was eurem Vater passieren konnte, weil ich ihm gelegentlich über den Weg laufe und seine Augen, wenn er von ihr erzählt, so sehr strahlen, wie sie es in unserer elfjährigen Beziehung nie getan haben. Im Übrigen ist Sylvia eine ganz reizende Frau. Du solltest sie und deine

Halbgeschwister wirklich einmal kennenlernen. Gib ihnen eine Chance.«

»Nein, danke! Da habe ich keine Lust drauf«, entgegnete ich bockig.

»Ach mein Schätzchen.« Mama tätschelte meine Wange. »Wie kann ich dir eine kleine Freude bereiten? Soll ich meine Verabredung für heute Abend absagen, und wir sehen uns schnulzige Liebesfilme an und essen tonnenweise Eis?«

Ich wollte den Kopf schütteln, aber ihre Umarmung war so fest, dass es unmöglich war, sich zu rühren. »Nein, geh du nur zu deinem Date. Ich werde mich einfach in mein Bett verkriechen, und vielleicht schaue ich mit Hannah zusammen einen ihrer geliebten Animationsfilme an.«

»Bist du dir ganz sicher? Wir könnten auch einen Pyjama-Abend machen, so wie früher.«

Bei der Erinnerung an diese Abende gab ich einen merkwürdigen Laut, der halb Schmunzeln, halb Schniefen war, von mir. An den Pyjama-Abenden hatte jeder von uns bis spätestens achtzehn Uhr seinen Schlafanzug anzuziehen gehabt, und dann haben wir uns alle gemeinsam aufs Sofa gekuschelt, Hannah lag meistens irgendwie quer über Mama und mir da, und wir aßen nur Zeug, das mindestens eine Trillion Kalorien hatte. Chips, Gummibärchen, Eiscreme, Marshmallows, Salzbrezeln. Und sahen uns Märchenfilme an, die wir schon halb auswendig konnten. Hannah sprach manchmal die Dialoge mit, was bei einem Kindergartenkind einfach nur süß klingt.

»Wirklich, das musst du nicht tun. Ich glaube, ich brauche einfach etwas Zeit, um über alles nachzudenken. Ich meine, vielleicht hast du recht, und er war nicht der Richtige für mich, trotzdem schmerzt es, auf diese Weise davon zu erfahren und dass er sich nicht einmal die Mühe gemacht hat, vorher mit mir Schluss zu machen. Was hat Raphael denn geglaubt? Dass er erst mit Michaela rummachen kann, um dann nachher für einen Quickie bei mir vorbeizukommen?« Allein wenn ich daran dachte, wurde ich so wütend, dass ich die Hände zu Fäusten ballte. Und dann auch noch das gemeine Grinsen von Schlampen-Michi.

»Schätzchen, das –«

»Mama! Mama! Der Topf kocht über!« Hannah kam schreiend aus dem Haus gelaufen.

»Oh nein, verflixt! Ich habe die Kartoffeln ganz vergessen.« Eilig kletterte Mama aus dem Wagen und sprintete ins Haus.

Nach kurzem Zögern und Einmal-tief-Luft-Holen zog ich den Schlüssel aus der Zündung, holte die Einkaufstüte aus dem Kofferraum und folgte ihr ins Haus.

Im Flur passte mich Hannah ab. »Hast du geheult?«, fragte sie in ihrer direkten Art.

»Nein, ich hab mir Rouge auf die Nase geschmiert und Wasser auf die Wangen gespritzt«, schnauzte ich sie an.

Hannah warf mir einen gekränkten Blick zu. »Ich bin doch nicht blöd, und du sollst nicht lügen!«

Aufgebracht ging ich an ihr vorbei, um endlich die dumme Wassermelone loszuwerden. Hannah folgte mir auf dem Fuß. »Was ist passiert? Sag schon, was hast du?«

Seufzend drehte ich mich um. »Du musst nicht immer alles wissen.«

»Muss ich wohl«, erklärte sie. »Ich will schließlich einmal groß und schlau werden.«

Da ich genau wusste, dass Hannah mich so lange nerven würde, bis sie erfahren hatte, weshalb ich geheult hatte, beschloss ich, meine – heute ohnehin schon überstrapazierten – Nerven zu schonen.

»Also schön«, seufzte ich. »Ich habe vorhin hinterm Supermarkt Raphael knutschend mit einer anderen erwischt.«

»Boah!« Hannah stemmte empört die Hände in die Hüften, was richtig niedlich aussah. »So ein Arsch mit Ohren«, schimpfte sie voller Überzeugung.

Meine Mundwinkel verzogen sich zu einem winzigen Grinsen. »Genau das hab ich ihm auch gesagt. Dass er ein Riesenarsch mit Ohren ist.«

Hannah schlang ihre dünnen Ärmchen um meine Hüften und drückte mich fest. »Ich fange später gar nicht erst was mit Jungs an. Mit denen hat man nur Ärger, und Knutschen ist eh eklig.«

Ich wuschelte ihr durch die Haare. »Ist vielleicht besser so. Leider bin ich nur halb so weise wie du.«

Hannah zuckte die Achseln. »Kein Wunder, du bist ja auch nicht Miss Oberschlau.« Sie kicherte.

Dieses Kind war einfach unmöglich. Nicht mal eine Stunde Niedergeschlagenheit stand sie mir zu. Nein, da musste ich doch tatsächlich ebenfalls kichern und fühlte mich augenblicklich leichter ums Herz.

»Du hast ja auch die Weisheit mit Löffeln gefressen«, neckte ich sie. »Und ich muss es wissen, ich war dabei.«

»Tja, selber schuld, wenn du schon als Baby keinen Hunger hattest. Hättest halt auch mal ein paar Löffel mehr Weisheit fressen sollen«, entgegnete sie frech.

Mama kam zu uns, legte mir einen Arm um die Schultern und zog mich eng an sich. »Schön, dass es dir wieder etwas besser geht.«

»Ach Mama«, jammerte ich, »du hast Hannah echt schlecht erzogen. Nicht mal einen Nachmittag Trübsalblasen gesteht sie mir zu.«

»Das ist gut so. Glaub mir, Raphael ist es nicht wert, dass du seinetwegen traurig bist. Jemand der eure Beziehung so respektlos behandelt, ist keine einzige Träne wert. Selbst jeder Gedanke an ihn ist einer zu viel, und du weißt, was ich von Verschwendung halte.«

»Du hast ja recht«, gab ich zu und vergrub mein Gesicht an ihrem Hals, ganz so wie ich es früher immer getan hatte. »Und ich werde es auch versuchen. Gleich morgen. Aber heute will ich noch in Selbstmitleid baden.«

»Ich will auch baden«, rief Hannah dazwischen, »mit ganz viel Schaum.«

Mama strich mir über den Kopf, und ich sog das Gefühl von Geborgenheit, das sie mir vermittelte, mit jeder Faser meines Körpers auf. Es war genau das, was ich jetzt brauchte.

»Ich denke nicht, dass du dich danach besser fühlst«, murmelte Mama. »Wollen wir nicht doch einen Pyjama-Abend machen?«

»Nur, wenn *Ben & Jerry's Strawberry Cheesecake* mit dabei ist«, nuschelte ich.

»Weißt du was, Schätzchen? Ich fahre noch schnell in den Supermarkt und hole dir das Eis, während du und Hannah euch schon mal auf einen Film einigen könnt. Ist das ein Vorschlag?«

Ich nickte an ihrem Hals, und endlich fand ich die Kraft, den Kopf zu heben. Ich fuhr mir über die Augen, in denen sich Tränen gesammelt hatten.

Mama drückte meine Schultern und schenkte mir ein ermutigendes Lächeln. »Gut, dann machen wir das so.«

Kapitel 17

06. Oktober 2016, 19:02 Uhr

Ich sah Leon schon von Weitem. Als wäre mein Blick nur auf ihn fokussiert, entdeckte ich ihn sofort in der Menschenmenge. Ich beschleunigte meine Schritte. Das Wetter hatte sich nicht gebessert, und die Stimmen der Menschen wurden vom leisen Plätschern des Regens gedämpft. Ich hatte mal irgendwo gelesen, das Gehirn filtere unwichtige Informationen aus, weshalb man sich nicht erinnern konnte, welche Autos an einem vorbeifuhren oder welche Menschen um einen herumgingen, und mir gefiel der Gedanke, dass Leon das Zentrum meiner Aufmerksamkeit war. Dass alles andere unwichtig war, am Rande meines Blickfeldes verschwamm und ich nur ihn wahrnahm.

»Hey«, begrüßte ich ihn und stellte mich auf die Zehenspitzen, um ihm einen schnellen Kuss zu geben.

»Hey«, murmelte Leon an meinem Mund.

Wir lächelten uns an.

»Ich hab noch was für dich.« Mit diesen Worten zog Leon eine Rolle aus seiner braunen Ledertasche und reichte sie mir.

Mit einem Stirnrunzeln nahm ich sie entgegen. Er musste mir doch nichts schenken. Als ich es aufrollte, entpuppte es sich als eine Ausgabe der *Elle.* »Ich dachte, du magst die Zeitschrift nicht, und jetzt schenkst du mir eine?« Ich blickte ihn ungläubig an, war aber gleichzeitig gerührt.

»Nur, weil dort eine von mir fotografierte Werbeanzeige eine ganze Seite füllt. Ich dachte, ich zeige dir mal etwas von meiner Arbeit.«

»Oh ja, das würde ich total gerne sehen!«, rief ich begeistert. »Aber können wir zuerst reingehen? Ich will nicht, dass die Zeitschrift nass wird.«

»Sicher.«

Im Eingangsbereich des Kinos stellten wir uns an den Rand, und ich blätterte neugierig die Zeitschrift durch, die ich mir selbst ab und zu kaufte, weil ich sie im Gegensatz zu Leon sehr gerne las. »Welche Anzeige ist es denn?«

»Eine mit bunten Designerhandtaschen«, sagte er und klang fast ein wenig verlegen.

Ob es ihm peinlich war, dass er zwischendrin auch Aufträge für Frauenzeitschriften ausführte? Ich warf ihm einen prüfenden Blick zu, konnte aber nichts dergleichen erkennen. Vielleicht war er ja auch nur ein wenig nervös, was ich zu seiner Arbeit sagen würde.

»Die hier?«, fragte ich, als ich endlich eine Seite mit teuer aussehenden Handtaschen entdeckt hatte.

»Genau.«

Ich betrachtete die Seite mit den makellosen, perfekt ausgeleuchteten Handtaschen eingehend. So wie die Taschen angeordnet waren, sah alles einfach und ungezwungen aus, aber ich konnte mir vorstellen, dass es viel Mühe war, die Taschen so zu arrangieren, um genau dieses Ergebnis zu erreichen.

»Wow, sieht toll aus! Dir ist hoffentlich klar, dass ich dich gerade total darum beneide, dass du diese tollen Handtaschen anfassen durftest?«

Sehnsüchtig blickte ich darauf und wusste doch, dass ich sie mir niemals würde leisten können.

Leon winkte ab. »Lieber hätte ich das neue iPhone fotografiert.«

»Das kann ich mir vorstellen. Männer!«, meinte ich mit einem

Augenrollen. »Aber danke für die Zeitschrift, die werde ich morgen noch genauer durchblättern.«

»Das dachte ich mir.« Leon zwinkerte mir zu. »Ihr Mädels steht doch alle auf Modemagazine.«

»Nur wenn mein Name draufsteht und ich sie von sexy Typen geschenkt bekomme.« Ich zwinkerte ihm zu.

»Netter Versuch, aber das glaube ich dir nicht.«

»Erwischt.« Kapitulierend warf ich die Hände in die Luft. »Ich lese sehr oft solche Zeitschriften. Ist das so offensichtlich?«

»Ein bisschen.« Er grinste.

»Weil ich so einen ausgefeilten Modegeschmack habe?«, fragte ich und lüpfte dabei eine Augenbraue.

»Besser hätte ich es nicht formulieren können.«

Auch wenn ich nicht dreihundertfünfundsechzig Tage im Jahr zum Shoppen ging, liebte ich Mode. Durch sie konnte man hervorragend seine Stimmung ausdrücken. Je nachdem wie ich mich fühlte, zog ich etwas Farbenfrohes an oder gedeckte Farben, etwas, in dem ich mich verführerisch fühlte, oder etwas Verspieltes.

Es war schön zu wissen, dass meine Bemühungen nicht umsonst waren und dass es Leon aufgefallen war. So weit einem Mann das überhaupt auffiel.

Aber vermutlich brachte es sein Beruf als Produktfotograf zwangsläufig mit sich, dass Modeerscheinungen nicht völlig an ihm vorübergingen.

Daran musste es auch liegen, dass ich alles, was er trug, ungemein sexy fand. Während ich in dem Magazin geblättert hatte, hatte er seine Jacke ausgezogen. Heute hatte er sich für ein flaschengrünes Flanellhemd mit dunklen Karos entschieden, dessen Ärmel er bis zu den Ellenbogen hochgekrempelt hatte.

Ich liebte diesen lässigen Business-Look, der cool und sexy zugleich war. Aber vor allem liebte ich sein Gesicht mit den unfassbar blauen Augen, an denen ich mich niemals sattsehen konnte. Seine dunkelblonden Haare waren mit etwas Gel nach hinten gestylt, wodurch sie sich an den Enden nicht lockten, aber auch das stand ihm ganz wunderbar.

»Hab ich irgendwas im Gesicht, oder warum guckst du so komisch?«

»Ja, einen Mund, zwei Augen und eine Nase«, erwiderte ich trocken.

Innerlich ärgerte ich mich, dass mein schwärmerischer Blick so offensichtlich war. Hannah hätte bestimmt wieder ihren nicht sehr schmeichelhaften Vergleich mit einem Schaf gezogen.

Leon verdrehte die Augen. »Komm, wir stellen uns bei der Kasse an. Welchen Film willst du sehen?«

Tatsächlich hätten wir uns die ausführliche Diskussion über die Wahl des Films schenken können, denn wir bekamen beide kaum etwas mit. Leons Hand, die im Dunkeln kleine Kreise auf meinen Arm malte, beanspruchte meine volle Aufmerksamkeit. Sämtliche Nervenbahnen waren nur auf seinen Finger ausgerichtet und auf die Stellen meiner Haut, über die er beiläufig strich.

Nach dem Film fuhren wir zu Leon, um die Flasche Wein von vor drei Tagen zu leeren.

Ich nippte an meinem Wein. »Erzähl mir ein bisschen was über deine Familie. Wie war es für dich, mit zwei Schwestern aufzuwachsen?«

»Das war nicht immer leicht mit so viel geballtem Östrogen auf einem Haufen«, scherzte er. »Und über was für Dinge die beiden sich immer streiten.«

»Wenigstens musstest du ihnen nicht lang und breit erklären, dass Nizza in Frankreich liegt und nicht in Italien«, wandte ich ein.

Leons Brauen schoben sich zusammen. »Wieso sollte Nizza in Italien liegen?«

»Ach, das ist nur die Logik meiner kleinen Schwester. Wegen Pizza in Nizza und so. Muss man nicht verstehen.«

»Dann ist es ja gut. Meine Schwestern streiten sich über andere Dinge. Erst letzten Sonntag beim Mittagessen diskutierten sie über den Unterschied ihrer schwarzen Stiefel. Ehrlich, für mich sahen die total gleich aus, aber Chrissi behauptete, die neuen Stiefel von Mona sähen aus wie Nuttenstiefel, wohingegen ihre vom Typ gestiefelter Kater wären. Verstehst du das?«

»Nun ja.« Ich kicherte. »Da gibt es tatsächlich einen Unterschied. Wahrscheinlich hat Mona Overknee-Stiefel, die können schnell mal ein bisschen nuttig wirken, wenn man sie falsch kombiniert trägt. Und ich vermute Chrissi hat welche, bei denen der Schaft oben umgeklappt ist?«

»Kann sein. Für mich waren sie beide schwarz und Stiefel eben.« Er zuckte die Achseln.

»Ich sollte wohl besser mal die *Elle* holen, und dann sehen wir uns die dort abgebildeten Stiefel an. Dein Unwissen ist ja nicht auszuhalten.«

»Ich dachte eigentlich, mein Unwissen wäre ganz charmant, so wie es total süß war, als Chrissi mich mit dreizehn fragte, ob ein Autodach eigentlich aus Blech oder Metall ist.«

»Nein, das hat sie nicht?« Ich lachte.

»Doch. Das war sogar eine äußerst ernst gemeinte Frage. Als ich dann lachte, war sie aufs Blut beleidigt. Pubertät eben.« Er verdrehte die Augen und trank eine Schluck Wein.

»Ich hoffe, es dauert noch ganz lange, bis Hannah in die Pubertät kommt. Noch ist sie so unschuldig und niedlich und findet Küssen eklig.«

»Das fand ich sogar mit zwölf noch furchtbar eklig. Ich war mir sicher, niemals etwas mit einem Mädchen anzufangen. Und überhaupt waren die schrecklich langweilig. Die Hälfte träumte davon, später Prinzessin zu werden, und die andere Hälfte davon, einen Reiterhof zu besitzen. Oder gleich beides.«

»Gar nicht wahr«, widersprach ich nicht sehr überzeugt.

»Ich wette, du wolltest ebenfalls eine Prinzessin sein«, neckte er mich.

»Nein, wie kommst du denn darauf? Nur weil ich mich jedes Jahr an Fasching als Prinzessin verkleidet habe? Also das ist schon sehr vorurteilshaft von dir, ich wollte nämlich zwischendrin auch ein Jahr mal als Fee gehen.«

Er legte den Kopf schief und zog die Augenbrauen in die Höhe. »Eine Fee also.«

»Dieses Jahr hat mir Hannah zum Geburtstag eine Burger-King-Krone geschenkt, damit ich mich wie eine Prinzessin fühlen konnte. Sie weckte mich morgens auf, setzte mir die Krone auf den Kopf, und ich durfte sie den ganzen Tag nicht mehr absetzen. Aber soll ich dir was verraten? Ich fand es toll! Es gab Frühstück im Bett mit Blaubeerpfannkuchen, die Mama gemacht hatte und die wir zu dritt auf meiner Matratze aßen, und danach hat mir Hannah die Fingernägel lackiert, weil sie meinte, das gehöre sich so für eine Prinzessin.«

Was würde ich dafür geben, um noch einmal an diesen Tag zurückreisen zu können? Meine Kehle schnürte sich zu, wie jedes Mal, wenn ich an Mama dachte. Zum Glück bemerkte Leon es nicht. Er streichelte nachdenklich meine Schulter. »Das mit der Burger-King-Krone hätte Mona sicherlich auch gefallen«, bemerkte er mit einem amüsierten Schnauben.

»Ja.« Ich räusperte mich. »Bestimmt.« Hastig trank ich einen Schluck Wein. »Und was war deine liebste Faschingsverkleidung als Kind? Du hattest bestimmt auch ein Klischeekostüm. Lass mich raten. Cowboy? Oder Feuerwehrmann? Oder Polizist?«

»Meine Kostüme waren peinlich, aber kein Klischee.«

»Verrätst du sie mir?«

»Nur wenn du nicht lachst.«

»Versprochen.«

»Meine Mutter hielt alberne Kostüme für rausgeschmissenes Geld, deshalb gab es nur selbst gebastelte. Mit vier Jahren war ich ein Bettlaken-Gespenst, mit fünf ein Müllbeutel-Alien und mit sechs eine Pappkarton-Kamera.«

»Du Ärmster.« Ich prustete.

»Du wolltest nicht lachen.« Er bedachte mich mit einem finsteren Blick.

»Ups! Sorry, mein Fehler.« Ich trank einen weiteren Schluck Wein, um mein Grinsen hinter dem Glas zu verstecken.

»Ich sehe dich immer noch schmunzeln, Elle«, tadelte Leon.

»Der Wein macht ganz schön müde«, bemerkte ich, um abzulenken.

»Wenn du möchtest, kannst du wieder hier übernachten.«

Ich zögerte einen Moment. »Ich weiß nicht. Bereitet es dir keine Umstände? Du musst morgen schließlich wieder arbeiten.«

»Keine Sorge, wir halten es ganz ungezwungen. So wie letzte Nacht bei dir und wie das erste Mal, als du die Nacht hier verbracht hast«, nahm Leon mir meine Zweifel. »Ich werde die ganze Nacht auf meiner Seite der Matratze bleiben. Versprochen.«

Ich lächelte ihn dankbar an, ehe ich mich bemühte, ein Gähnen zu unterdrücken. »Dann nehme ich an. Denn ich bin wirklich hundemüde.«

Kapitel 18

31. Juli 2016, 13:09 Uhr

Obwohl ich keinen Hunger hatte, tat ich Mama den Gefallen und setzte mich mit an den Tisch zum Mittagessen. Lustlos stocherte ich darin herum und nahm gelegentlich einen Bissen.

»Mama, zieht Elle jetzt den ganzen Tag so ein Gesicht?«, fragte Hannah.

»Ach mein Häschen, ich hoffe du erfährst nie wie Elle sich gerade fühlt. Gib deiner Schwester ein wenig Zeit. Das dauert, bis sie es verarbeitet hat.«

Die gestrige *Ben-&-Jerry's*-Orgie hatte zwar geholfen, aber nicht so viel, dass ich heute schon über Raphaels Betrug hinweg gewesen wäre. »Am liebsten würde ich eine Woche Urlaub machen«, jammerte ich. »In Nizza oder Cannes, na ja Hauptsache Côte d'Azur.«

»Oh ja, ich komm mit! Ich will auch nach Italien. Und dann essen wir eine Pizza in Nizza«, rief Hannah begeistert.

»Nizza liegt aber nicht in Italien«, korrigierte sie Mama, »sondern in Frankreich.«

»Und warum sagt man dann Pizza in Nizza?«, fragte Hannah nicht sehr überzeugt.

»Das sagt man doch gar nicht«, meinte Mama. »Ich weiß nicht, wo du das immer aufschnappst.«

»Also ich glaube, ihr irrt euch.«

»Hannah«, stöhnte ich genervt. »Wieso glaubst du nur immer, alles besser zu wissen?«

»Tu ich gar nicht. Aber Pizza ist Italienisch und –«

»Ich bin sicher, in Nizza kann man Pizza essen, trotzdem liegt es in Frankreich«, schnitt ich ihr das Wort ab.

Hannah starrte beleidigt auf ihren Teller.

»Wir schauen uns nach dem Essen einfach mal den Globus an, in Ordnung?«, schlug Mama vor.

»Du kannst es ja einfach mal im Globus googeln«, spottete ich.

Hannah streckte mir die Zunge raus, wofür sie von Mama gerügt wurde.

»Und was bekomme ich, wenn ihr euch irrt?«, fragte sie.

»Rum und Ehre«, entgegnete ich trocken.

»Iiiih«, sagte Hannah und verzog das Gesicht. »Den kannst du behalten.«

»Umso besser. Mama haben wir eigentlich noch Rum oder irgendetwas anderes Alkoholisches?«

»Elle«, rief Mama entsetzt, »nur weil du traurig bist, wirst du doch nichts trinken.«

»Wenn ich traurig bin, esse ich immer Schokolade«, warf Hannah ein.

»Blöd nur, dass ich die nicht mag«, grummelte ich. »Da bleiben ja auch kaum noch Alternativen.«

»Trotzdem rührst du den Alkohol nicht an«, sagte Mama und warf mir einen strengen Blick zu.

»Bitte, dann ertränke ich meinen Kummer eben nicht!«

»Was bekomme ich denn nun, wenn ich recht habe?«, hakte meine kleine Schwester nach.

»Nichts, weil du nämlich nicht recht hast.« Ich stand auf, lief ins Wohnzimmer und holte den verstaubten Globus. Dann drehte ich ihn, bis ich Europa und schließlich Frankreich gefunden hatte. »Hier, siehst du.« Ich deutete auf den winzigen Punkt neben dem in kleiner Schrift Nizza geschrieben stand.

Hannah blickte verwirrt darauf. »Okay, aber ich finde das unlogisch. Wenn es schon Pizza in Nizza heißt, sollte es wenigstens in Italien liegen.«

Mama tätschelte ihr die Wange. »So ist das nun mal, und dir werden noch viele weitere unlogische Dinge im Laufe deines Lebens begegnen. Aber die musst du einfach akzeptieren.«

»Hmpf«, machte Hannah.

»Das wird sie niemals. Hannah ist nämlich ein kleiner Sturkopf. Stimmt's, Hannah?«

»Mit dir rede ich nicht mehr«, entgegnete sie beleidigt.

»Versprochen?«, fragte ich hoffnungsvoll.

Ich wusste selbst, dass ich ätzend war, aber ich fand, das stand mir zu, nach allem, was ich gestern durchgemacht hatte. Raphaels Betrug war schwer zu ertragen.

Hannah erwiderte nichts mehr, sondern stopfte sich einfach eine Portion Kartoffelbrei in den Mund.

Normalerweise würde mir Mama meine Sticheleien nicht durchgehen lassen, aber offensichtlich tat ich ihr leid, weshalb sie mich ausnahmsweise nicht rügte.

Kapitel 19

07. Oktober 2016, 07:29 Uhr

Das Geräusch eines vorbeidonnernden Zuges weckte mich. Unwillig schlug ich die Augen auf, aber nachdem ich einmal wach war, konnte ich leider nicht mehr einschlafen. Furchtbar diese Züge. Es fühlte sich an, als würde jemand mit einem Presslufthammer arbeiten. Das ganze Bett vibrierte. Schläfrig rieb ich mir die Augen und tastete nach Leon, griff allerdings nur auf die leere Matratze. Bestimmt war er schon längst zur Arbeit aufgebrochen und hatte mich nur nicht wecken wollen.

Ich sah mich suchend nach meinem Handy um, bis mir einfiel, dass es noch in meiner Handtasche lag, und die hatte ich gestern mit meiner Jacke an die Garderobe gehängt. Ich hörte ein Klappern und wie Leon umherging, daher beschloss ich, wenn ich eh schon wach war, aufzustehen und ihm einen schönen Tag zu wünschen.

Nachdem ich mich einmal ausgiebig gestreckt hatte, wälzte ich mich aus dem Bett. Nur mit Unterwäsche bekleidet stand ich im Raum, da ich gestern Abend nicht in Jeans und Pulli hatte schlafen wollen. Während Leon im Bad gewesen war, hatte ich mich ausgezogen und unter die Bettdecke gelegt.

Als ich meine Klamotten zusammensuchte, fiel mein Blick auf einen Stuhl, über dem mehrere von Leons Hemden lagen. Ich war mir nicht ganz sicher, weshalb ich es tat, aber ich fühlte mich heute Morgen zum ersten Mal seit sehr langer Zeit richtig wohl in meinem Körper. Der schwarze Spitzen-BH mit passendem Höschen, meine vom Schlaf welligen Haare und der innere Impuls, Leon beeindrucken zu wollen, ließen mich kühn werden. Ich schnappte mir eines der Hemden vom Stuhl. Ein Baumwollhemd in einem dunklen Olivgrün, und schlüpfte hinein. Natürlich war es mir viel zu groß und reichte mir bis zur Mitte der Oberschenkel. Die Ärmel, krempelte ich locker bis zu den Ellenbogen hoch. Dann knöpfte ich das Hemd bis auf die obersten drei Knöpfe zu, zog es am Kragen ein wenig auseinander, so dass die Spitze meines BHs hervorlugte, und fuhr mir ein paarmal mit den Fingern durch die Haare.

Ich wollte gerade die Tür öffnen, als mir der Gedanke kam, ich könnte Mundgeruch haben. Schnell hielt ich mir eine Hand vor den Mund und machte eine Atemprobe. Schien okay zu sein, also konnte ich getrost zu Leon schlendern.

Ich fand ihn an die Küchentheke gelehnt vor, ein Bein lässig über das andere geschlagen, mit einem Kaffeebecher in der Hand.

Überrascht fuhr er zu mir herum. »Hab ich dich geweckt, als ich aufgestanden bin? Falls ja, tut es mir leid.«

»Nein, eigentlich war es der blöde Zug, der eben vorbeigerauscht ist.« Ich tapste auf Zehenspitzen näher. Die Küchenfliesen fühlten sich unter meinen nackten Füßen kalt an.

»Echt? Hab ich gar nicht mitbekommen.«

Ungläubig schüttelte ich den Kopf. »Ich verstehe nicht, wie du den nicht hören kannst.«

»Wie gesagt, man gewöhnt sich daran«, meinte er achselzuckend. »Irgendwann wirst du die Züge auch nicht mehr hören.«

Mir gefiel, was seine Antwort implizierte, nämlich, dass ich in Zukunft noch sehr oft bei ihm sein würde. So oft, bis ich die Züge ebenfalls nicht mehr hörte, wobei ich mir sicher war, das war frühestens in fünf Jahren der Fall.

»Na ja, mal sehen.«

Leon trank einen Schluck Kaffee, und ich fragte mich, wie er mit der grauen Jogginghose und dem schlichten weißen T-Shirt, in dem er geschlafen hatte, dermaßen sexy aussehen konnte. Seine Haare waren von der Nacht zerzaust, und auch das fand ich wahnsinnig attraktiv. Wahrscheinlich hätte Leon sogar mit einem Müllsack bekleidet seinen Kaffee trinken können, und in meinem Unterleib würde ich trotzdem ein Ziehen verspüren, während ich ihn dabei beobachtete.

Leon fuhr sich mit einer Hand durch die Haare, es fiel ihm sichtlich schwer, den Blick von meinen nackten Beinen zu lösen und auf mein Gesicht zu richten. »Möchtest du –«, er räusperte sich, »einen Kaffee haben?«

»Sehr gerne.«

Er holte eine Tasse aus dem Schrank und stellte sie unter den Kaffeeautomaten. Dann legte er ein neues Kaffeepad hinein und drückte auf einen Knopf.

Langsam drehte er sich zu mir um, griff nach seiner Tasse und nahm einen langen Schluck. Ich hatte mich inzwischen gegen die Anrichte gelehnt, die Beine weit von mir weggestreckt, einen Fuß über dem anderen.

Er warf mir einen Blick zu, in dem nichts als pure Begierde lag. »Ich glaube, ich sollte mich langsam für die Arbeit umziehen.« Er stellte seine Kaffeetasse neben sich. »Und du solltest dir auch besser etwas anziehen.«

Ich legte den Kopf in den Nacken. »Warum? Stört es dich, dass ich ein Hemd von dir trage?«

»So würde ich das nicht sagen«, meinte er ausweichend. Sein Blick ruhte noch immer auf mir, und ich versank in seinen enzianblauen Augen.

Auf Zehenspitzen ging ich auf ihn zu. Als ich dicht vor ihm stand, schob ich seinen Kaffeebecher ein Stück zur Seite und hopste auf die Anrichte, wo ich ihn mit übereinandergeschlagenen Beinen beobachtete.

Aus der Nähe sah ich seine hellen Bartstoppeln. Offenbar hatte er noch keine Zeit gehabt, sich zu rasieren. Seine Haare waren ungekämmt, an den Enden sogar noch etwas lockiger als sonst, und ich fand, das stand ihm verdammt gut. Ich schlang meine Hände um seinen Nacken und zog ihn zu mir. Mit meinen Fingerspitzen ertastete ich die weichen Enden seiner Locken.

»Verdammt, Elle«, raunte Leon, strich mir in einer fließenden Bewegung die Haare nach hinten und begann meinen entblößten Hals mit kleinen Küssen zu bedecken, den ich ihm bereitwillig entgegenstreckte. »Ich bin noch nie zu spät zur Arbeit gekommen. Kein einziges Mal.«

»Es gibt für alles ein erstes Mal, oder nicht?« Es fiel mir schwer, mich auf unser Gespräch zu konzentrieren, da Leon mit seinem stoppeligen Kinn an meinem Schlüsselbein entlangstrich und eine prickelnde Spur auf meiner Haut hinterließ.

»Du könntest wenigstens so tun, als hättest du ein schlechtes Gewissen, weil du mich von der Arbeit abhältst, und das auch noch in *meinem* Hemd. Ich hatte keine Ahnung, wie sexy dieses Hemd ist.« Er lachte in sich hinein. Es war ein tiefer, kehliger Laut.

Mit den Fingern strich er über meine Schulter, den äußeren Rand meines Busens, die Taille hinab und ließ seine Hand schließlich locker auf meinem Oberschenkel ruhen. Seine Lippen wanderten unterdessen hinauf zu meinem Ohrläppchen, und von dort fuhr er mit seinem stoppeligen Kinn aufreizend langsam die Kante meines Kiefers entlang, setzte meine Haut in Flammen, bis er bei meinen Lippen angelangt war. Dann drückte er seine Lippen, die mir nun im Kontrast zu seinem Bart noch viel weicher erschienen als sonst, auf meine, und es war wie ein Stromschlag. Die Energie prickelte auf meinen Lippen. Seine Zunge glitt in meinen Mund und presste sich fordernd an meine.

Meine Hände ruhten auf seinen breiten Schultern, als wir uns voneinander lösten. Leon machte einen Schritt von mir weg, und ich konnte ihm ansehen, wie schwer es ihm fiel.

»Was ist los? Warum bist du heute so direkt?«

Tief in mir drin kannte ich die Antwort, weshalb ich mich heute mehr nach körperlicher Nähe und Zuneigung sehnte als an anderen Tagen, aber ich weigerte mich, sie zu zur Kenntnis zu nehmen.

Statt einer Entgegnung hopste ich von der Anrichte. Ich holte meine Tasse unter dem Automaten hervor und nahm vorsichtig einen Schluck Kaffee.

»Weshalb weichst du mir aus?«

Wieso konnte er es nicht gut sein lassen? Ich spürte, wie meine Stimmung kippte und die Traurigkeit wie eine Flutwelle über mir zusammenbrach und mich unter sich zu begraben drohte. Ich fuhr zu ihm herum. Leon hatte die Arme unter der Brust verschränkt und sah mich forschend an.

»Ich …« Meine Hände fingen an zu zittern, und ich umklammerte die Tasse fester, obwohl diese sehr heiß war und sich die Hitze in meine Haut fraß. Der Schmerz war gut, er lenkte mich ab von dem viel größeren Schmerz in meinem Innern. »Es ist nichts«, sagte ich schließlich und versuchte Leons zweifelndem Blick auszuweichen. Es wollte mir nicht gelingen, mir erneut die Maske der Unbeschwertheit überzustreifen.

Bedächtig kam er auf mich zu und entwand meinen zitternden Händen die Kaffeetasse. Ohne den Blick von meinem Gesicht zu nehmen, stellte er sie hinter mir ab. »Elle.« Er sagte meinen Namen so zärtlich, dass ich mir auf die Zunge beißen musste, um den Schwall Tränen zurückzuhalten.

»Heute ist es genau einen Monat her«, wisperte ich tonlos.

Leons Miene wurde betroffen. Er nickte verstehend. »Der Grund für deine Traurigkeit.«

Ohne ein weiteres Wort zog er mich in eine tröstende Umarmung. Nach einer Weile hob er mich sanft hoch und trug mich ins Wohnzimmer, wo er sich aufs Sofa setzte und mich auf seinen Schoß zog.

Er legte sein Kinn auf meinen Hinterkopf, ohne etwas zu sagen.

»Musst du nicht zur Arbeit?«, fragte ich schwach.

»Die Arbeit ist nicht so wichtig wie du. Was immer es ist, du sollst wissen, ich bin für dich da.«

»Danke.« Ich drehte meinen Kopf zur Seite, so dass mein Gesicht an seinen Hals gepresst lag, und sog den Duft seiner Haut tief in mich ein.

Dann begann ich lautlos zu schluchzen. Stumme Tränen liefen meine Wangen hinab, versickerten im Saum von Leons Shirt.

Heute vor genau einem Monat war der schlimmste Tag meines Lebens gewesen. Der Tag, an dem ich mir die Schuld für alles gab, was geschehen war. Wenn ich anders reagiert hätte, dann würde sie jetzt noch leben. Ich war schuld an ihrem Tod. Ich allein, und ich würde es für den Rest meines Lebens bereuen. Ich spürte, wie sich die altbekannte Enge in meiner Brust bemerkbar machte. Wie sie mich erdrückte, *wie ich an mir selbst erstickte.*

Leon hielt mich, war für mich da, während meine Schultern vor lautlosen Schluchzern bebten. Sein ruhiger Atem streifte meine Kopfhaut, und doch konnte er mich nicht beruhigen.

An ihn gekuschelt weinte ich noch eine ganze Weile, so lange, bis irgendwann keine Tränen mehr kamen. Als ich den Kopf hob, war ich mir sicher, schlimm auszusehen. Verquollene Augen, gerötete Nase, tränenverschmierte Wangen. Auf Leons weißem T-Shirt hatte sich ein großer nasser Fleck gebildet, vom Hals bis zu seiner linken Brust hinab, durch den seine Brustwarze hindurchschien.

»Hast du ein Taschentuch?«, krächzte ich mit verstopfter Nase.

»Natürlich.«

Leon schob mich von seinem Schoß, sprang auf und kam wenig später mit einer Packung Taschentücher aus dem Badezimmer zurück, die er mir reichte. Ich holte mir eines heraus und schnäuzte mir geräuschvoll die Nase. Ich spürte, wie die Tränen langsam eintrockneten und meine Wangen unter dem Salz anfingen zu spannen. Mit einem unbenutzten Zipfel des Taschentuchs wischte ich mir übers Gesicht, versuchte die Spuren zu beseitigen, aber es half nicht viel.

»Jetzt hab ich dein Shirt ganz vollgeheult«, stellte ich zerknirscht fest.

»Hey, mach dir deswegen keine Gedanken.« Er umfasste mit einer Hand mein Kinn, hob es an und sah mir unverwandt in die Augen. Ich hatte das Gefühl, als versuchte er darin die Wahrheit zu lesen, direkt in meine Seele zu blicken und das Geheimnis für den Grund meiner Traurigkeit zu lüften. Unter seinem Blick wurde meine Kehle eng, als schlänge mir jemand ein Band um den Hals und zöge zu. Trotzdem bemühte ich mich, seinem Blick standzuhalten.

»Elle«, flüsterte Leon mit sanfter Stimme. »Was es auch ist, du kannst es mir sagen. Dann kann ich dir vielleicht helfen.«

»Nein. Niemand kann mir helfen.« Meine Stimme brach am Ende.

»Das glaube ich nicht. Es gibt immer einen Ausweg, man muss nur –«

»Kannst du die Toten wieder lebendig machen?«, unterbrach ich ihn harsch.

Leon schluckte merklich. »Nein«, sagte er schließlich.

»Das dachte ich mir.«

»Aber ich –«

»Nein, Leon. Wenn du das nicht kannst, dann kannst du mir auch nicht helfen.« Die Bitterkeit in meiner Stimme brannte sich wie Säure in mein Herz.

»Es ist jemand gestorben, den du liebst.« Es war keine Frage, sondern eine Feststellung.

Ich nickte, denn ich war mir sicher, wenn ich den Mund aufmachte, kämen keine Worte, sondern Schreie heraus. Die verzweifelten Schreie von jemandem, der mit der Endgültigkeit des Todes konfrontiert worden war, sie aber nicht akzeptieren konnte. Ich war machtlos, und das machte mich fertig. Egal wie sehr ich mir wünschte, in der Zeit zurückreisen zu können, die

Worte ungeschehen zu machen, ich konnte es nicht. Ich konnte absolut nichts tun. Die Zeit war nicht greifbar, da gab es kein Rad, an dem man drehen konnte, wie an einer Uhr, und die Ewigkeit war ein übermächtiger Gegner, der die Lebenden von den Toten trennte. Es heißt, das menschliche Gehirn könne sich die eigene Nicht-Existenz nicht vorstellen, aber genauso wenig konnte ich mir vorstellen, dass uns von nun an die Ewigkeit trennte. Dass es nie wieder ein »uns« gab, nie wieder gemeinsames Lachen, nie wieder Umarmungen. Dass ich mein Leben ohne sie verbringen musste, bis ich selbst nicht mehr existierte. Wie konnte es sein, dass jemand so Wertvolles nicht mehr da war?

Mama hatte viel zu früh gehen müssen. Hatte mich und Hannah einfach im Stich gelassen! Und ja, deswegen war ich sauer auf sie. Verdammt sauer! Wie hatte sie einfach sterben und uns beide zurücklassen können? Wie?!

Ein weiterer Zug rauschte vorbei, und ich fragte mich, ob so das Leben im Vergleich zu einer Ewigkeit der Nicht-Existenz war. Vielleicht war es egal, ob man zehn oder hundert Jahre lebte. Im Vergleich zur Ewigkeit war jede menschliche Lebensspanne unendlich kurz. Das Leben war wie der Zug von vorhin. Es rauschte an einem vorbei und hinterließ eine Spur von nichts. Ein Funke in einem Meer aus Schwärze.

Doch tief im Inneren wusste ich, dass das nicht ganz stimmte. Der Zug selbst mochte zwar spurlos verschwinden, aber der Fahrtwind brachte die Blätter im Gebüsch zum Rascheln und die Gräser am Rande der Gleise zum Wogen. Der Zug bewegte etwas, noch lange nachdem er vorbeigerauscht war. Und vielleicht traf das auch auf die Toten zu. Solange wir sie in unseren Herzen trugen, uns an sie erinnerten, an ihre Worte, ihre Berührungen, an Dinge, die sie getan, und Erlebnisse, die wir mit ihnen geteilt hatten, so lange waren sie der Fahrtwind. So lange bewegten sie *uns*. Hallten in uns nach und lebten in uns weiter. Ein Hauch von nichts und doch etwas. Etwas in unseren Herzen.

Etwas, das erst verschwinden würde, wenn wir aufhörten, an sie zu denken. Und solange wir sie nicht vergaßen, bewegten sich die Grashalme weiter. Erst stark und dann immer schwächer, so wie die Jahre vorbeizogen und die Erinnerungen verblassten, doch bis zum Schluss würden sie leicht erzittern, und erst wenn es niemanden mehr gab, der sich an sie erinnerte, würden sie endgültig stillstehen. Erst dann würde es sein, als hätte es diesen einen Zug nie gegeben. Und selbst dann, wenn niemand mehr die Wahrheit kannte, selbst dann, *war er da gewesen.*

Ich wollte nicht, dass Mamas Fahrtwind nachließ. Ich wollte, dass es eine weitere Person gab, die von ihrer Existenz wusste, die das Gras am Wogen hielt, und ich wollte mit jemandem darüber reden.

»In Ordnung. Ich erzähle es dir.« Ich schluckte hart. »Aber es wird eine lange Geschichte, und ich bin mir nicht sicher, ob du danach noch dieselbe Person in mir siehst. Diese Geschichte wird uns verändern, Leon. Sie wird deine Sicht auf mich verändern, und ich kann nur hoffen, dass du mich danach immer noch magst.«

Leon umfasste mein Gesicht mit beiden Händen. »Ganz egal, was du mir gleich erzählen wirst, es ändert nichts an meinen Gefühlen für dich. Nichts, was du getan hast oder noch tun wirst, könnte jemals etwas daran ändern.« Die Eindringlichkeit, mit der er sprach, ließ mich hoffen, dass es wirklich so war.

»Sag das lieber nicht so vorschnell. Ich habe dir doch schon bei unserer ersten Begegnung gesagt, dass ich der furchtbarste Mensch von allen bin.« Ich lächelte ihn traurig an.

»Und ich sage dir: Du irrst dich. Mag sein, dass ich deine Vergangenheit nicht kenne, aber ich kenne *dich*, Elle. Und du bist kein furchtbarer Mensch. Könntest es niemals sein.«

Die Wärme seiner Handflächen stach mir in die Wangen. Leons Blick war eindringlich, das Blau so intensiv, als könnte ich darin ertrinken. In einem Meer aus blauen Augen, einem Meer aus Leon, einem Meer aus meinen eigenen Tränen.

Er küsste mich, und ich schmeckte die salzigen Spuren meiner Tränen auf seinen Lippen.

Als er sich zurücklehnte, sah er mich einfach nur geduldig an, und ich versuchte, in mir alles, was ich an Mut finden konnte, zusammenzukratzen, um ihm die ganze Geschichte zu erzählen. Von Anfang an.

Ich holte weit aus, begann bei dem Moment, als mich Hannah gebeten hatte, ihr etwas auf den Rücken zu schreiben. Ich wollte, dass Leon verstand. Wirklich verstand. Unser besonderes Band als Familie, unsere Beziehung zueinander. Aber vor allem wollte ich, dass er uns alle drei, Mama, Hannah und mich, kennenlernte, so wie wir einmal waren. Mit allen Sticheleien und Zänkereien, die dazugehörten, aber auch mit all den schönen und liebevollen Momenten, die wir zusammen erlebt hatten, und davon gab es unzählige.

Obwohl ich sah, wie sich Leon versteifte, als ich von meinem Exfreund zu erzählen begann, ließ ich auch ihn nicht aus. Raphael gehörte zu der Geschichte, war ein Teil von ihr. Ein Teil, den ich zwar nicht besonders mochte, aber auch nicht einfach rausschneiden konnte wie eine Made aus einem Apfel.

Und schließlich kam ich zu dem Tag, der mich zerstört hatte. Der mich in meinen Alpträumen verfolgte und mich jeden Tag zu kämpfen zwang, um nicht an meinen Schuldgefühlen zu ersticken.

Kapitel 20

06. September 2016, 11:48 Uhr

»Schätzchen, ich muss gleich los. Euer Mittagessen ist schon fertig. Du brauchst es nur noch aus dem Topf zu holen.«

»Moment! Triffst du dich etwa schon wieder vor der Arbeit zum Mittagessen?« Mama war bereits auf dem Sprung, aber ich hielt sie zurück.

»Ja. Sei doch bitte so lieb und räum nachher noch die Küche auf«, antwortete sie.

Zwischendurch hatte Mama mir ein paar Details über den Mann erzählt, mit dem sie sich immer traf, aber wirklich viel wusste ich nicht. Sie war sehr zurückhaltend, was ihn anbelangte, und das machte mich misstrauisch. Ich wollte Antworten, wie er aussah, was er beruflich machte, wie alt er war. Am liebsten würde ich ihn kennenlernen, um mir selbst ein Bild über ihn zu machen. Denn es freute mich, dass Mama endlich jemanden gefunden hatte, der ihr zu gefallen schien. Seit der Trennung von unserem Vater hatte sie keine einzige Verabredung mehr gehabt, und ich wünschte mir, dass sie jemanden fand, damit sie nicht irgendwann, wenn Hannah und ich ausgezogen waren, ganz allein in unserem Haus leben musste. Trotzdem war ich genervt, dass ich heute schon wieder auf Hannah aufpassen musste. So hatte ich mir meine freie Zeit bis zum Studienbeginn nicht vorgestellt.

»Nein.«

»Nein?« Mama zog erstaunt die Augenbrauen hoch.

»Erst sagst du mir, mit wem du dich triffst. Wenn ich mich mit jemandem treffe, willst du das schließlich auch immer wissen, und ich habe deine ständige Geheimniskrämerei so was von satt. Das geht jetzt schon Monate so!«

»Du hast recht. Morgen Vormittag reden wir, in Ordnung? Ich muss jetzt wirklich los.«

Ich war viel zu verblüfft, dass sie mir recht gab, weshalb ich ganz benommen nickte. »Okay, dann reden wir morgen vor deiner Schicht. Viel Spaß bei deinem Date.«

»Danke, Schätzchen. Geh doch heute Nachmittag mit Hannah ins Schwimmbad. Es sind jetzt schon neunundzwanzig Grad.«

»Hm, mal sehen. Ich frag sie später.«

»Tu das.« Mama gab mir einen schnellen Abschiedskuss auf die Wange, dann war sie auch schon zur Tür hinaus.

Wie jeden Tag nahm sie das Fahrrad. Bis zum Krankenhaus waren es keine zwanzig Minuten, und Mama würde bei so einem schönen Wetter niemals mit dem Auto fahren.

Frustriert stapfte ich in die Küche. Jetzt war ich wieder nicht schlauer, mit wem Mama sich traf, aber zumindest wusste ich, was es zum Mittagessen geben würde. Ich warf einen Blick in den Topf. Minestrone mit grünem Pesto.

Ich rief laut nach Hannah, weil sie zum Essen kommen sollte.

»Noch fünf Minuten. Ich hab gleich das Sudoku gelöst«, kam prompt die gedämpfte Antwort aus ihrem Zimmer

Ich verdrehte die Augen und seufzte übertrieben. Was sollte nur mal aus ihr werden, wenn sie groß war? Diese Sudoku-Sucht in jungen Jahren konnte unmöglich ohne Folgen bleiben. Am Ende landete sie bei der NASA, wo sie irgendwelche Kometengrößen und Fluggeschwindigkeiten von Raumsonden berechnete. Oder sie würde gar als Hackerin enden.

Ich ließ mich auf einem der Esszimmerstühle nieder und dachte daran, dass es jetzt über fünf Wochen her war, seit ich herausgefunden hatte, dass Raphael mich mit Schlampen-Michi betrogen hatte, die diesen Ruf wohl nicht so leicht wieder loswerden würde. Dafür hatte ich gesorgt. Natürlich war das nicht gerade eine Seite von mir, auf die ich stolz war, und vielleicht hätte ich besser dafür sorgen sollen, dass Raphael ebenfalls in Verruf kam, aber aus irgendeinem Grund hatte ich es nicht übers Herz gebracht. Vermutlich weil ein Teil von mir ihn trotz allem immer noch mochte. Ich schluckte schwer, als mir die Ironie des Ganzen bewusst wurde. Erst betrog unser Vater Mama und verließ uns, und jetzt war mir das Gleiche mit Raphael passiert.

Mama hielt ihr Versprechen und rief mich am nächsten Vormittag kurz vor halb elf zu sich ins Wohnzimmer. Hannah war bei einer Freundin zum Spielen, und so konnten wir ungestört miteinander reden. Mama hatte Pfefferminz-Eistee zubereitet, wovon sie mir ein Glas entgegenhielt.

»Danke.« Ein wenig befangen setzte ich mich zu ihr auf die Couch und nippte nur kurz an meinem Getränk. Irgendwie war ich nervös, obwohl es hier gar nicht um mich ging. Aber so ein Gespräch hatte ich eben noch nie mit Mama geführt.

Ihr schien es ähnlich zu gehen, denn sie rutschte unruhig auf dem Sofa herum. Ihr Glas mit Eistee stand unberührt vor ihr.

»Mama?«, fragte ich schließlich. »Was ist los?«

»Ach Schätzchen, es ist alles nicht so einfach.«

»Wann ist es das schon? Aber mir kannst du es doch sagen.«

Mama griff nun doch nach dem Eistee und nahm einen großen Schluck. Ich fragte mich, ob ihrer vielleicht ein Long Island Ice Tea war und sie sich erst Mut antrinken musste. Aber das war Blödsinn. Mama musste nachher noch zur Arbeit, und sie würde niemals betrunken dort auftauchen. Dazu war sie viel zu verantwortungsbewusst.

»Mama?«, hakte ich zaghaft nach.

Ob sie Angst hatte, dass ich mich nicht für sie freuen würde? Aber das würde ich. Ganz sicher. Acht Jahre ohne einen Mann an ihrer Seite waren lange genug gewesen, und Hannah war inzwischen alt genug, dass sie es verkraften würde, wenn Mama ihren neuen Freund nach Hause bringen und ihn uns vorstellen würde. Da ich das Gefühl hatte, sie brauchte meine Berührung, griff ich nach ihrer Hand und drückte sie ermutigend.

»Hör mal, Elle«, fing sie schließlich an. »Ich fühle mich nicht wohl dabei, dir das zu sagen, nachdem du und Raphael …« Sie ließ den Satz unbeholfen in der Luft hängen und atmete tief durch.

»Nur weil ich Pech mit diesem Arsch mit Ohren hatte, missgönne ich dir doch nicht dein Liebesglück«, entgegnete ich entschieden.

»Das ist lieb von dir, und du weißt, dass ich immer nur das Beste für dich und Hannah will.«

»Das weiß ich doch.« Ich schenkte ihr ein Lächeln.

»Der Grund, weshalb ich so zurückhaltend war, ist der, dass ich unsicher bin, wie du reagieren wirst, wenn ich dir sage, dass der Mann, mit dem ich mich treffe, noch verheiratet ist.« Sie sprach immer schneller, als wollte sie möglichst viele Informationen in möglichst kurzer Zeit loswerden, bevor sie es sich anders überlegen konnte. »Allerdings ist es nicht das, was du jetzt denkst. Er hat vor, die Scheidung einzureichen, und sobald die durch ist, wird er hierher ziehen, und dann können wir endlich eine richtige Beziehung führen. Weißt du, er ist viel auf Geschäftsreisen in München, von daher würde es gut passen, wenn er hier wohnt und –«

»Warte mal, du datest einen *verheirateten* Mann? Habe ich das richtig verstanden?« Ich konnte förmlich spüren, wie mir die Kinnlade nach unten klappte, als wäre ich eine Marionette, der soeben der Faden durchtrennt worden war.

Mama zuckte unbeholfen mit den Schultern. »Wo die Liebe eben hinfällt.«

»Aber … aber dann tust du ja das Gleiche, was diese Sylvia getan hat.« Ich ließ *diese Sylvia* wie ein Schimpfwort klingen.

»Das hier hat absolut nichts mit Sylvia zu tun oder mit deinem Vater. Es ist einfach passiert. Als wir uns begegnet sind, da wusste ich … wussten wir beide, dass wir füreinander bestimmt sind. Weißt du, er ist der eine, der richtige Mann.«

Ich entzog ihr meine Hand. Ich war sauer, sehr sauer sogar. Weil Mama sich so leicht darin tat, ihre Affäre zu rechtfertigen. Als würde sie nicht das Leben der anderen Frau und deren Kinder zerstören, indem sie ihnen den Vater wegnahm.

Und dann war da plötzlich noch etwas anderes. Ich hatte keine Ahnung, dass ich das Mama all die Jahre zum Vorwurf gemacht hatte, bis es aus mir herausplatzte: »Wieso hast du nie um eure Liebe gekämpft?! Wieso hast du Papa einfach gehen lassen? Du hättest es locker gegen diese Sylvia aufnehmen können, aber nein, lieber hast du Däumchen gedreht und dabei zugesehen, wie er seine Sachen zusammengepackt und dich verlassen hat. Uns verlassen hat.«

»Schätzchen.« Mamas Augen schimmerten. »Um Liebe muss man nicht kämpfen, man bekommt sie geschenkt. Wenn du das eines Tages noch begreifst, dann steht deinem Glück nichts mehr im Wege.«

»Blödsinn!«, fauchte ich. »Wenn man nicht mal für die Liebe kämpft, wofür lohnt es sich dann überhaupt zu kämpfen?«

»Nein, Elle, das siehst du völlig falsch. Die Liebe ist kein Kampf, denn Kämpfe sind hässlich, brutal und kompliziert. Die Liebe ist das genaue Gegenteil davon. Wenn du erst um die Liebe kämpfen musst, ist es bereits zu spät. Die Liebe eines Menschen ist ein Geschenk, bei dem es dir überlassen bleibt, ob du es annimmst und erwiderst.« Mama versuchte nach meiner Hand zu greifen, aber ich entzog sie ihrer Reichweite. »Euer Vater hat sich dafür entschieden, seine Liebe Sylvia zu schenken, und das musste ich akzeptieren, egal wie weh es tat. Und letztendlich hat es sich als der richtige Weg herauskristallisiert. Sonst wäre ich jetzt nicht frei und bereit für eine neue Liebe, für den Mann, der mich erfüllt und glücklich macht.«

Ich schüttelte stoisch den Kopf. Am liebsten hätte ich mir die Ohren zugehalten. Das konnte unmöglich ihr Ernst sein. Die Liebe war das Einzige, was es wert war, was es rechtfertigte, darum zu kämpfen. Diesen Geschenke-Mist konnte Mama doch nicht ernst meinen?!

Merkte sie nicht, dass sie jetzt zu der Frau wurde, die einer anderen den Mann wegnahm? Dass sie zu einer *Sylvia* wurde?

Ich konnte sie nur entsetzt anstarren. Das war das Schlimmste, was überhaupt hätte passieren können. Dass Mama zu der Frau wurde, die ich hasste, weil sie unsere Familie zerstört, Hannah den Vater weggenommen hatte. »Ist dir nicht klar, dass du dieser Frau das Gleiche antust, was Sylvia dir angetan hat?« Oder was Schlampen-Michi mir angetan hatte, ergänzte ich in Gedanken.

»So ist das nicht, Elle.« In Mamas Augen flackerte es verzweifelt, trotzdem bemühte sie sich um einen verständnisvollen Ton.

Gerade konnte ich ihr Verständnis nur leider absolut nicht ertragen. Sie tat gerade so, als verstünde sie, warum ich glaubte, sie sei im Unrecht, und als täte ihr meine Sichtweise leid, und das machte mich unglaublich wütend. Denn Mama verstand rein gar nichts! Raphael hatte mich verletzt, aber noch mehr hatte Papa mich verletzt, als er uns damals für seine neue Familie verlassen hatte, und Mama war gerade im Begriff, diesen Schmerz einer anderen Familie anzutun, und das war absolut inakzeptabel. Das konnte ich nicht zulassen. Ich musste sie wachrütteln.

»Elle, bitte, hör mir zu! Ich sehe dir an, was du gerade denkst, aber so ist das nicht«, wiederholte sie. »Er liebt mich, und ich liebe ihn, und wenn ich mir dessen nicht absolut sicher wäre, hätte ich nach dem ersten Treffen den Kontakt zu ihm abgebrochen. Das musst du mir glauben. Ich würde niemals eine glückliche Ehe entzweien, aber er ist nicht glücklich, so wie dein Vater und ich nicht wirklich glücklich waren. Wir glaubten es zwar, dachten, unsere gegenseitige Gesellschaft würde uns beide erfüllen, aber in Wirklichkeit war es nur eine Illusion, und was uns ausschließlich erfüllte, war unsere gemeinsame Liebe zu euch beiden, unseren Töchtern, die wir um nichts in der Welt eintauschen würden.«

»Nein.« Ich schüttelte den Kopf. »Ich will nichts mehr von diesem Blödsinn hören, und ich verlange von dir, dass du dich nicht länger mit ihm triffst.«

»Das werde ich mir von dir nicht verbieten lassen.«

»Ach nein?«, fragte ich provozierend.

Mama begegnete meinem Blick mit einem warnenden Funkeln in den Augen. »Die Liebe, die er mir schenkt, ist das schönste Geschenk, dass ich seit acht Jahren erhalten habe, und ich bin nicht bereit, dieses Geschenk abzuweisen.«

Ruhig erwiderte sie meinen Blick, während die Wut sich in mir ausbreitete, bis eine Sicherung in meinem Gehirn durchbrannte und ich sie mit bebender Stimme anschrie: »Wenn das so ist, dann bist du hoffentlich bereit, von jetzt an von mir als Schlampe bezeichnet zu werden, denn genau das bist du für mich!«

Tränen brannten in meinen Augen. Es hatte so verdammt weh getan, Papa an Sylvia zu verlieren und Raphael mit Schlampen-Michi knutschend zu erwischen, und dass ausgerechnet Mama jetzt auf diesen Zug aufsprang, konnte und wollte ich nicht verstehen.

»Wenn du nur einen Funken Anstand besitzt, beendest du diese Affäre«, zischte ich.

»Ist dir eigentlich noch klar, mit wem du redest? Ich bin deine Mutter, Noelle! Und ich lasse es mir nicht bieten, von dir so respektlos behandelt zu werden.« Mama erhob sich drohend von der Couch, und ich tat es ihr gleich. Wir funkelten uns an. »Entschuldige dich! Auf der Stelle«, forderte sie.

Ich ballte meine Hände zu Fäusten und presste sie fest an meine Seite. »Vergiss es! Für mich bist du eine zweite Sylvia, und alles, was ich gesagt habe, meine ich auch genau so.«

Mama bebte vor Zorn, und ihr Kopf nahm eine gefährlich rote Färbung an. Ich hatte Sylvia all die Jahre dafür gehasst, dass sie Mama den Ehemann ausgespannt hatte. Deshalb traf mich Mamas Geständnis umso mehr. Ich konnte einfach die verdrehte Ansicht, mit der sie ihr Verhalten rechtfertigte, nicht akzeptieren. Geschenk hin oder her. Um Liebe kämpfte man nicht und das ganze Blabla.

»Entschuldige dich«, wiederholte Mama mit bedrohlich ruhiger Stimme.

»Ganz. Sicher. Nicht. Wie wäre es, wenn du dich bei der Frau entschuldigst, deren Ehe du dabei bist zu zerstören?« Wütend machte ich auf dem Absatz kehrt und lief in mein Zimmer.

Mama schnaubte zornig. »Noelle, bleib sofort stehen! Ich warne dich. Ich werde dein respektloses Verhalten nicht hinnehmen. Was fällt dir eigentlich ein?«, schimpfte sie.

»Was mir einfällt?«, rief ich vom Türrahmen meines Zimmers aus. »Das Wort Schlampe.«

Ich knallte die Tür hinter mir zu und drehte mit zittrigen Fingern den Schlüssel herum.

Dann sank ich auf mein Bett, wo ich meinen Zorn an meinem Kopfkissen ausließ, auf das ich ungehemmt einschlug.

Kapitel 21

07. Oktober 2016, 10:11 Uhr

»Ich habe mich in meinem Zimmer eingeschlossen, bis sie zur Arbeit aufbrach. Ich habe sie nie mehr zu Gesicht bekommen, konnte mich nicht mehr bei ihr entschuldigen«, schluchzte ich. »Mama starb am selben Tag, und das meinetwegen.«

Leon zog mich eng an sich und hielt mich, während ich bitterlich weinte. Er griff so fest um meine Rippen, dass ich vermutlich morgen blaue Flecken haben würde, und dennoch konnte ich gar nicht eng genug an ihn gepresst sein. Seine Nähe war das Einzige, das mir Halt gab. Noch nie hatte ich diese Worte laut ausgesprochen, hatte ich irgendjemandem von dem verhängnisvollen Vormittag erzählt.

Es war ein Wunder, dass überhaupt noch Tränen kamen. Musste ich nicht irgendwann ausgetrocknet, der Vorrat an Tränen aufgebraucht sein? Und doch wollten sie nicht versiegen. Meine Kehle zog sich schmerzhaft zusammen, und ich schaffte es kaum zu atmen, hörte selbst, wie abgehackt und hysterisch meine Atemzüge klangen. Mein Puls dröhnte in meinen Ohren wie Trommelschläge. WUMM! WUMM! WUMM!

Leon wiegte mich hin und her. »Dass deine Mutter an diesem Tag starb, ist nicht deine Schuld, Elle. Das war ein unglücklicher Zufall, sonst –«

Ich hob ruckartig den Kopf. »Spinnst du?! Natürlich ist es einzig und allein meine Schuld! Du weißt doch überhaupt nicht, wie sie gestorben ist.«

Leon blickte mir trotz meines Ausbruchs mit einer geradezu trotzigen Ruhe entgegen, fast als wüsste er, was ich gleich sagen würde.

»Sie … sie hatte einen Autounfall.« Die Worte wollten mir kaum über die Lippen kommen.

Selbst nach einem Monat war das, was geschehen war, zu furchtbar, um es laut auszusprechen, zu unbegreiflich, als dass es wirklich wahr sein könnte. Wir redeten hier immerhin von meiner Mama, und es konnte unmöglich sein, dass sie tot war.

»Sie ist mit dem Fahrrad zur Klinik gefahren. Wie jeden Tag«, würgte ich hervor. »Mama kam von der Nebenstraße und nahm einem Auto die Vorfahrt. Sie ist einfach über die Kreuzung geradelt, verstehst du? Sie muss ihn übersehen haben.« Meine Stimme brach. »Das Auto hat sie überrollt, Leon. Sie war auf der Stelle tot.« Ein weiterer Heulkrampf schüttelte mich.

Ich verbarg mein Gesicht an Leons Schulter, während dieser mir unablässig über den Rücken strich.

»Das ist entsetzlich und tut mir unendlich leid für dich … und für deine Schwester.« Leon rang um Worte. »Trotzdem hat nichts davon mit dir zu tun. Du musst aufhören zu glauben, der Unfall wäre deine Schuld, denn das ist er nicht.« Er holte tief Luft. »Das mag jetzt hart klingen, aber den Zusammenstoß hätte sie sicher auch ohne euer Gespräch gehabt.«

Ich bohrte meine Finger in Leons Schulterblätter. »Du. Verstehst. Es. Nicht«, würgte ich unter Tränen hervor. »Sie fuhr diese Strecke mit dem Rad jeden verdammten Tag zur Arbeit. Es war hell und schönstes Sommerwetter. Denkst du nicht, sie hätte sofort angehalten, als sie den Autofahrer von der Hauptstraße auf sich zurasen sah? Sie hat nur deshalb nicht angehalten, weil sie meiner Worte wegen zu aufgewühlt und in Gedanken versunken war. Sie war unaufmerksam, und das meinetwegen. *Ich* wurde ihr zum Verhängnis. Weil ich sie mit meinen Beschuldigungen so aufgeregt habe, weil ich so fürchterliche Dinge zu ihr gesagt habe, die ich nicht mehr zurücknehmen kann. Sie wird nie erfahren, wie leid es mir tut und wie sehr ich mir wünsche, anders reagiert zu haben, die Worte einfach runtergeschluckt zu haben. Ich würde alles dafür geben, um noch einmal mit ihr reden und meine letzten Worte ungeschehen machen zu können. Weißt du, ich habe lange darüber nachgedacht, und es ist doch so, dass man sich Dinge an den Kopf wirft, die man eigentlich nicht so meint, weil man denkt, man hat noch unendlich viel Zeit, und es wird sich schon die Gelegenheit ergeben, alles zu klären. Aber was, wenn nicht? Was, wenn diese Gelegenheit nie kommt? Würde man es dann trotzdem noch sagen? Ich ganz sicher nicht, aber leider fehlte mir das Bewusstsein, wie kostbar jede Sekunde ist, die ich mit Mama und Hannah verbringen kann, und dass es eben nicht eine unbegrenzte Anzahl von gemeinsamen Momenten gibt, sondern dass jeder Augenblick der letzte sein kann. Nur weiß man nicht, welcher es ist. Es zerfrisst mich förmlich, dass ich mit ihr im Streit auseinandergegangen bin, und ich frage mich ständig, was wäre wenn. Was wäre, wenn ich achtsamer gewesen wäre und meine letzten Worte an sie mit Bedacht gewählt hätte? Dann hätte ich völlig andere Dinge zu ihr gesagt und müsste jetzt nicht mit dem Wissen und der Schuld leben, dass sie meinetwegen gestorben ist.« Ich biss mir auf die Unterlippe, um einen erneuten Schwall Tränen zu unterdrücken.

»Was hättest du zu ihr gesagt?«, fragte Leon vorsichtig. »Wenn du gewusst hättest, es ist das letzte Mal, dass du mit ihr sprichst?«

»Ich hätte ihr gesagt, dass sie sich weiterhin mit diesem Mann treffen soll«, schniefte ich. »Wenn er sie wirklich glücklich macht, wenn es sie erfüllt, wie kann es dann falsch sein? Und wenn er dasselbe für sie empfindet, dann hätten sie zusammen sein sollen. Aber ich war zu sehr auf mich fixiert. Auf meine gescheiterte Beziehung mit Raphael und auf meine Erfahrungen mit Sylvia.«

Leon schluckte hörbar, ehe er antwortete: »Natürlich hast du ihre Umstände auf dich projiziert. Es ist völlig normal, emotional zu reagieren. Das ist menschlich. So sind wir. Wir denken mit unserem Bauch, und wenn die Gefühle die Oberhand gewinnen, schalten wir unseren Verstand ab. Ich bin mir sicher, deine Mutter wusste, wie sehr du sie liebst, und verzeiht dir deine letzten Worte an sie.«

»Bist du sicher?« Ich hob den Kopf.

»Ganz sicher.« Sein Blick bohrte sich in meinen, so tief, dass ich am liebsten darin abgetaucht wäre und alles vergessen hätte.

»Ich wünschte, ich könnte ihr noch einmal sagen, wie sehr ich sie liebhabe. Du hast keine Ahnung, wie oft ich mich in Gedanken in das Gespräch zurückversetzt und mir vorgestellt habe, wie wir uns unterhalten und was sie wohl entgegnen würde, wenn ich ihr sage, dass es für mich okay ist.«

Leon veränderte seine Position. Ich sah ihm an, dass er mir etwas mitteilen wollte, aber offenbar nicht wusste, wo er anfangen sollte.

Er strich sich mit einer Hand am Kiefer entlang und räusperte sich unbehaglich. »Du musst aufhören, in der Vergangenheit zu leben.« Ich hatte das Gefühl, dass er mir eigentlich etwas ganz anderes hatte sagen wollen.

»Was meinst du damit?« Ich runzelte die Stirn.

»Mir war schon bei unserer ersten Begegnung klar, dass dich ein Erlebnis aus deiner Vergangenheit furchtbar traurig stimmte. Aber du trauerst nicht nur, du lässt zu, dass dich deine Trauer und deine vermeintliche Schuld auffressen. Ich sage vermeintlich, weil es nicht deine Schuld ist. Das musst du endlich begreifen und es akzeptieren. Ich weiß, dass es abgedroschen klingt, wenn ich dir sage, du sollst mit der Vergangenheit abschließen, deshalb sage ich dir etwas anderes: Die Vergangenheit ist endgültig *vergangen*, und sie ist nicht deine Realität, weshalb du dort nicht leben kannst. Lass los und fang an, nach vorne zu schauen, fang an zu *leben*.«

Ich blickte zur Seite, unfähig, ihm in die Augen zu schauen.

»Ich kann nicht«, flüsterte ich. »Ich habe Angst, Mama zu vergessen, wenn ich loslasse. Wenn ich mir nicht jeden gemeinsamen Moment immer und immer wieder bis ins kleinste Detail ausmale. Die Erinnerungen verblassen so furchtbar schnell, und schon jetzt erscheint mir Mama in meinen Träumen viel echter und realer als in meiner Erinnerung.«

Leon packte mich an beiden Schultern, fest und eindringlich. »Elle, sieh mich an.«

Zögernd hob ich den Kopf, biss mir auf die Unterlippe, um nicht schon wieder zu weinen. Dabei war ich früher nie eine Heulsuse gewesen, und jetzt konnte ich nicht mehr damit aufhören. Leons Gesicht verschwamm bereits wieder vor meinen Augen.

»Das wirst du nicht. Deine Mutter wird immer einen Platz in deinem Herzen haben. Aber trotzdem musst du vorwärtsgehen und dein Leben *leben.* Aber alles, was du tust, ist dein Leben rückwärts zu betrachten, wie einen alten Film, den du wieder und wieder abspielst, und dadurch verpasst du deine einzige Chance auf Glück. Mir ist klar, dass du glaubst, in der Vergangenheit war alles besser, aber willst du wirklich dein restliches Leben mit Bedauern verbringen?«

»Du hast ja recht«, gab ich kleinlaut zu, »aber in der Vergangenheit *war* mein Leben nun mal besser.«

Leon legte mir seine warmen Handflächen auf die Wangen und wischte mir zärtlich mit den Daumen die Tränen weg.

»Deine Mutter mochte doch Palindrome. Dieses hier würde ihr sicherlich gefallen.« Er sprach leise, mit einem Lächeln auf den Lippen, was der Eindringlichkeit seiner Worte keinen Abbruch tat. »Mach aus deinem Nebel wieder ein Leben.«

»Wie meinst du das?«, fragte ich völlig durcheinander.

Warum fing er denn jetzt von Palindromen und Nebel an? Er hatte versucht, mir etwas Wichtiges zu sagen, das spürte ich, aber in Gedanken war ich immer noch dabei zu verarbeiten, dass Mamas Tod *nicht meine Schuld war.*

»Weißt du, was ich glaube, weshalb Leben rückwärts Nebel ist?«

Ich schüttelte den Kopf.

»Weil Erinnerungen wie ein undurchdringlicher Nebel sind. Stunden, Tage, Wochen, manchmal sogar ganze Jahre, verblassen, und nur die leuchtendsten Erinnerungen brennen sich ihren Weg in dein Gedächtnis. Ein heller Stern am schwarzen Firmament des Vergessens. Diese leuchtenden Momente sind es, die es schaffen, den Nebel des Vergessens zu durchdringen. Nur leider können wir uns nicht aussuchen, ob unser Nebel nur von schönen Erinnerungssternen durchbrochen wird oder von einer lodernden, qualvollen Flamme. Der Tod deiner Mutter ist eine solche Flamme. Sie blendet dich und hindert dich daran, noch etwas anderes zu sehen. Aber wenn du dich von der Flamme abwendest und dich umsiehst, wirst du erstaunt sein, wie viele Sterne dich umgeben. Aus wie vielen hellen Lichtpunkten deine Erinnerungen bestehen. Entscheide dich für die schönen Momente, für die Sterne in deinem Leben und lass dich nicht länger von der Flamme blenden. Es ist okay, ab und zu in den Nebel abzutauchen, aber danach musst du vorwärts aus dem Nebel herausschreiten und aus ihm ein Leben machen.«

Meine Tränen versiegten, während ich seinen Worten gebannt lauschte. Tief in meinem Inneren spürte ich die Wahrheit in mir nachhallen. Langsam sickerte die Bedeutung seiner Worte zu mir durch, und mir wurde klar, dass jeder Mensch aus Erinnerungen bestand. Sie machten uns zu den Personen, die wir heute waren. Und alles Zukünftige würde irgendwann zu neuen Erinnerungen werden. Ein stetiger Schwall aus Eindrücken, die auf unser Gedächtnis einprasselten, und je länger sie zurücklagen, desto blasser wurden sie. Wie ein Foto, das zu lange dem Licht ausgesetzt war und dessen Farbe allmählich verblasste. Je mehr wir versuchten, in unseren Erinnerungen zu leben, die Vergangenheit nicht verblassen zu lassen, und uns verzweifelt bemühten, kein Detail zu vergessen, desto mehr waren wir es selbst, die dabei verblassten. Ein selbst erschaffener Geist aus der Vergangenheit.

Ich war zu einem solchen Geist geworden. Mit verschleiertem Blick ging ich durchs Leben und hatte darüber hinaus den einzigen Menschen, der mich wirklich brauchte, vernachlässigt. Mein Gott, was hatte ich getan? Ich schlug mir die Hand vor den Mund. Ich war so auf mich selbst fixiert gewesen, dass ich meine Schwester an einen Vater übergeben hatte, der nie einer für sie gewesen war. Der nicht mehr als ein flüchtiger Bekannter für sie war, jemand, von dem sie zwar wusste, dass sie zur Hälfte aus seinen Genen bestand, es aber nie gefühlt hatte. Die einzigen zwei Menschen, die Hannah aufrichtig liebten und die sie ihrerseits von ganzem Herzen liebte, hatten sie im Stich gelassen.

»Hannah«, flüsterte ich tonlos. »Ich habe Hannah vergessen.«

»Deine Schwester? Wie meinst du das?« Leon kniff die Augen leicht zusammen.

»Ich habe nur an mich selbst gedacht und daran, dass ich unbedingt wegmuss. So schnell wie möglich nach Berlin. Was es für sie bedeutet, habe ich gar nicht richtig begriffen oder es zumindest verdrängt.«

Leon sah mich mit schief gelegtem Kopf und gerunzelter Stirn an.

»Du hast keine Ahnung, wovon ich spreche, stimmt's?«

»Ist das so offensichtlich?«

Ich holte tief Luft, ehe ich anfing, es ihm zu erklären: »Du musst wissen, dass Hannah unserem Vater ähnlicher sieht. Von ihm hat sie die blonden Haare und die Gesichtszüge, von Mama hat sie nur die blauen Augen. Wir beide sehen uns nicht mal ähnlich. Wenn man uns zusammen sieht, würde man nie vermuten, dass wir Geschwister sind. Na ja, jedenfalls konnte ich Hannah nach dem, was ich zu Mama gesagt hatte, nicht mehr in die Augen sehen. In diese absolut identischen Augen. Jedes Mal war es wie ein Schlag in den Magen. Ich musste einen Schlussstrich ziehen, verstehst du? Selbst wenn ich Hannah nicht in die

Augen sah, kamen jedes Mal die Erinnerungen hoch an die Zeit, als wir noch zu dritt waren. Alles erinnerte mich daran, wie es einmal gewesen war. Unser Haus, das Auto, Hannah. Die Gespräche mit dem Jugendamt haben mich zermürbt. Es gab so vieles zu regeln, und es war so einfach, die Verantwortung an meinen Vater abzuschieben. Alles, was ich tun musste, war, die Sorgerechtsverfügung nicht zu erwähnen, die Mama in Absprache mit mir aufgesetzt hatte. Darin stand mit einer ausführlichen Begründung, warum ich das Sorgerecht für Hannah bekommen sollte und nicht unser Vater, den sie kaum kennt.« Ich verzog das Gesicht. »Ich bin furchtbar, oder? Offenbar habe ich mehr Ähnlichkeit mit meinem Vater, als mir lieb ist. Obwohl immer alle behaupten, ich wäre Mama wie aus dem Gesicht geschnitten, aber den Charakter muss ich wohl von ihm haben. Wir beide trennen uns aus purem Egoismus von den Menschen, die uns lieben, und lassen sie zurück.«

Offenbar schaute ich genauso geknickt, wie ich mich fühlte, denn Leons Blick wurde weich.

»Schau mich bitte nicht so an. So voller Mitleid«, flehte ich.

Etwas in seinem Blick veränderte sich. Es war Verständnis, aber das konnte nicht sein. Wie konnte Leon Verständnis für mich aufbringen? »Du warst einfach noch nicht bereit, so viel Verantwortung zu übernehmen, und das ist okay. Die Verantwortung für einen anderen Menschen ist die größte, die wir in unserem Leben haben können.«

Ich vergrub mein Gesicht in meinen Händen, weshalb meine Stimme gedämpft klang. »Ich bin selbstsüchtig und grausam. Langsam könnte ich eine Auszeichnung dafür bekommen.«

»Hatten wir das nicht schon mal?« Leon strich mir über den Kopf, und obwohl ich mir dabei wie ein kleines Mädchen vorkam, war es irgendwie tröstlich. »Die Konkurrenz für den furchtbarsten Menschen der Welt ist verdammt groß, und ich denke, die für den selbstsüchtigsten ebenfalls. Was ist mit Konzernmanagern, die den Regenwald abholzen lassen? Oder mit Firmenchefs, die zulassen, dass giftiges Abwasser die Flüsse und Meere verseucht? Und dann erst die ganzen Terroristen. Ehrlich, Elle, mach dir besser keine allzu großen Hoffnungen auf den Titel.«

»Du bist doof«, nuschelte ich in meine Handflächen. »Du warst gar nicht dabei. Hannah hat mich angefleht, sie nicht zurückzulassen, und ich habe mich einfach umgedreht, bin ins Auto gestiegen und davongefahren. Nicht mal in den Rückspiegel habe ich mehr geschaut. Ich wollte mir den Anblick ihres enttäuschten Gesichts ersparen.«

Leon zog sanft, aber bestimmt an meinem Handgelenk, und ich ließ ergeben meine Hände in den Schoß fallen.

»Du hast recht. Ich war nicht dabei. Aber ich bin jetzt hier dabei. Und ich kann dir versichern, dass kein einziger selbstsüchtiger oder furchtbarer Mensch von solchen Gewissenbissen wie du heimgesucht wird. Dass du Schuld empfinden kannst, zeigt doch gerade, was für ein anständiger Mensch du bist.«

Ich seufzte abgrundtief, konnte aber nicht verhindern, hoffnungsvoll zu klingen. »Meinst du echt?«

Leon schenkte mir ein kleines Lächeln. »Total echt. Echter geht's nicht.«

»Aber wieso fühlt es sich dann an, als wäre mein ganzes Leben ein Riesenhaufen Scheiße?«, jammerte ich.

Leon griff nach meiner Hand und drückte sie leicht. »Weil es das manchmal einfach ist. Das Leben ist ein einziger langer Weg, und da gibt es eben manchmal große Scheißehaufen, die wir nicht umgehen, sondern in die wir mittenhinein treten müssen. Das Einzige, was du tun kannst, ist, dich dafür zu entscheiden, nicht in der Scheiße stehen zu bleiben, sondern den Fuß herauszuziehen und weiterzugehen, bis der Weg wieder schöner wird.«

Sein Blick suchte meinen, und obwohl er sich bemühte, zuversichtlich auszusehen, las ich die Spur von Besorgnis darin. Besorgnis darüber, ob ich in der Scheiße stehen bleiben würde, die momentan mein Leben war.

»Was hältst du davon, wenn wir gemeinsam eine Runde auf

das Leben schimpfen, das manchmal leider nicht geil, sondern einfach nur scheiße ist?«, fragte er mit zusammengeschobenen Brauen.

»Das fände ich gut. Sehr gut sogar. Denn das Leben ist gerade ein richtig ätzender, verdammter, beschissener Arsch mit Ohren!«

»Und es stinkt«, ergänzte Leon.

»Nach faulen Socken.«

»Nach zehn Tage alten Unterhosen.«

»Die in Kotze getränkt wurden.«

»Und in Surströmming eingelegt.«

»Iiihhh!« Ich rümpfte die Nase. »Jetzt ist mir schlecht.«

»Mir auch.« Leon grinste, fuhr sich mit einer Hand durch die Haare und musterte mich durchdringend.

Unter seinem Blick zogen sich meine Mundwinkel minimal nach oben. Innerlich fühlte ich mich irgendwie erleichtert. Es stimmte wohl, was man allgemein sagte. Reden half tatsächlich.

»Und, besser?«

»Ein bisschen«, gab ich zu. »Danke, Leon!«

»Wofür?« Er blickte mich überrascht an.

»Für alles und nichts. Dafür, dass du du bist und mir zuhörst und mich aufbaust und meine Tränen zum Trocknen und mein Herz zum Schneller-Schlagen bringst.«

»Elle.« Leon nahm mein Gesicht in seine Hände. »Das ist nichts, wofür du dich bedanken müsstest. Ich danke dir, dass du auf dieser Parkbank gesessen hast und seitdem mein Leben um so vieles intensiver gemacht hast. Ich hätte nie gedacht, einmal solche Gefühle für einen Menschen empfinden zu können, wie ich es für dich tue. Manchmal frage ich mich, wo ich diese Gefühle überhaupt hernehme. Ich hatte keine Ahnung, dass ich zu solchen Empfindungen überhaupt in der Lage bin, bis du in mein Leben getreten bist.«

»Also genau genommen bist du in mein Leben getreten. Ich hab einfach nur auf der Parkbank gesessen.«

»Elle!«, rief er empört.

»Ich weiß, das ist nicht der Punkt, und du hast mit allem, was du sagst, völlig recht, weil …« Mein Mund war plötzlich so trocken, dass ich mich räuspern musste. »Weil es mir nämlich ganz genauso geht.«

Leon beugte sich zu mir herab; kurz bevor seine Lippen meine berührten, zögerte er, weshalb ich die letzte Distanz überbrückte. Unsere Lippen verschmolzen miteinander zu einem sanften, tröstlichen Kuss, der nach dem Salz vergossener Tränen schmeckte und nach Hoffnung. Der Hoffnung auf eine Zukunft ohne Scheißhaufen.

Kapitel 22

12. September 2016, 13:15 Uhr

Die Beerdigung hatte gestern im kleinen Kreis stattgefunden. Es waren nur Hannah, ich und zwei Arbeitskolleginnen, die auch Mamas Freundinnen waren, da gewesen. Meine Großeltern mütterlicherseits waren beide tot, aber so war ihnen zumindest erspart geblieben, ihr Kind zu Grabe tragen zu müssen, und unser Vater wusste, dass er hier nicht erwünscht war.

Seit der Beerdigung war ich nur noch aus meinem Zimmer herausgekommen, wenn es sich nicht vermeiden ließ. Wenn ich aufs Klo musste zum Beispiel oder wenn das Jugendamt uns einen Besuch abstattete, um die Sorgerechtsfrage für Hannah zu klären, wie am heutigen Vormittag.

In meinem Zimmer war es stockdunkel. Genau wie in meinem Inneren. Die Rollos waren unablässig heruntergezogen. Ich ertrug das Sommerwetter und den strahlend blauen Himmel nicht. Stattdessen versuchte ich irgendwie in meinem abgedunkelten Zimmer die Stunden rumzubringen, meistens indem ich vor mich hindöste. Wenn ich schlief, konnte ich so tun, als wäre nichts von alldem geschehen. In meinen Träumen war Mama noch am Leben.

Hannah war die meiste Zeit auf sich allein gestellt. Heute war der letzte Tag der Sommerferien, und damit hatte Hannah genauso viel freie Zeit wie ich. Zeit, die sie mit sich selbst verbringen musste, weil mir die Kraft fehlte, um sie aufzumuntern und für sie da zu sein.

Selbst bei der Beerdigung hatte ich es kaum geschafft, sie tröstend in die Arme zu nehmen, weil mir ständig die Stimme in meinem Hinterkopf zuflüsterte: *Schau auf das Grab, auf die frische, dunkle Erde. Das hast du getan. Sieh hin! Eure Mutter liegt dort unten, wo sie langsam verrottet, bis nichts mehr übrig ist außer ihren Haaren und Knochen, und du allein bist schuld daran. Du warst es, die sie so wütend gemacht hat, dass sie den Autofahrer übersehen hat. Du allein bist schuld an ihrem Tod.*

Bei dem Gedanken daran begannen meine Hände zu zittern. Ich schloss sie fest um den Saum der Bettdecke und zog mir diese bis unters Kinn, obwohl ich bereits schwitzte. Draußen waren es bestimmt über fünfundzwanzig Grad. Das perfekte Ferienwetter. So hatte ich mir meine Ferien nicht vorgestellt. *Mama hatte sich auch nicht vorgestellt, die Ferien tot zu verbringen.* Ich presste meine Hände auf die Ohren und kniff die Augen fest zusammen, aber es half alles nichts. Die Stimme war in mir drin.

Ich versuchte verzweifelt, in die Leichtigkeit des Schlafes zurückzufinden, und hatte doch nur das Gefühl zu ersticken. Ein zaghaftes Klopfen an der Zimmertür ließ mich hochfahren. Seit wann war ich so schreckhaft? Anstelle einer Antwort bemühte ich mich, meine Atemzüge möglichst langsam und tief klingen zu lassen, als würde ich schlafen. Ein leises Knarren verriet, dass die Tür geöffnet wurde, und dann vernahm ich tapsende Schritte, die sich meinem Bett näherten. Die Matratze erbebte leicht, als sich Hannah hinter mich aufs Bett legte und sich sanft an meinen Rücken kuschelte. Ergeben schlug ich die Augen auf und drehte mich zu ihr rum.

»Hannah, was ist los? Was willst du?«, fragte ich schroff.

»Hab ich dich geweckt? Das wollte ich nicht.« Ihre blauen Augen füllten sich mit Tränen, und sofort bereute ich, nicht ein wenig feinfühliger gewesen zu sein.

»Schon gut.« Ich streckte meinen Arm aus, schob ihn unter ihren Rücken und zog sie eng an mich.

Hannah schmiegte sich an mich und drückte ihr Gesicht fest an meinen Hals. Obwohl sie sich Mühe gab, keinen Laut von sich zu geben, spürte ich das Beben ihrer schmalen Schultern und die Nässe an meinem Hals. Ihr Bedürfnis nach Nähe brachte den Schutzwall der Unnahbarkeit für einen Moment zum Einsturz.

»Hey, alles wird wieder gut«, versuchte ich sie unbeholfen zu trösten, ohne selbst an meine Worte zu glauben, die mir stumpf und hohl über die Lippen kamen. »Irgendwann wird es besser. Das verspreche ich dir.«

»Ich vermisse Mama so doll, dass es weh tut«, schluchzte sie und schniefte vernehmlich. »Ohne Mama ist alles doof.«

»Ich weiß, Hannahlein, ich weiß.« Nun rannen mir ebenfalls Tränen über die Wangen und sickerten in Hannahs Haare.

So viel Verantwortung lag nun auf meinen Schultern. Irgendwann in nächster Zeit musste ich den ganzen Papierkram bewältigen. Eigentlich hatte ich überhaupt keine Ahnung, wie man dabei vorging. Wer musste alles über Mamas Tod informiert werden? Was musste ich tun?

Hannah robbte ein Stück höher, presste ihre nasse Wange gegen meine. Unsere Tränen vermischten sich.

»Meinst du, sie beobachtet uns von oben?« Sie zeigte mit ihrem Zeigefinger in Richtung Decke.

»Ganz bestimmt tut sie das. Und auf dich passt sie besonders gut auf, damit dir nichts passiert.«

»Auf dich auch. Dir darf auch nichts passieren, Elle«, wimmerte sie.

Bittere Galle stieg in meinem Mund auf. Ich hatte es nicht verdient, dass man auf mich aufpasste. Nicht nachdem das hier allein meine Schuld war.

Hannah drückte sich noch enger an mich, aber auf einmal fühlte es sich an, als würde sie mich mit ihrem Arm erwürgen. Es war falsch, dass Hannah ausgerechnet bei mir Trost suchte.

Ich sollte ihr sagen, was am Vormittag des siebten September tatsächlich vorgefallen war, aber ich brachte die Worte nicht über meine Lippen. Die Worte, die offenbarten, dass ich an diesem Tag Streit mit Mama gehabt und sie als Schlampe bezeichnet hatte.

Ich rückte von Hannah ab und versuchte dabei, ihren verletzten Gesichtsausdruck zu ignorieren. »Ich möchte jetzt alleine sein. Bitte geh wieder in dein Zimmer.«

Die große Träne an ihrem Kinn fing gefährlich an zu zittern. »Bitte, schick mich nicht weg, Elle. Ich halte es in meinem Zimmer nicht länger aus. Es ist so still dort.« Schließlich fiel der Tropfen hinab und hinterließ einen weiteren Fleck auf ihrem T-Shirt.

Ich konnte nur auf Hannahs bebendes Kinn starren, während ich die folgenden Worte hervorstieß: »Hier ist es auch still, weil ich jetzt schlafen möchte.«

»Ich kann auch ganz leise sein. Versprochen. Nur bitte, lass mich bei dir im Bett bleiben.«

»Hannah«, stöhnte ich.

Es zerriss mir das Herz, sie so zu sehen. Ihre traurigen Augen, das Flehen in ihrer Stimme, die Einsamkeit in ihrer Bitte. Und dennoch, wie konnte ich sie an mich ziehen und sie trösten, wenn ich beinahe an der Last meiner letzten Worte an Mama erstickte? Ich musste sie wegschicken und uns damit beiden das Herz brechen. Mir blieb gar keine andere Wahl.

»Hannah, bitte versteh doch, ich kann nicht.«

Stoisch schüttelte sie den Kopf und krallte sich in meinen Arm, als hätte sie Angst, ich könnte mich vor ihren Augen in Luft auflösen. Als könnte ich sie ebenso plötzlich verlassen, wie Mama es getan hatte.

»Warum bist du so gemein zu mir? Warum schickst du mich weg?«, fragte sie heulend.

Ihre Worte fühlten sich an wie Dolchstöße in mein Herz. »Hast du Hunger?«, krächzte ich. »Soll ich dir was zu essen machen?«, schlug ich vor, obwohl ich genau wusste, dass es nicht das war, was sie brauchte.

»Du kannst das doch gar nicht. Das konnte nur Mama«, wimmerte sie.

»Du hast recht. Kochen konnte nur Mama.« Geknickt drehte ich mich auf den Bauch und vergrub mein Gesicht im Kissen.

»Werden wir jetzt verhungern?«, fragte sie mit ihrem hohen Stimmchen.

Darauf wusste ich auch keine Antwort. Ich konnte mich nicht einmal daran erinnern, wann ich das letzte Mal etwas gegessen hatte. Mein Kopf fühlte sich schrecklich leer gefegt an, so wie sich alles in mir drin hohl anfühlte.

Mit einem Stöhnen drehte ich mich wieder auf den Rücken und streckte die Arme nach Hannah aus, die sofort in meine Umarmung sprang. Ich drückte sie so fest an mich, wie es gerade ging, ohne dass ich ihre schmächtigen Rippen zerquetschte. Hannahs dünne Arme um meinen Rücken erwiderten die Umarmung mit der gleichen verzweifelten Kraft. Obwohl es keiner von uns beiden laut aussprach, fürchteten wir, der jeweils andere könne vor unseren Augen vor lauter Schmerz und Kummer in seine Einzelteile zerbrechen und uns gänzlich alleine zurücklassen. Die Furcht vor der Einsamkeit trieb uns enger zusammen, als es die Liebe jemals getan hatte. Denn der Liebe waren wir uns immer bewusst gewesen, sie hatte uns stets umhüllt wie ein schützender Mantel, und wir hatten sie für selbstverständlich genommen. Wie oft klammerte man sich schon morgens zum Abschied aneinander, wenn man wusste, zum Abendessen würde man sich wiedersehen? Und genau das war der Fehler, denn natürlich konnte man das nicht wissen. Niemand konnte das.

Ich hatte keine Ahnung, wie lange wir in unserer Umarmung verschlungen ausharrten, aber nach meinen schmerzenden Gliedern zu urteilen, mussten es Stunden gewesen sein. Mindestens.

»Sollen wir mal nachsehen, was der Kühlschrank noch hergibt?« Ich strich Hannah liebevoll über den Kopf.

Sie nickte leicht an meiner Brust, und das war mir Antwort genug.

»Vielleicht haben wir noch eine Tüte Milchreis da?«

»Ich werde nachsehen, und falls nicht, fahr ich in den Supermarkt und kaufe welchen. Heute gibt es Milchreis«, versprach ich ihr.

Es war Zeit, mich um meine kleine Schwester zu kümmern. Dafür zu sorgen, dass es ihr gutging. Mama hätte es so gewollt, und ich wollte es ebenso. Mich um Hannah zu sorgen, hatte oberste Priorität. Völlig egal, wie weh es tat, ich würde alles dafür tun, damit Mamas blaue Augen in Hannah wieder zu strahlen begannen.

Kapitel 23

07. Oktober 2016, 11:22 Uhr

»Wenn es irgendetwas gibt, das ich für dich tun kann …?« Leon ließ den Satz offen.

»Du hast schon viel zu viel für mich getan. Allein deine Anwesenheit und dass du mir zugehört hast, waren mehr, als ich mir jemals erhofft habe.« Ich bemerkte seinen fragenden Blick und kam ihm zuvor. »Ich war wirklich davon überzeugt, ich würde die Wahrheit über den siebten September mit mir ins Grab nehmen.«

»Du wolltest die Last für etwas, das nicht deine Schuld ist, bis zu deinem Lebensende mit dir herumschleppen?« Leon klang ehrlich entsetzt.

Ich verzog zerknirscht das Gesicht.

»Weißt du was? Wir beide gehen heute raus, erkunden Berlin, und ich bringe dich auf andere Gedanken. Ich muss nur vorher kurz in der Arbeit anrufen.«

»Andere Gedanken klingt gut.«

Leon erhob sich und ging ins Schlafzimmer, um zu telefonieren. Das gab mir die Zeit, die ich brauchte, um mich zu sammeln.

Ein Zug donnerte vorbei. Der gefühlt hundertste an diesem Tag. Aber wir waren hier nun mal in der Hauptstadt, da wollte eben jeder hin oder weg, je nachdem.

Als nichts mehr unter meinem Hintern vibrierte, ließ ich erleichtert meinen Kopf auf die Lehne zurücksinken. Dabei fiel mein Blick auf die Magnetwand. Leons Fotografien hingen allesamt schief. Was allerdings kein Wunder war bei dem ständigen Zugverkehr.

Ich stand auf, um die Fotos zu richten und um mit irgendetwas beschäftigt zu sein. Ich griff nach einer Aufnahme von einem Wald, bei dem sich das Licht der aufgehenden – oder untergehenden? – Sonne durch die Stämme und Äste brach. Die Strahlen leuchteten golden durch das Geäst. Es hatte etwas Göttliches. Ich rückte das Foto gerade und machte mich an dem nächsten zu schaffen. Auch dieses brachte ich in seine waagerechte Ausgangsposition zurück.

»Leon Becker. Guten Tag! Ich kann heute leider nicht mehr in die Agentur kommen. Irgendwas mit Magen-Darm. Ich habe die ganze Nacht kein Auge zugemacht und bin eben erst aufgewacht«, hörte ich Leon gedämpft aus dem Schlafzimmer sagen. »Danke … Ja, bis Montag bin ich sicher wieder fit. Bestimmt hab ich nur etwas Falsches gegessen … Das mache ich … Bis dann!«

Als ich nach dem Foto mit den davonfliegenden Samen der Pusteblume griff, welches mir bereits beim letzten Mal aufgefallen war, und den Magneten löste, kam ein weiteres Foto zum Vorschein. Offenbar war es dahintergerutscht. Da ich nicht schnell genug war, landete es mit der weißen Seite nach oben auf dem Boden.

Gespannt, was für ein schönes Motiv sich dahinter verbergen mochte, bückte ich mich, hob es auf und drehte es herum. Mein Magen krampfte sich schmerzhaft zusammen, als ich erkannte, wer darauf abgebildet war. Galle stieg meine Kehle hoch, das Gefühl von bitterem Verrat vergiftete meinen Körper. Mit zittrigen Fingern hielt ich die Aufnahme dichter vor meine Augen und blickte in mein zwanzig Jahre älteres Gesicht. Die Fotografie begann zu verschwimmen, da ich meine bebenden Finger nicht länger unter Kontrolle hatte. Ich kannte die Frau auf dem

Foto nur allzu gut. Über sie hatte ich Leon eben mein Herz ausgeschüttet. In den Händen hielt ich ein Foto von Mama.

Alles wurde schwarz um mich herum, und ich sank auf die Knie. Das Foto jedoch presste ich gegen meine Brust. Ein Ächzen entwich mir. Was hatte das zu bedeuten? Weshalb hatte Leon ein Foto von Mama?

»Elle?« Leon klang besorgt.

Sicher hatte er die merkwürdige Mischung aus Stöhnen, Wimmern und Würgen, die ich von mir gab, gehört. Ich vernahm seine näher kommenden Schritte, und im nächsten Moment war er bei mir.

»Elle!« Leon umfasste meine Schultern, rüttelte daran, aber als ich nicht zu ihm aufsah, sank er ebenfalls auf die Knie. »Was hast du?«

Unfähig, ihm ins Gesicht zu blicken, drückte ich das Foto noch fester an mich. Als könnte ich dadurch ihren Schutz heraufbeschwören, den ich so dringend nötig hatte. *Mama, bitte hilf mir!*

Mittlerweile musste die Aufnahme völlig zerknittert sein, so sehr krampften sich meine Finger darum. Meine Gedanken rasten mit meinem Puls um die Wette. Fieberhaft suchte ich nach einer plausiblen Erklärung, weshalb ich ein Foto von Mama bei Leon gefunden hatte, aber mir wollte einfach keine einfallen.

Ich war völlig verwirrt. Was hatte das alles zu bedeuten? Hatte Leon Mama gekannt? Aber wieso hatte er dann nie etwas erwähnt? Das machte alles überhaupt keinen Sinn. Es musste einen anderen Grund dafür geben. Nur wollte mir dieser partout nicht einfallen.

»Langsam machst du mir Angst. Bitte sag doch etwas! Du hast keinen Schlaganfall, oder etwa doch? Soll ich einen Krankenwagen rufen?« Leon klang panisch, doch noch immer schaffte ich es nicht, mich zu rühren.

Hier in seiner Wohnung völlig unerwartet auf das Antlitz meiner Mama zu treffen, war wie ein Faustschlag in den Magen.

Mir war schrecklich übel. Die Aufnahme zeigte ihr Gesicht klein und weit entfernt, durch eine Scheibe fotografiert.

Ich hatte doch nur das Foto wieder gerade rücken wollen. Natürlich, das war es! Das Foto war überhaupt nicht hinter das andere Foto gerutscht. Leon hatte es dort versteckt! Also hatte er gewusst, wen das Foto zeigte, und nicht gewollt, dass ich es zu sehen bekam.

Oh Gott, was das bedeutete, wollte ich mir nicht einmal in Gedanken eingestehen. Ich hatte ihm mein Herz ausgeschüttet, und er hatte die ganze Zeit über haargenau gewusst, über wen ich redete. Hatte im wahrsten Sinne des Wortes ein Bild vor Augen gehabt. Und was am schlimmsten war, was sich anfühlte, als hätte man mir ein stumpfes Messer in die Brust gerammt: Leon hatte gewusst, wer *ich* war. Von Anfang an. Jeder hätte die Verwandtschaft zwischen Mama und mir erkannt, die mir so verdammt ähnlich sah, und Leon war nicht blöd und blind schon gar nicht.

Langsam hob ich meinen Kopf. Ich war unbeschreiblich wütend und verletzt. Ich fühlte mich verraten. All das spiegelte sich in meinem Blick.

Bei meinem Anblick zuckte Leon zurück.

»Wieso besitzt du ein geheimes Foto von meiner Mutter?«, fragte ich gefährlich leise.

»W-was meinst du?«, stammelte Leon.

»Tu nicht so unschuldig!«, fauchte ich und hielt ihm die Aufnahme unter die Nase. »Und wage es ja nicht, mir zu erzählen, du wüsstest nicht, wer die abgebildete Person ist, denn um die Ähnlichkeit nicht zu erkennen, müsste man schon blind sein!« Ich fuchtelte wild mit meinen Händen vor seinem Gesicht herum, und irgendwann hämmerte ich wie eine Besinnungslose auf seine Brust ein.

Leon umfasste meine Handgelenke und stoppte dadurch meine Schläge. »Ich kann das erklären«, sagte er in beschwörendem Tonfall. »Ehrlich.«

»Ach ja? Und wie? Das muss ja eine verdammt gute Erklärung sein. Da bin ich wirklich gespannt!« Ich spie ihm die Worte ins Gesicht.

»Ich besitze das Bild schon länger –«

»Ach tatsächlich?«, höhnte ich. »Und ich dachte, die Aufnahme würde von letzter Woche stammen.«

Bitterkeit verzerrte mein Gesicht. Leon ging nicht auf meinen Vorwurf ein. Stattdessen versuchte er das Foto meinen verkrampften Fingern zu entwenden, die es inzwischen vollständig zerknüllt hatten. Offenbar war alles, worum er besorgt war, seine ach so kostbare Aufnahme. Mit einem heftigen Ruck riss ich mich los und warf ihm das Papierknäuel mitten ins Gesicht. »Hier! Behalte doch deinen Mist! Ich habe genug gesehen!«

Ich sprang auf und rannte zur Wohnungstür, doch Leon packte mich am Arm und hielt mich fest, bevor ich diese erreichen konnte. »Warte! Ich war noch nicht fertig. Das Foto zeigt –«

»Weißt du was? Ich will deine fadenscheinige Ausrede nicht hören! Denn es gibt nicht einen denkbaren Fall, der diesen Betrug von dir rechtfertigen würde. Es gab genug Gelegenheiten, in denen du es mir hättest sagen können, und jetzt will ich es nicht mehr hören.« Ich holte tief Luft und sah ihm dabei fest in die vor Kummer getrübten Augen. »Ich hätte wirklich nicht gedacht, dass ausgerechnet du mich jemals so verletzen könntest, aber du hast dich soeben als Riesenarsch mit Ohren entpuppt. Als der größte von allen, und ich will dich nie wiedersehen!« Ich entwand meinen Arm mit einem Ruck seinem Griff, taumelte ein paar Schritte zurück und stürmte dann zur Tür.

»Nein! Elle, lass es mich dir erklären!«, schrie Leon mir hinterher.

Ich preschte, so schnell mich meine zittrigen Beine trugen, den Hausflur entlang zur Straße. Dort angekommen rannte ich. Weiße Atemwölkchen stoben vor meinem Gesicht auf und vernebelten mir die Sicht. Der Nebel war, obwohl er alles verschleierte, zu dem einzigen roten Faden in meinem Leben geworden.

Ich spürte, wie ich wieder hinabsank in mein – wie Leon es nannte – Nebelleben. *Leon!* Ein Stich fuhr durch meine Brust, und mein Magen verkrampfte sich. Ich durfte jetzt nicht an ihn denken. Wo war ich überhaupt?

Meine Beine fühlten sich schwer und kraftlos vom Rennen an, trotzdem hielt ich nicht an. Es war ein Wunder, dass ich noch in keinen Passanten hineingerannt war, denn ich war halb blind vor Tränen. Und hatte nicht den blassesten Schimmer, in welche Richtung ich laufen musste.

Nur noch ein paar Meter, dann kommt bestimmt eine Haltestelle in Sicht, redete ich mir gut zu. Ich durfte nicht stehen bleiben, musste durchhalten, egal wie weh es tat. Und es tat sehr weh. Meine Lungen brannten, und mein Magen fühlte sich an, als würde er gleich hier auf der Straße seinen Inhalt entleeren. Nur welchen Inhalt? Ich hatte heute den ganzen Tag nichts gegessen.

Als ich um die nächste Ecke bog, blieb ich stehen, stützte mich mit beiden Händen an der Hauswand ab und würgte Schleim hervor.

Als ich mich aufrichtete, fühlte ich mich so erschöpft, dass ich mich für einen Moment gegen die Hausfassade lehnen musste. Erst in diesem Augenblick fiel mir auf, dass ich wirklich allein war. Leon war mir nicht gefolgt.

Ich stieß mich von der Wand ab und rannte ziellos die Straße entlang, auf der Suche nach der nächsten S-Bahn-Station. Ich hatte nicht auf meinen Weg geachtet und die Orientierung verloren. Eigentlich spiegelte das ganz gut meine gesamte Situation wider. Blind vor dem Nebel in mir, hatte ich mich in die nächstbesten Arme gestürzt, die mich tröstend empfangen hatten, und nichts von alldem hinterfragt, was Leon mir erzählt hatte.

Wie sollte es jetzt weitergehen? Berlin würde für mich auf ewig mit Leon verknüpft sein. Sollte ich erneut umziehen? Aber wohin? Und so kurz vor dem Semesterstart würde mich keine andere Uni mehr aufnehmen.

Verzweifelt blickte ich mich um, konnte aber kein einziges

verdammtes Schild entdecken, das auf ein beschissenes öffentliches Verkehrsmittel hingewiesen hätte.

Vielleicht konnte ich Leon einfach aus dem Weg gehen? Das sollte nicht allzu schwer sein, schließlich war Berlin riesig. Wir waren uns zwar an meinem ersten Tag in der Hauptstadt begegnet ... Der erste Tag. Ich blieb wie erstarrt stehen, als mich die Erkenntnis durchzuckte. Ein Mädchen rempelte mich an und fluchte leise, aber ich achtete nicht weiter auf sie, weil mir eines klarwurde: Leon hatte das Foto von meiner Mama mindestens schon seit ein paar Monaten, auf jeden Fall aber länger, als ich hier in der Stadt war. Das bedeutete, er hatte mich schon damals auf der Parkbank erkannt! Er hatte vom ersten Augenblick an gewusst, wer ich war. Schon in dem Moment, als er sich zu mir auf die Bank gesetzt hatte.

Ich schlug mir die Hände vor den Mund, um den entsetzten Aufschrei zu ersticken, der sich einen Weg aus meiner Kehle bahnte. Was hatte er noch alles von mir gewusst? Hatte er geplant, dass ich mich in ihn verliebte? War das irgendein perverses Spiel, eine blöde Wette gewesen? Und ich dummes Schaf, orientierungslos wie immer, gutgläubig und lechzend nach einer tröstenden Umarmung, nach dem Gefühl von Geborgenheit, hatte es ihm so leicht gemacht, mich rumzukriegen. Hatte ich wirklich gemeint, der erste Mensch, dem ich hier begegnete, könnte meine große Liebe sein und würde es schaffen, mich aus dem schwarzen Loch meiner Trauer, aus dem Sumpf meiner Schuldgefühle zu holen?

Ich Idiot hatte geglaubt, es wäre Schicksal gewesen, als ich Leon begegnet war. Dass mir das Universum vielleicht doch verziehen hätte, was ich Mama angetan hatte, und dass es wollte, dass ich wieder glücklich wurde. Aber offensichtlich hatte das Universum das nie beabsichtigt. Stattdessen hatte es mir nur noch mehr Schmerzen zugefügt. Vielleicht sollte ich endlich den Wink mit dem Zaunpfahl kapieren und alldem ein Ende bereiten? Nein, was dachte ich denn da?! Hatte ich mir etwa gerade selbst vorgeschlagen, Selbstmord zu begehen? Ich schüttelte fassungslos den Kopf. Ich musste noch verwirrter sein, als ich angenommen hatte.

Endlich entdeckte ich ein Bushaltestellenschild und stellte erleichtert fest, dass diese Linie am Alex hielt. Von dort aus wusste ich wenigstens, wie ich wieder nach Hause kam.

Sobald ich mein Bett erreicht hatte, brach ich darauf zusammen. Sämtliche Kraft hatte mich verlassen, und ich lag wie tot da. Hannah, die ich heute hatte anrufen wollen, rückte in weite Ferne. Es gab nur noch mich und ganz viel leeren Raum um mich herum. Ich fühlte mich so allein, obwohl ich diejenige war, die gegangen war. Immer wieder zuckte Leons Gesicht vor meinem inneren Auge vorbei. Ich zwang mich aufzuhören, an ihn zu denken. An diesen Riesenarsch mit Ohren.

Wie viel Schmerz konnte ich noch ertragen, bevor ich daran zugrunde gehen würde? Wie viele weitere Enttäuschungen und Selbstvorwürfe? Ich fürchtete, nicht mehr viele. Tatsächlich fühlte es sich an, als wären es bereits zu viele. Am liebsten würde ich mir ein Messer nehmen und den Schmerz aus meiner Brust herausschneiden. Nie wieder etwas fühlen, das musste himmlisch sein. Ob Mama im Himmel war? Gab es den überhaupt? Würde ich sie dort wiedersehen, wenn ich …?

Aber was würde dann aus Hannah werden, wenn sie mich ebenfalls verlor? *Sie hat dich bereits verloren, in dem Augenblick, als du nach Berlin abgehauen bist und sie im Stich gelassen hast.*

Leider musste ich der Stimme recht geben. Ich hatte alles falsch gemacht, was man nur falsch machen konnte. Angefangen bei den unüberlegten Worten zu Mama über mein Verhalten gegenüber meiner kleinen Schwester bis hin zu der Dummheit, mich in die erstbeste Parkbekanntschaft zu verlieben.

Ich stopfte mir einen Zipfel des Kopfkissens in den Mund und schrie so lange, bis ich keine Stimme mehr hatte. Leider half das weder, den Schmerz in meinem Herz zu lindern, noch, die Gefühle zu Leon abzustellen.

Dafür war es längst zu spät. Ich liebte Leon bereits. Er hatte mich Dinge fühlen lassen, die ich nie zuvor empfunden hatte. Er hatte es geschafft, mich aus meinem Nebel zu holen und mich glauben zu lassen, dass vielleicht doch nicht alles in meinem Leben Scheiße war. In seiner Gegenwart hatte es Momente gegeben, die hatten sich wie pures Glück angefühlt, und das war es auch, was mich angezogen hatte wie die Motte das Licht. Die hellen Momente, die es nur mit Leon zusammen gab. Die Sehnsucht nach Glück, das Verlangen nach Liebe, und er hatte mir beides gegeben.

Nur, was sollte der ganze Mist mit dem versteckten Foto meiner Mutter? Wieso um alles in der Welt hatte er das getan, und weshalb hatte er mir nicht schon bei unserer ersten Begegnung gestanden, dass ich ihm bekannt vorkam? Genau das war die Frage, das Puzzleteil, das fehlte, um den Geschehnissen einen Sinn zu verleihen, aber ich bezweifelte stark, dass es dieses Puzzleteil überhaupt gab. Keine Erklärung der Welt könnte gut genug sein, um Leons Verhalten zu rechtfertigen.

Irgendwann, nachdem ich die Augen lange genug zusammengekniffen hatte, breitete sich die Finsternis in meinem Kopf aus und zog mich hinab in ihre dunkle Sphäre, in der es keine Zeit und keinen Schmerz gab.

Jemand hämmerte gegen meine Tür. »Elle, es tut mir leid. Bitte vergib mir!«, flehte eine tiefe Stimme. »Bitte mach die Tür auf und lass es mich dir erklären!«

Für einen Moment fragte ich mich, wo ich in diesem Nichts eine Tür herholen und wieso ich diese öffnen sollte, dann schreckte ich hoch. Auch hier war alles finster, nur das unablässige Hämmern gegen meine Wohnungstür störte meinen Schlaf.

»Antworte mir wenigstens, damit ich weiß, dass es dir gutgeht«, rief Leon verzweifelt von draußen.

Was machte er vor meiner Tür, und wie lange stand er schon davor? Völlig orientierungslos tastete ich nach der kleinen Lampe, die auf dem Fensterbrett stand. Endlich fand ich den Schalter und drückte darauf. Geblendet vom Licht, blickte ich blinzelnd zur anderen Seite und fand mein Handy. Ich entsperrte es. Neunundzwanzig verpasste Anrufe und dreiundzwanzig Nachrichten zeigte es mir an. Ich tapste aus dem Schlafzimmer zur Wohnungstür und ließ mich an der Wand daneben zu Boden gleiten.

»Elle, ich schwöre, wenn du nicht antwortest, trete ich die Tür ein.«

21:35 Uhr, zeigte das Display meines Handys mir die Uhrzeit an.

»Das ist Hausfriedensbruch«, krächzte ich mit heiserer Stimme.

Ich hörte ein erleichtertes Aufstöhnen. »Elle, Gott sei Dank! Ich dachte schon –«

Ich räusperte mich. »Was? Dass ich mir etwas antue?«

Shit, ich hätte vorhin nicht so lange in mein Kissen schreien sollen. Meine Stimme war total am Arsch. Ich räusperte mich mehrmals.

»Ja, nein, ach ich weiß auch nicht. Ich bin –«

»Himmelherrgott noch mal! Was soll denn dieser Krach?! Haben Sie eigentlich eine Ahnung, wie spät es ist?«, erklang die wütende Stimme einer älteren Dame im Hausflur. Offenbar hörte sie Leons Rufen schon etwas länger als ich.

»Entschuldigen Sie bitte, dass ich Sie um diese Uhrzeit noch störe, aber es ist äußerst wichtig«, beteuerte er.

»Das sagen sie alle!«, schnaubte sie. »Aber dass eine alte Frau auch mal ihre Ruhe braucht, ist dem jungen Volk natürlich einerlei.«

»Hören Sie, ich muss dringend ein Missverständnis aus dem Weg räumen.«

»Welches Missverständnis könnte so dringend sein, dass es nicht bis morgen Zeit hätte?«, fragte sie unnachgiebig.

»Es geht um –«

»Hör mir mal gut zu, Jungchen. Wenn du weiterhin so einen Lärm veranstaltest, sehe ich mich gezwungen, die Polizei aufgrund nächtlicher Ruhestörung zu rufen.«

»Das Mädchen, das hier wohnt.« Leon machte eine Pause. »Ich … ich liebe sie, und ich mache mir schreckliche Sorgen, sie könnte sich etwas antun. Ich muss zu ihr durchdringen, verstehen Sie?«

Ich konnte förmlich sehen, wie Leon sich die Haare raufte und um Worte rang. Mein Herz schlug schneller. Er hatte gesagt, er liebt mich. Gespannt hielt ich den Atem an, um jedes seiner Worte zu verstehen.

»Wenn ich jetzt nach Hause fahre und erst morgen früh wiederkomme, dann könnte es zu spät sein. Elle, sie könnte morgen schon …« Leon brach ab. Brachte die letzten Worte nicht über die Lippen.

»Ihr jungen Leute mit euren Dramen«, erwiderte die ältere Dame, klang dabei aber deutlich besänftigter. »Früher, da wussten wir nicht einmal, ob unsere Lieben den Krieg überleben würden. Monatelange Ungewissheit. Das war wahres Bangen, Jungchen. Aber tu, was du tun musst. Ich habe bestimmt irgendwo ein paar Ohrstöpsel rumliegen.«

»Danke«, entgegnete Leon erleichtert.

»Schon gut. Ich war ja auch mal jung. Ich erinnere mich. Viel Glück, Jungchen, du wirst es brauchen.«

Ich vernahm, wie eine Tür ins Schloss fiel, und wartete darauf, dass Leon wieder gegen meine Tür hämmerte, aber nichts dergleichen geschah.

Hatte er es sich etwa doch anders überlegt und war gegangen? Ob ich nachsehen sollte? Ich rappelte mich hoch, als mir schwarz vor Augen wurde. Ich war zu schnell aufgestanden. Ein erstickter Schrei brach aus meiner Kehle, als meine Beine unter mir nachgaben.

Ich hörte das dumpfe Aufschlagen meines Körpers auf dem

Parkettfußboden, aber ich spürte den Schmerz bereits nicht mehr. Eine taube Schwärze umfing mich, als ich das Bewusstsein verlor.

Ein Gefühl der Geborgenheit umgab mich. Die Wärme an meinem Rücken war angenehm tröstlich. Ich kuschelte mich enger an die Wärmequelle. Die Hitze drang durch meine Haut bis in mein Innerstes. Etwas Schweres legte sich über meinen Bauch, zog mich an sich, beschützte mich. Ein Windhauch streifte meine Wange, und ein vertrauter Geruch stieg mir in die Nase. Ich atmete tief ein. Die Luft hier roch aus irgendeinem Grund nach Leon, und das wollte ich mir nicht entgehen lassen. Ich sog den Duft seiner Haut ein weiteres Mal tief in mich ein.

Etwas kitzelte an meiner Wange. Nein, es war kein Kitzeln, wie ich überrascht feststellte. Jemand streichelte mich. Ich sog scharf die Luft ein und riss die Augen auf. Hastig fuhr ich auf und knallte mit meiner Stirn gegen Leons.

»Aua«, stöhnte ich, und auch Leon gab einen schmerzvollen Laut von sich.

»Mann, Elle, willst du dich durch eine Kopfnuss gleich wieder bewusstlos schlagen?« Leon rieb sich die Stirn.

Ich war bewusstlos gewesen? Alles, woran ich mich erinnern konnte, war, dass ich die Tür hatte öffnen wollen … Die Tür!

»Wie bist du hier reingekommen? Sag nicht, du hast allen Ernstes die Tür aufgebrochen?« Ich blickte in Richtung Wohnungstür, konnte sie vom Schlafzimmer aus aber nicht sehen.

»Ich war verzweifelt. Du hast geschrien, dann hörte ich einen dumpfen Aufprall und dann nichts mehr. Du hast keinen Laut mehr von dir gegeben. Da habe ich Panik bekommen und, na ja, die Tür aufgebrochen.« Er presste die Lippen aufeinander.

»Was?« Ich griff mir an die Stirn und zuckte vor Schmerz zusammen. Eilig rückte ich ein Stück von ihm weg. Ein verletzter Ausdruck huschte über sein Gesicht. »Woher kannst du überhaupt Türen aufbrechen? Oder will ich das lieber gar nicht wissen?«

»Das kam mehr aus der Not heraus. Ich schwöre, ich bin kein Einbrecher oder so was. Ich vergesse einfach gerne meinen Wohnungsschlüssel, und da ich es mir nicht leisten kann, einmal im Monat den Schlüsseldienst zu rufen, habe ich mir eben selbst beigebracht, Türen aufzubrechen. Wenn man den Trick erst mal raushat, ist es gar nicht so schwer, man muss nur –«

»Stopp!« Ich fuchtelte mit den Händen in der Luft herum. »Das sind zu viele Informationen. Das will ich alles gar nicht wissen. Oh mein Gott!« Ich stöhnte erneut auf, nur diesmal nicht vor Schmerzen. »Das heißt, du könntest jederzeit bei mir einbrechen? Ich bin nirgends vor dir sicher?«

»Ich sagte doch, ich bin kein Einbrecher. Außerdem würde ich dir niemals etwas antun«, entgegnete Leon gekränkt.

»Das hast du bereits.« Ich blickte demonstrativ an ihm vorbei.

Er fasste mich unters Kinn, zwang mich, ihn anzusehen. »Es tut mir leid, dass du dieses Foto –«

»Nicht«, unterbrach ich ihn. Tränen traten mir in die Augen. »Ich will es nicht hören, Leon. Nichts von dem, was du sagen könntest, würde jemals den Vertrauensbruch wiedergutmachen können. Es wird nie wieder so sein wie zuvor. Mein Vertrauen in dich ist erschüttert.«

»Ich weiß, was du meinst. Aber auch ich trage Narben in meinem Herzen, und das Foto ist der Grund für eine besonders hässliche Narbe.«

In Leons Augen lag nichts außer aufrichtiger Traurigkeit, die mein Herz dazu veranlasste, sich krampfhaft zusammenzuziehen. Ich schluckte hart. Ich musste mich entscheiden. Entweder hörte ich mir seine Geschichte an, oder ich verbannte Leon für immer aus meinem Leben. Endgültig und unwiderruflich. Aber konnte ich das? Er war immer noch mein Leon, mit dem ich so viele wunderbare Momente erlebt hatte, und das alles innerhalb von einer Woche. Eine Woche, die einen kleinen Vorgeschmack darauf gegeben hatte, wie es sein könnte, mein Leben mit Leon zu verbringen. Ein kleines Stück von der Ewigkeit, und dieses kleine Stück war es, das noch immer hoffte. Auf eine gemeinsame Zukunft, darauf, dass Leon eine gute Erklärung ablieferte, die ich ihm verzeihen könnte, und dieser winzige Teil von mir war es, der sagte: »Erzähl mir von dem Grund für die besonders hässliche Narbe.«

Es war ihm anzusehen, wie schwer es ihm fiel. Seine Hand ballte sich um den Zipfel des Kopfkissens zur Faust. »Du bist die Erste, der ich davon erzähle, obwohl ich es ursprünglich gar nicht für mich behalten wollte.« Leons Blick verdüsterte sich. »Aber ich hatte es ihm versprochen, und obwohl ich wusste, dass es falsch war, hielt ich den Mund«, fuhr er grimmig fort. »Doch damit du mir wieder vertraust, werde ich mein Schweigen brechen und dir erzählen, wie es zu dem Foto kam, und vielleicht funktioniert ja mein eigener Ratschlag, und Dinge laut auszusprechen hilft tatsächlich.« Leons Lächeln verrutschte.

Er fuhr sich hilflos durch die Haare. Am liebsten hätte ich nach seiner Hand gegriffen und sie ermutigend gedrückt. Stattdessen verschränkte ich meine Finger ineinander und schaute ihn abwartend an. Sein Blick war zur Zimmerdecke gerichtet. Er schien zu überlegen, wo er anfangen sollte, und dann sprudelten die Worte nur so aus ihm heraus, als hätten sie längst darauf gewartet, endlich Gehör zu finden, und könnten nun gar nicht schnell genug seinen Mund verlassen. Ich hatte Mühe, seiner Erzählung zu folgen, und je mehr ich erfuhr, desto fassungsloser wurde ich.

Kapitel 24

09. August 2016, 19:07 Uhr

Leon

Heute war der zweite Dienstag im Monat, was bedeutete, mein Vater und ich hatten unseren »Männertag«, wie wir es nannten. Wir machten das schon, solange ich mich zurückerinnern konnte. Ich vermute, diese kleine Tradition war notwendig, damit wir nicht verrückt wurden mit all den Frauen um uns herum, allen voran meine zeitweise äußerst nervigen Schwestern.

Heute Abend lief ein Bundesligaspiel im Fernsehen, was förmlich nach Pizza, Couch und Bier schrie. Endlich schrillte die Türglocke.

Nachdem ich auf den Türöffner gedrückt hatte, sah ich mich nach meinem Portemonnaie um. Ich entdeckte Vaters Brieftasche auf dem Esstisch, die er dort achtlos hatte liegen lassen. Da er sowieso immer darauf bestand zu bezahlen, konnte ich auch gleich sein Geld nehmen. Er war eben im Bad verschwunden, weshalb ich dem Pizzaboten die Tür öffnete. Dieser übergab mir die beiden Kartons, aus denen der herrliche Duft von geschmolzenem Käse und Oregano aufstieg. Ich zog zwei Geldscheine aus der Brieftasche, drückte sie ihm in die Hand und murmelte: »Stimmt so.«

Die Brieftasche legte ich auf den obersten Pizzakarton und

schloss die Tür mit einem gekonnten Fußtritt. Als ich mich mit Schwung herumdrehte, blieb mein Fuß in der Schlaufe meiner Kameratasche hängen, die ich immer irgendwo am Wohnungseingang abstellte.

Ich geriet ins Straucheln. »Verdammt«, fluchte ich, als mir die Kartons zu entgleiten drohten.

Irgendwie gelang es mir, die Schieflage so weit auszugleichen, dass lediglich die Brieftasche hinunterpurzelte.

Nachdem ich meinen Fuß erfolgreich aus der Schlaufe befreit hatte, stellte ich die Pizzakartons auf der Couch ab und ging zurück, um die Brieftasche aufzuheben. Ein Foto war bei dem Sturz halb herausgerutscht. Ich wurde stutzig und zog es ganz hervor, um es näher zu betrachten. Es zeigte eine Frau, die nicht meine Mutter war. Sie hatte helle blaue Augen, dunkelbraune Haare, und ihr Lachen war eines dieser Lachen, die so viel Lebensfreude ausstrahlten, dass einem die Frau sofort sympathisch wurde.

Was zum Teufel hatte das Foto einer fremden Frau in der Brieftasche meines Vaters zu suchen? Verfluchte Scheiße, bedeutete das etwa …?

Schlagartig hatte ich keinen Hunger mehr, und die beiden Pizzen waren mir so egal wie das Rumgezicke meiner Schwestern. In meinem Gehirn begann es zu rattern. Vater war in letzter Zeit auffallend oft auf Geschäftsreisen in München, und das nicht selten sogar übers Wochenende. Ebenso wenig war mir entgangen, dass er sich verdammt darüber freute, wenn er Berlin verließ.

Ich hatte es auf die Situation zu Hause geschoben. Das angespannte Verhältnis zwischen meinen Eltern und dazu zwei Teenagermädchen mitten in der schlimmsten Pubertät. Es gab oft Krach, wenn sich Chrissi und Mona mal wieder anzickten. Mutter war dann genervt und frustriert oder beides. Ich dachte, Vater würde sich deshalb so sehr auf seine Geschäftsreisen freuen, weil er dadurch der Situation zu Hause entfloh.

Wie es aussah, war der Grund für seine Freude jedoch ein anderer und ein besonders hübscher noch dazu.

Wie lange mochte diese Affäre wohl schon gehen? Wie lange betrog er meine Mutter, uns alle, mit dieser Frau auf dem Foto? Dieser verdammte, scheinheilige Mistkerl! Ich knirschte mit den Zähnen.

Die Klospülung wurde betätigt, und ich schob hastig das Foto zurück in die Brieftasche. Dann platzierte ich sie auf dem Esstisch und ließ mich zu unseren Pizzen auf die Couch fallen. Ich setzte eine Maske der Coolness auf, die ich beibehalten würde, bis ich wusste, was zum Teufel zu tun war. Diesen scheinheiligen Betrüger auf das Foto ansprechen? Oder den Ahnungslosen mimen?

So wie ich meinen Vater kannte, würde er ja doch nur alles abstreiten und am Ende sogar mir vorwerfen, in seinen Sachen geschnüffelt zu haben. Vielleicht wäre es angebracht, zuerst mit Mutter darüber zu reden? Doch ohne irgendwelche handfesten Beweise wäre das eine ziemlich miese Tour von mir.

Die Badtür wurde geöffnet, und Vater schlurfte gemütlich zu mir rüber. »Die Pizzen sind da«, stellte er fest.

»Jep.« Ich deutete auf die Kartons neben mir. »Ich hole uns ein Bier.«

Ich konnte seine Visage im Moment nicht ertragen. Dieser verfluchte Idiot! Die Hände zu Fäusten geballt, stützte ich mich auf der Anrichte ab und atmete tief durch. Dieses eine Foto bewies überhaupt nichts. Ich sollte mich zusammenreißen und wieder zu ihm zurückgehen, aber ich wusste genau, wenn ich ihm in sein verlogenes Gesicht sähe, würde ich explodieren und ihn in Fetzen reißen. Daher tat ich das einzig Richtige. Ich ignorierte das verdutzte Gesicht meines Vaters, schnappte mir den Wohnungsschlüssel, stürmte zur Tür hinaus und zog diese fester als nötig hinter mir zu.

Neun Tage später, am achtzehnten August, reiste Vater erneut geschäftlich nach München. Es war mehr aus einem Impuls heraus, dass ich mir am nächsten Tag freinahm und ihm mit meinem alten Golf nach München folgte. Die Fahrt zog sich wie ein Kaugummi unter den Schuhen in die Länge. Da es in Berlin einfach unnötig war, das Auto zu benutzen, war ich solch weite Strecken nicht gewohnt.

Von Mutter wusste ich, in welchem Hotel Vater immer eincheckte, wenn er auf Geschäftsreise in München war. Ich hatte unauffällig nachgefragt. In der Nähe suchte ich mir eine günstige Unterkunft.

Ich fiel angezogen, wie ich war, ins Bett, schaltete den Fernseher ein und ließ mich berieseln. Nur die Straßenschuhe streifte ich mir von den Füßen, fand dann aber, dass das für heute genug Arbeit war.

Am folgenden Morgen deckte ich mich beim nächsten Bäcker mit belegten Brötchen – die hier Semmeln hießen, ein komisches Wort – und einem Becher Kaffee ein und fuhr im Anschluss mit dem Auto zum Hotel meines Vaters, um ihn zu beschatten.

Ich parkte auf der gegenüberliegenden Straßenseite, mit genügend Abstand zum Hoteleingang – ich wollte ja nicht auffallen –, und dann hieß es abwarten.

Ich nippte an der lauwarmen Brühe, die den Namen Kaffee nicht verdient hatte. Während ich zum Eingang starrte und darauf wartete, dass Vater heraustrat, fühlte ich mich wie ein beschissener Privatdetektiv aus einem schlechten TV-Krimi. Es hätten nur noch ein beiger Trenchcoat und eine schwarze Sonnenbrille gefehlt.

Ich stellte das Radio an, aber die Zeit schien trotzdem zäh dahinzufließen, und mit jeder Minute, die verging, wurde es heißer im Wagen. Verdammter Hochsommer. Ich stellte das Radio aus und ließ die Fenster einen Spaltbreit hinunter, um wenigstens etwas frische Luft in diese scheiß Sauna zu bringen. Ohne das Radio verstrichen die Minuten noch zäher, und mittlerweile war es unerträglich heiß im Wagen. Wenn wenigstens irgendeine Kackwolke am Himmel gewesen wäre, aber die Sonne knallte weiterhin ungefiltert aufs Autodach. Schweißperlen bildeten sich auf meiner Stirn und im Nacken. Ich fühlte mich wie ein Hähnchen im Backofen. Nur dass ich rot statt braun wurde.

Ich legte meine Stirn auf das Lenkrad und wischte mir den Schweiß aus dem Nacken. Kurz bevor ich einem Hitzekollaps erlag, trat jemand aus dem Hoteleingang. Ruckartig hob ich den Kopf, nur um festzustellen, dass es nicht Vater war, es sei denn, er hätte sich als asiatischer Geschäftsmann verkleidet.

Der Schweiß floss mir den Rücken hinab und durchtränkte meine Kleidung. Ich war kurz davor, alles hinzuschmeißen, als sich die Drehtür ein weiteres Mal in Bewegung setzte. Das wievielte Mal war es? Das fünfzigste? Jedenfalls war das Hotel verdammt gut besucht.

Ich schaute nur halbherzig hin, als ich tatsächlich meinen Vater erkannte. Vorsichtig öffnete ich die Autotür, griff nach meiner Spiegelreflex und schlüpfte hinaus auf den Bürgersteig, wo ich die Verfolgung aufnahm. Ich hing mir die Kamera über eine Schulter und machte mich mit einigem Abstand daran, hinter Vater herzulaufen. Zum Glück litt er nicht unter Verfolgungswahn, denn er drehte sich kein einziges Mal um.

Als er sich dem Eingang zur U-Bahn näherte und die Stufen hinabeilte, hätte ich ihn beinahe unter all den Menschen verloren. Irgendwie schaffte ich es, unbemerkt zwei Wagen weiter hinten in die gleiche U-Bahn einzusteigen wie er. Dummerweise sah ich ihn von hier aus nicht mehr und hatte keine Ahnung, wann er aussteigen wollte. Das würde wohl ein Glücksspiel werden. An jeder Station scannte ich angestrengt die Menge der ausgestiegenen Leute, konnte Vater aber nirgends sehen. Ich fluchte leise vor mich hin.

Wahrscheinlich hatte ich ihn längst verpasst, und er war gar nicht mehr in der U-Bahn. Auch an der nächsten Station sah ich ihn nicht unter den ausgestiegenen Fahrgästen.

Inzwischen fühlte ich mich wie ein kompletter Versager. Überhaupt war es eine Scheißidee gewesen einen Urlaubstag dafür zu verschwenden, nach München zu fahren, schwitzend im Auto vor dem Hotel auszuharren, nur um Vater dann in der U-Bahn zu verlieren.

Warum hatte ich ihn nicht einfach direkt auf das Foto angesprochen, als ich es in seiner Brieftasche entdeckt hatte? Manchmal war ich echt ein Vollpfosten!

Die U-Bahn hielt an der nächsten Station, und ich entschied kurzerhand, auszusteigen und mir einfach die Stadt anzusehen. Wenn ich schon hier war, konnte ich zumindest ein paar schöne Fotos machen. Ich sah mich suchend nach dem Ausgang um, als ich meinen Augen nicht traute. Vater stand nur ein paar Meter von mir entfernt und blickte in meine Richtung. Ich sprang hinter den nächstbesten Snackautomaten. Mein Herz klopfte mir bis zum Hals. Das war verdammt knapp gewesen. Vorsichtig wagte ich einen Blick um den Automaten herum und sah noch, wie Vater mit dem Rücken zu mir in der Menschenmenge verschwand.

»Ey, mach mal Platz! Andere wollen auch an den Automaten«, schnauzte mich ein gammlig aussehender Jugendlicher an.

Wortlos trat ich zur Seite und nahm die Verfolgung wieder auf.

Im Freien angekommen, knallte die Sonne unbarmherzig vom Himmel. Mein Mund fühlte sich so trocken an, als befände sich darin die Sahara. Mindestens.

Wenn ich mein Gehirn benutzt hätte, dann hätte ich mir vorhin am Snack-Automaten ein kühles Getränk gekauft. Aber offenbar hatte die Hitze meine Gehirnzellen allesamt eingeschmolzen. Jetzt konnte ich nirgendwohin gehen, ohne Vater aus den Augen zu verlieren.

Nach mehreren Hundert Metern in der unbarmherzigen Mittagshitze, steuerte Vater auf ein italienisches Restaurant zu. Schon von Weitem erkannte ich, mit wem er sich traf. Die Frau hatte einen dermaßen hohen Wiedererkennungswert, dass ich sie überall wiedererkannt hätte, obwohl ich nur einmal kurz ein Foto von ihr gesehen hatte.

Dass ich recht behielt, freute mich allerdings reichlich wenig.

Aus einiger Entfernung beobachtete ich, wie Vater ihr ein rechteckiges Päckchen in die Hand drückte und sich zu ihr hinabbeugte, um sie zu küssen.

Bittere Wut wallte in mir auf, und am liebsten wäre ich hineingegangen und hätte Vater eine reingehauen. Obwohl ich bereits geahnt hatte, dass Vater sich nicht mit Geschäftspartnern übers Wochenende in München traf, wie er es daheim meiner Mutter erzählt hatte, waren Ahnung und Gewissheit zwei völlig unterschiedliche Dinge. Wie konnte er Mutter das antun, die jedes Mal traurig war, wenn er wieder ankündigte, das Wochenende nicht zu Hause verbringen zu können? Wie konnte er Mutter küssen und die perfekte Familienidylle vorspielen und gleichzeitig diese Frau küssen? Was zum Teufel stimmte mit ihm nicht? Hatte er sein Gewissen verkauft?

Die Frau hatte sich bei Vater untergehakt, und die beiden wirkten vertraut wie ein Paar, während sie gemeinsam das Restaurant betraten.

Inzwischen fühlte ich mich noch beschissener als vorhin im Auto. Vielleicht hatte ich ja einen Hitzschlag, jedenfalls war mir kotzübel. Ich beschloss, mir etwas zu trinken zu kaufen, bevor ich hier in aller Öffentlichkeit kollabierte. Zuvor jedoch näherte ich mich dem Restaurant und warf einen Blick durch die Fensterscheibe. Verdammt nobler Schuppen, das musste ich ihm lassen.

Ich entdeckte sie im hinteren Teil des Restaurants, an einem kleinen rechteckigen Zweiertisch. Wie sie sich über ihre geöffneten Speisekarten dem jeweils anderen entgegenbeugten, wirkte sehr vertraut. Zu vertraut für meinen Geschmack. Die Frau lachte über etwas, das Vater gesagt hatte.

»Möchten Sie einen Tisch haben?«, fragte mich eine Bedienung, die mein Nähertreten falsch interpretiert hatte.

»Nein, danke. Ich wollte nur einen kurzen Blick in Ihr Restaurant werfen. Es sieht wirklich schön aus. Vielleicht werde ich demnächst einen Tisch bei Ihnen reservieren«, log ich.

Die junge Frau nickte und marschierte zielstrebig zum nächsten Tisch, um eine Bestellung aufzunehmen.

Schnell scannte ich die Situation durch die Scheibe ein weiteres Mal. Mein Vater saß mit dem Rücken zu mir an dem kleinen Zweiertisch, weshalb ich es riskierte, ein schnelles Foto zu schießen. In dem Moment, als ich auf den Auslöser drückte, blickte die Frau in meine Richtung, als hätte sie gespürt, dass sie fotografiert wurde. Ertappt machte ich einen Schritt zurück und tauchte schließlich in der Menschenmenge unter.

Ich war mir ziemlich sicher, dass die Frau mich nicht erkannt hatte. Erstens, weil die Spiegelreflex einen Großteil meines Gesichts verdeckt hatte, und zweitens, weil der sichtbare Rest von mir kaum Ähnlichkeiten mit Vater aufwies. Überhaupt habe ich wenig Ähnlichkeit mit meinen Eltern. Als Teenager in meiner pubertären Rebellionsphase, in der ich mich oft unverstanden gefühlt hatte, war ich sogar regelrecht der Überzeugung gewesen, ich wäre adoptiert. Aber meine Eltern hatten das stets bestritten, und ich musste zugeben, dass die Fotos meiner schwangeren Mutter durchaus eine Beweiskraft besaßen, die schwer zu widerlegen war. Andererseits hätte ich ja auch im Krankenhaus vertauscht worden sein können. Schließlich hörte man immer wieder von solchen Fällen.

Zum gefühlt tausendsten Mal starrte ich ratlos auf das Foto in meinen Händen, das ich vor fast vier Wochen aufgenommen hatte. Noch immer weckte es ein Gefühl hilfloser Wut, wenn ich es betrachtete. Ich hatte Vater nicht damit konfrontiert, denn ich wollte nicht der finale Auslöser sein, der die Ehe meiner Eltern zerstören würde. Andererseits, hatte das Vater durch sein Fremdgehen nicht längst selbst getan? Und war es nicht Mutter gegenüber nur fair, dass sie die traurige Wahrheit erfuhr? Jemand sollte es ihr sagen, am besten mein Vater selbst, aber dafür müsste ich ihn erst mal darauf ansprechen. Nur welcher Sohn führte schon gerne ein Gespräch mit seinem Vater über dessen Affären? Auf der Unangenehmheitsskala kam es sogar noch vor dem Aufklärungsgespräch, das mein Vater mit mir geführt hatte, als ich elf Jahre alt war. Und das mochte etwas heißen!

Heute war der zweite Dienstag im Monat, der dreizehnte September, was bedeutete, Vater war bereits auf dem Weg zu mir und würde jeden Augenblick hier ankommen. Und diesmal würde ich nicht kneifen.

Ich betrachtete ein weiteres Mal die Fotografie. Ich konnte verstehen, was Vater an ihr fand. Die Frau strahlte etwas unglaublich Positives aus, wie ich schon bei dem Foto in seiner Brieftasche festgestellt hatte. Eine Lebensfreude und Energie, die anziehend war.

Trotzdem rechtfertigte das nicht den Betrug an meiner Mutter, den Betrug an uns als Familie.

Es klingelte an der Tür, und ich legte das Foto mit dem Bild nach unten auf den Tisch. Jetzt oder nie. Ich würde meinen Vater damit konfrontieren. Das war ich Mutter schuldig und mir selbst auch.

»Hallo, Leon«, begrüßte Vater mich lächelnd, doch das Lächeln erreichte nicht seine Augen. Diese wirkten seltsam trüb, als wäre er traurig. Na dann war er wenigstens schon mal in der passenden Grundstimmung für das Gespräch. »Ich habe mir erlaubt, uns etwas zum Essen mitzubringen. Du hast nichts gegen Griechisch, oder? Wenn ich mich recht erinnere, mochtest du es als Kind immer gerne, bis auf die vielen Zwiebeln.«

»Stimmt.«

Vater betrat die Wohnung und steuerte zielstrebig den Esstisch an, auf dem das Foto lag.

Ich schloss hinter ihm die Tür und hätte das Thema gerne anders angefangen, konnte aber nicht mehr verhindern, dass Vater bereits nach dem Foto griff. Die Tüte mit dem Essen hatte er auf dem Tisch abgestellt und drehte jetzt neugierig das Foto herum.

Ein Muskel in meiner Wange zuckte, während ich auf seine Reaktion wartete. Wenigstens saß Vater bereits, da war der Schock besser zu verkraften. Ich rechnete mit allem. Dass Vater wütend werden und toben oder alles abstreiten würde, aber bestimmt nicht damit, dass ein Schluchzer seiner Kehle entwich. Nun war ich es, der geschockt war und sich setzen musste. Ich hatte Vater noch nie weinen sehen, und der Anblick war mir so fremd, dass ich nicht wusste, wie ich reagieren sollte. Er wirkte plötzlich um Jahre gealtert und irgendwie gebrochen.

»Ich bin dir nach München gefolgt«, fing ich an. »Nachdem ich bei unserem letzten Männerabend ein Foto dieser Frau in deiner Brieftasche gefunden hatte. Ich habe nicht danach gesucht, das schwöre ich. Mir ist die Brieftasche runtergefallen, und dabei rutschte das Foto heraus. Und nachdem ich jetzt ehrlich zu dir gewesen bin, erwarte ich, dass du mir mit der gleichen Ehrlichkeit begegnest und mir sagst, wie lange du Mutter schon betrügst und wann du vorhast, ihr die Wahrheit zu sagen?«

Vater wischte sich fahrig mit einer Hand die Tränen von den Wangen, die seltsam eingefallen wirkten, mit der anderen hielt er noch immer das Foto fest umklammert.

»Leon, ich weiß nicht, was ich sagen soll.«

»Die Wahrheit«, schlug ich vor.

»Die Frau auf dem Foto heißt Marie, und sie ist –« Vater unterbrach sich, seine Schultern bebten. Er war ein gebrochener Mann. Er räusperte sich. »Sie ist am Mittwoch gestorben. Ich habe es gestern erfahren, als ich bei ihr zu Hause anrief, weil ich mir Sorgen machte. Sie hatte sich das ganze Wochenende nicht bei mir gemeldet, was gänzlich untypisch für sie war. Ihre Tochter war am Telefon, und ich sagte ihr, ich sei ein alter Schulkamerad ihrer Mutter und würde sie gerne wegen eines Klassentreffens sprechen. Und da erzählte mir das Mädchen, dass Marie am siebten September einen tödlichen Verkehrsunfall hatte und dass sie am Sonntag beerdigt worden war.«

Vater blickte mit trüben Augen zu mir auf, und ich hatte das

Gefühl, dass er mich gar nicht sah. Er blickte einfach durch mich hindurch.

»Tut mir leid«, stammelte ich, und das tat es tatsächlich. Für Marie und für deren Tochter.

»Du willst die ganze Wahrheit hören?«

Ich nickte unsicher. Wollte ich wirklich noch mehr hören?

»Ich hatte vor, deine Mutter zu verlassen. Ich hätte nächsten Monat die Scheidung eingereicht, um mit Marie zusammenzuziehen. Sie ist ... war die eine, auf die ich mein ganzes Leben lang gewartet habe. Ich dachte immer, deine Mutter wäre die Liebe meines Lebens, aber das war, bevor Marie in mein Leben getreten ist und alles in Frage gestellt hat, woran ich jemals geglaubt – was ich jemals gefühlt habe. Und jetzt wurde sie mir einfach entrissen.«

Vater senkte den Kopf und starrte die Fotografie mit einer Inbrunst an, als könnte er sie, wenn er sie nur lange genug intensiv betrachtete, wieder lebendig machen.

Ich schluckte den Kloß in meinem Hals hinunter. »Wann wirst du Mutter die Wahrheit sagen?«

»Nie!« Er blickte entsetzt zu mir auf, und endlich schien er mich wieder wahrzunehmen, denn er sah mir unumwunden in die Augen. »Wenn deine Mutter das erfährt, wird sie sich von mir trennen, und ich werde mich ganz bestimmt nicht von ihr scheiden lassen, um dann den Rest meines Lebens alleine zu verbringen.«

»Aber du sagtest doch eben –«

»Das war mein Plan, als es Marie noch gab. Jetzt, wo sie tot ist, ist alles anders. Ich will nicht allein sein, und ich habe nicht länger vor, deine Mutter zu verlassen, Leon. Ich liebe sie, das musst du mir glauben.«

»Du kannst sie nicht beide lieben«, warf ich zornig ein. »Mutter hat es verdient, die Wahrheit zu erfahren, und wenn du zu feige dafür bist, dann werde ich es eben tun!«

Der Stuhl wurde mit einem lauten Knarzen nach hinten geschoben, als Vater sich erhob. Drohend baute er sich über mir auf. »Das wirst du schön sein lassen, hast du mich verstanden? Willst du deine Mutter todunglücklich machen? Nicht zu vergessen deine Schwestern. Stell dir vor, wie traurig die beiden wären, wenn sich ihre Eltern trennen würden. Ist es das, was du willst, Leon? Diese Familie entzweireißen? Das Schicksal nahm mir bereits Marie, es wird mir nicht noch meine Mädchen nehmen!«

Ich verstand seine Sicht der Dinge und dass er sich davor fürchtete, allein zu sein. Trotzdem war einfach alles daran von Grund auf verkehrt. Wütend funkelte ich ihn an. »Was keiner weiß, macht keinen heiß, oder was? Lautet so dein Motto?«, brüllte ich.

Er stützte sich mit beiden Händen auf der Tischplatte ab und beugte sich zu mir vor. Es sollte vermutlich gefährlich wirken, aber ich war zu wütend, um mich von ihm einschüchtern zu lassen. Meine Kiefernmuskeln traten angespannt hervor, während wir uns ein Blickduell lieferten, das preiswürdig war.

»Genauso ist es«, knurrte er und betonte dabei jedes Wort.

»Einen Scheiß ist es! Das ist Mutter gegenüber mehr als ungerecht, und das weißt du«, presste ich hervor.

»Leon, Leon.« Er schüttelte nachsichtig den Kopf, als wäre ich fünf Jahre alt und müsste noch einiges über das Leben begreifen. Unter dem Tisch ballte ich die Fäuste. »Du magst zwar auf dem Papier erwachsen sein, aber du musst noch viel lernen. Manchmal geht es nicht um fair oder unfair, sondern darum, das größere Übel gegen das kleinere abzuwägen. Und es wäre viel schlimmer, unsere ganze Familie auseinanderzureißen und ins Unglück zu stürzen, als deiner Mutter diese Details zu verschweigen. Sie sind ohnehin durch Maries Tod unwichtig geworden. Warum sollte ich deiner Mutter von etwas erzählen, das vorbei ist?«

»Ich verstehe nicht, wie du so tun kannst, als wäre nie etwas gewesen?! Scheiße, du wolltest dich von Mutter trennen, und dabei war es dir auch egal, ob du unsere Familie entzweist! Wie kannst du Mutter deine Liebe vorspielen, obwohl du diese Marie viel mehr geliebt hast? Wie kannst du dir selbst überhaupt noch in die Augen schauen?«

»Verstehst du denn nicht, dass ich deine Mutter ebenfalls liebe? Deshalb will ich ihr nicht weh tun, indem ich ihr die Wahrheit erzähle. Man kann mehr als nur einen Menschen lieben. Und glaube nicht, dass es mir leichtgefallen wäre, mich von ihr zu trennen. Von euch allen. Die vielen gemeinsamen Jahre, all die geteilten Erinnerungen und schönen Momente. Nein, das werde ich unter keinen Umständen aufgeben. Nicht für *nichts.*«

Ich hielt seinem Blick weiterhin stand.

»Leon, ich bitte dich, sei vernünftig. Lass das unser kleines Geheimnis bleiben«, beschwor er mich. Sein Blick war eindringlich, beinahe flehend.

Kleines Geheimnis? Heimlich verbotene Süßigkeiten zu essen war ein kleines Geheimnis, das hier nicht! Ich schnaubte abfällig.

Seine Miene verzog sich vor Trauer und Schmerz. »Das Schicksal hat mir bereits übel mitgespielt. Es hat mir meine große Liebe genommen. Ist es wirklich dein Wunsch, mir noch mehr Schmerzen zuzufügen, Sohn? Und nicht nur mir – auch deine Mutter, Mona und Chrissi wären zutiefst unglücklich!«

Verdammt, das hatte er ja schön eingefädelt. Ich knirschte mit den Zähnen. Es war nicht richtig, sein Geheimnis für mich zu behalten, aber konnte ich mit der Schuld leben, unsere Familie auseinandergerissen zu haben, wenn ich Vater verriet? Die Antwort war ein klares Nein.

»Schön!«, presste ich hervor. »Ich werde kein Wort über deine Affäre verlieren.«

Augenblicklich sackten Vaters Schultern nach unten, als wäre eine tonnenschwere Last von ihm abgefallen. Ob es sich so für ihn anfühlte, jeden Tag mit einer Lüge zu leben? Wie eine tonnenschwere Last? Ich hoffte, er würde darunter ersticken.

»Danke, Leon.«

»Nicht dafür«, entgegnete ich bitter. »Es ist besser, wenn du jetzt gehst.«

Vater nickte, erhob sich und wandte sich zur Tür.

»Was ist mit dem Foto?«, fragte ich. Er hatte es einfach auf dem Tisch liegen gelassen.

»Behalt du es, oder schmeiß es weg. Es ist mir einerlei. Ich möchte nach vorne in die Zukunft blicken, mich wieder ganz auf deine Mutter konzentrieren und unsere Beziehung neu aufleben lassen.« Vater drehte sich um, öffnete die Tür und ging.

Ich setzte mich zurück an den Esstisch, auf dem noch immer die Tüte mit dem griechischen Essen stand, das keiner von uns angefasst hatte.

Eine Weile betrachtete ich das Foto, dann nahm ich es, und ohne genau zu wissen, weshalb ich es nicht einfach wegschmiss, befestigte ich es an der Magnetwand. Es neben meinen anderen Fotos zu sehen, fühlte sich falsch an, aber ich konnte es auch nicht wegwerfen. Ich hatte das unbestimmte Gefühl, dass dieses Foto, mein einziger Beweis seiner Affäre, noch wichtig sein könnte. Deshalb schob ich es unter das Pusteblumenfoto. Die Pusteblume strahlte Leichtigkeit aus und würde dem Foto vielleicht seine Schwere nehmen.

Die ganze Nacht über plagte mich mein schlechtes Gewissen, und ich war einfach nur froh, als mein Wecker eine Uhrzeit anzeigte, bei der man daran denken konnte aufzustehen.

Wieso fühlte ich mich mies, obwohl ich überhaupt nichts getan hatte? Wobei, vielleicht war genau das der Punkt. Ich hatte verdammt noch mal nichts getan, außer zugestimmt, meine Klappe zu halten, und damit lag es in Vaters Händen, ob er jemals die Wahrheit sagen würde.

Müde schleppte ich mich ins Bad. Vor dem Spiegel fuhr ich mir einmal quer über das Gesicht. Tiefe Augenringe und fahle Haut zeugten von einer schlaflosen Nacht. Da half nur eiskaltes Wasser. Ich stellte den Wasserhahn ganz nach rechts und wusch mir das Gesicht mit Wasser, das die Temperatur eines geschmolzenen Gletschers hatte. Wenigstens wirkte meine Haut danach belebter. Fahrig fuhr ich mir durch die Haare und glättete die vom Schlaf abstehenden Spitzen. Anschließend schlurfte ich in die Küche und stellte die größte Tasse, die ich finden konnte, unter den Kaffeeautomaten.

Ich ließ mir Zeit beim Kaffeetrinken, denn ich war immer noch viel zu früh dran. Auf dem Weg zur Arbeit kam ich wie jeden Morgen an dem verwahrlost aussehenden älteren Mann vorbei, der nur wenige Meter von einer Bäckerei entfernt am Boden saß. Mit dem Rücken gegen die Hauswand gelehnt hockte er auf dem Teer, vor ihm stand ein schmutziger Pappbecher, und mit geschlossenen Augen spielte er auf seinem Akkordeon. Aus einem Impuls heraus, ging ich nicht wie sonst an ihm vorbei, sondern blieb stehen und fragte, ob er gerne ein Heißgetränk und ein belegtes Brötchen hätte.

Überrascht unterbrach er sein Akkordeonspiel und blickte mich an. »Zu einem Becher Kakao und einer Schrippe sage ich nicht Nein.« Seine Stimme klang rau und irgendwie kratzig, als würde er sie nicht allzu oft benutzen.

Ich nickte und ging zu der Bäckerei, um das Gewünschte zu kaufen.

Als ich es ihm brachte, hellte sich sein Gesicht auf. »Danke!«, sagte er und nahm beides entgegen.

Es war das ehrlichste Danke, das ich in meinem ganzen Leben gehört hatte. Dieses Danke kam aus tiefster Seele und war keine hohle Floskel, wie es sonst oft der Fall war. Dieses Danke war nicht abgenutzt und ohne tiefere Bedeutung. Nein, ganz im Gegenteil. Es erfüllte mich mit aufrichtiger Freude.

»Gern geschehen.« Ich wandte mich von ihm ab, lief weiter die Straße entlang und fühlte mich zum ersten Mal an diesem Tag besser.

Zwar noch weit entfernt von gut, aber es war ein Anfang. Das Gefühl, einem anderen Menschen eine Freude bereitet zu haben, tilgte ein Stück des schlechten Gewissens. Weshalb nur hatte ich das nicht schon viel eher getan? Wie hatte ich den Obdachlosen so lange Zeit ignorieren können? Ich beschloss, etwas zu ändern. Ich wollte ein besserer Mensch sein. Wenn ich mein Gewissen schon nicht erleichtern konnte, indem ich meiner Mutter die Wahrheit sagte, dann würde ich zumindest ab jetzt ein Jahr lang jeden Tag eine gute Tat vollbringen!

Kapitel 25

07. Oktober 2016, 23:01 Uhr

Meine Finger waren steif und schmerzten, so sehr hatte ich sie während Leons Erzählung ineinandergekrallt. Jetzt, nachdem er geendet hatte, fühlte ich mich wie gelähmt. Ich war mir nicht sicher, was ich von alldem halten sollte. Mit *dieser* Erklärung für das Foto von Mama in Leons Besitz hätte ich niemals gerechnet. Aber ich musste zugeben, die Erklärung war gut. Verdammt gut.

»Sag doch bitte etwas!« Leons Hand zuckte in meine Richtung, aber dann legte er sie in seinen Schoß und verschränkte sie mit der anderen Hand, ohne mich berührt zu haben.

»Gib mir einen Augenblick, um das alles zu verarbeiten«, stieß ich hervor. Ich hatte ja keine Ahnung gehabt, dass Leons Geschichte und meine auf diese Weise miteinander verflochten waren. Gerade schrie alles in meinem Kopf nur laut: Oh. Mein. Gott!

Ich wäre nie darauf gekommen, dass das verbindende Glied zwischen Mama und dem Foto ausgerechnet Leons Vater war. *Sein Vater* war der verheiratete Kerl, wegen dem ich Mama als Schlampe bezeichnet hatte. *Heilige Scheiße!* Ging es vielleicht noch eine Spur verkorkster?

Allerdings gab es da ein Detail, das nicht zu passen schien. »Leon, dein Vater, weshalb war er auf dem Foto nicht zu sehen?«

Für einen Moment wirkte er verwirrt. »Aber das ist er doch.«

Ich runzelte die Stirn. »Bist du sicher?«

»Ziemlich, immerhin habe ich es aufgenommen. Ich habe es dabei, falls du mir nicht glaubst.« Mit einer fließenden Bewegung, zog er die völlig zerknitterte Aufnahme aus seiner Hosentasche hervor. »Hier, siehst du.« Leon deutete auf die Person, die Mama am Tisch gegenübersaß. Leider konnte ich nur den von braunen Haaren umrahmten Hinterkopf sehen.

»Oh, tatsächlich. Ist mir gar nicht aufgefallen.« Vermutlich war ich so fixiert auf Mama gewesen, hinzu kam noch der Schock, ein Foto von ihr bei Leon versteckt zu finden, dass mir Leons Vater komplett entgangen war.

»Findest du es jetzt komisch, dass wir zusammen sind? Weil sich auch unsere Eltern zueinander hingezogen gefühlt haben.« Er zuckte hilflos die Achseln.

»Ich weiß nicht«, sagte ich ehrlich. »Ich weiß momentan überhaupt nichts mehr. Irgendwie *ist* es komisch, weil unsere Eltern sich geliebt haben, aber dann auch wieder nicht, weil wir zwei individuelle Personen sind mit unseren ganz eigenen Gefühlen füreinander.«

Ich biss mir auf die Unterlippe, spürte eine Welle des Zorns in mir aufwallen. »Weißt du, was ich wirklich komisch finde? Dass ausgerechnet du mir erzählst, dass mich meine Schuld auffrisst und ich damit aufhören muss, in der Vergangenheit zu leben, und was machst du? Vor lauter schlechtem Gewissen fühlst du dich verpflichtet, jeden Tag eine gute Tat zu begehen.« Ich schnaubte abfällig. »Du bist ein furchtbarer Heuchler, Leon! Was sollte das alles? Wieso hast du es mir nicht schon viel eher erzählt? Hattest du Angst, du würdest mich dann nicht mehr so leicht rumkriegen? Ist es das? Ich bin wirklich froh, dass ich noch nicht mit dir geschlafen habe. Nach allem, was ich erfahren habe, brauche ich etwas Abstand.«

Leon sog scharf die Luft zwischen den Zähnen ein. »Sag das nicht! Ich möchte nicht, dass die Affäre unserer Eltern zwischen uns steht.«

»Das tut sie aber.« Ich blickte ihn finster an und schürzte die Lippen.

»Das machst du mit Absicht stimmt's?« Er blickte genauso finster auf meinen Mund.

»Was?«, fragte ich verwirrt.

»Deine Lippen kräuseln. Wie soll ich da einen klaren Gedanken fassen, um dir verständlich zu machen, weshalb ich es dir nicht sagen konnte?« Leon raufte sich die Haare. »Verdammt, was hätte ich denn deiner Meinung nach tun sollen? Dir bei unserer ersten Begegnung die Hand reichen und sagen: ›Hi, ich bin Leon! Und übrigens, ich glaube, unsere Eltern hatten eine Affäre.‹« Er starrte mich zornig an. Sein Adamsapfel hüpfte auf und ab.

»Natürlich nicht. Aber du hättest es mir irgendwann später gestehen müssen. Ich schütte dir mein Herz über Mamas Tod aus, und dabei weißt du längst Bescheid. Wusstest die ganze Zeit über, was los ist.« Ich schlug mit meinen Fäusten auf die Matratze. »Scheiße, Leon, hast du eigentlich eine Ahnung, wie ich mich gerade fühle? Wie es für mich ist, es auf diese Weise zu erfahren? Ich habe dir vertraut, habe dir von meinen schlechtesten Seiten erzählt. Es hat mich unglaublich viel Überwindung gekostet, dir meine ganze Geschichte zu erzählen. Die ungeschminkte Wahrheit, weshalb ich so kaputt bin. Und was machst du? Sitzt daneben, tröstest mich und tust so, als wüsstest du nicht, von wem ich rede.« Ich warf den Kopf in den Nacken und lachte hysterisch auf. »Gott, ich bin völlig fertig! Wieso konntest du nicht einfach ehrlich zu mir sein?«

»Denkst du etwa, für mich war es nicht schwierig?!«, fuhr er mich an. »Die ganze Zeit über habe ich mir den Kopf zerbrochen, ob du wirklich die Tochter der Affäre meines Vaters bist oder ob du einfach nur eine verdammt große Ähnlichkeit mit Marie hast. Natürlich habe ich überlegt, ob ich dir alles erzählen soll, aber dann stand da zum einen das Versprechen, das ich meinem Vater gegeben hatte, im Weg, und zum anderen habe ich mir eingeredet, dass die Ähnlichkeit nur Zufall ist. Du hast den Vornamen deiner Mutter schließlich nicht erwähnt, und von Vater habe ich euren Familiennamen nie zu hören bekommen. Deshalb konnte ich mir nie sicher sein. Aber nachdem du mir von Maries Tod erzählt hattest, konnte ich doch unmöglich sofort damit herausplatzen.«

Leons Blick brannte sich in meinen. Darin lag nackte Verzweiflung. »Also sag mir bitte, Elle, was hätte ich deiner Meinung nach tun sollen?«

»Scheiße! Scheiße! Scheiße!« Jedes Scheiße unterstrich ich durch einen Schlag mit der flachen Hand auf die Matratze. »Es ist einfach alles beschissen verkorkst!« Ich hielt inne, als mir ein schrecklicher Gedanke kam. »Wäre es dir lieber, wenn ich nicht Maries Tochter wäre?« Ich biss mir auf die Unterlippe.

»Ja. Nein. Keine Ahnung.« Leon verschränkte die Arme im Nacken und starrte zur Decke. »Es würde alles einfacher machen, schätze ich. Aber dann wärst du nicht du, und ich liebe nun mal *dich*. Verstehst du, was ich sagen will?«

Sachte legte ich ihm meine Hand auf den Oberarm. »Ich möchte auch nicht, dass du andere Eltern hast«, flüsterte ich, »weil es mir ganz genauso geht.«

Leon drehte seinen Kopf zu mir und schlug frustriert auf ein Kissen. »Sieh mich nicht mit diesen großen Unschuldsaugen an, die jeden klaren Gedanken unmöglich machen.«

Ein winziges Lächeln ließ meine Mundwinkel zucken. »Ich dachte, nur mein Lippenkräuseln bringt dich aus dem Konzept.« Ich schürzte provozierend die Lippen.

Leon sog zischend die Luft zwischen den Zähnen ein. »Das ist nicht gerade hilfreich, wenn es um klare Gedanken geht.«

»Na dann sind wir immerhin schon zu zweit. Ich glaube, ich war noch nie so verwirrt in meinem Leben.«

Leon streckte erneut eine Hand nach meiner aus, hielt aber inne, bevor er sie berührte. »Darf ich?«

Obwohl mein Verstand mich zu überzeugen versuchte, weiterhin sauer auf Leon zu sein, weil er mir verschwiegen hatte, woher er mich kannte, so schrie doch alles in mir laut: VERDAMMT, JA!

Statt einer Antwort verschränkte ich meine Finger mit seinen. Manchmal sagte eine Berührung eben mehr als Worte, und diese hier drückte ganz deutlich aus, dass ich ihm verzieh. Wir blickten uns tief in die Augen, und ich spürte das vertraute Kribbeln in meinem Bauch, ganz so, als wäre nie etwas geschehen.

»Warum hast du dich wirklich zu mir auf die Bank gesetzt? War es, weil ich dich an die Frau auf dem Foto erinnert habe, oder steckte noch mehr dahinter?«

»Ehrlich gesagt, war mir damals, als ich dich auf der Bank sitzen sah, überhaupt nicht klar, wer du warst. Du sahst so verloren und zugleich unendlich traurig aus, dass ich einfach den Grund dafür erfahren musste. Dieser Drang, herauszufinden, wie du wohl aussehen würdest, wenn du glücklich wärst, wurde beinahe übermächtig. Ich kann dir nicht sagen wieso, aber ich musste einfach wissen, wie du aussiehst, wenn deine Augen vor Glück leuchten und dein Gesicht vor Freude strahlt. Das war meine einzige Absicht. Das schwöre ich dir.«

Leon blickte mich aufrichtig an, was es mir schwer machte, seine Worte anzuzweifeln, und wenn ich ehrlich war, wollte ich das auch gar nicht. »Das Foto hatte ich komplett verdrängt. Erst ein paar Tage später fiel mir auf, an wen du mich die ganze Zeit erinnert hast. Weshalb du mir so vertraut vorkamst. Ich hätte dir das alles schon viel früher erzählen sollen.«

»Und ich hätte dich nicht einen Riesenarsch mit Ohren nennen sollen.«

»Nicht doch. Das hab ich verdient.« Um seine Mundwinkel zuckte es.

»Nein, hattest du nicht«, erklärte ich entschieden. »Aber ist es in deinen Augen, nicht auch ein ganz merkwürdiger Zufall« – ich dehnte das letzte Wort unnatürlich in die Länge –, »dass wir uns an meinem allerersten Tag in Berlin begegnet sind. Noch dazu, wo der Park nicht einmal in der Nähe deiner Wohnung liegt.«

»Manches ist vielleicht einfach vom Universum vorherbestimmt. Der Tod deiner Mutter, dass du von allen Städten ausgerechnet nach Berlin gezogen bist und wir uns hier begegnet sind, dass mein Vater mit deiner Mutter eine Affäre hatte und dass mein Name in deinem steckt. Das ist höhere Fügung, und es bringt vermutlich nichts, diese Dinge anzuzweifeln.«

»Da könntest du durchaus recht haben, aber eine Frage habe ich noch, und bitte sei ehrlich. Das schuldest du mir.«

Leon versteifte sich, nickte dann aber schwach. »Und welche Frage wäre das?«

»War es meine geheimnisvolle Traurigkeit zusammen mit der Ähnlichkeit zu der Frau auf dem Foto, die dich fasziniert hat, und weshalb du mich kennenlernen wolltest, oder mein Aussehen? Ich meine, ich weiß, wie ich auf Männer wirke, selbst wenn ich viel zu dünn bin, und ständig gerötete Augen vom vielen Weinen habe und … verdammt, ich habe heute den ganzen Tag noch nichts gegessen!«

Hastig sprang ich auf und durchwühlte eine Schublade, bis ich zwei Müsliriegel fand. Ich riss die Verpackung auf und biss herzhaft hinein. Ich nahm mir fest vor, in Zukunft mehr auf mich und meinen Körper zu achten, und da waren regelmäßige Mahlzeiten ein guter Anfang. »Willst du auch einen?« Ich setzte mich wieder zu ihm und hielt ihm einen Müsliriegel hin.

»Jetzt bin ich verwirrt. Ich dachte, wir führen ein ernsthaftes Gespräch.«

»Schon. Aber nicht auf leeren Magen. War das jetzt ein Ja oder ein Nein?«

»Iss du ruhig beide.«

»Kein Problem.« Ich stopfte mir den Rest des Müsliriegels in den Mund und riss gleich im Anschluss die zweite Packung auf. Nachdem ich auch diesen hinuntergeschlungen hatte, lehnte ich mich auf dem Bett zurück. »Ich denke, ich bin jetzt bereit, deine Antwort zu hören.«

Leon schüttelte leicht den Kopf, eine Mischung aus Verärgerung und Belustigung. Er hob eine Hand und strich mir vorsichtig eine Strähne hinters Ohr. Seine Berührung sandte elektrische Impulse bis in meine Knochen.

»Elle, wie soll ich dir nur klarmachen, dass es immer *du* warst, die mich fasziniert und in ihren Bann gezogen hat, und das vom ersten Augenblick an?« Seine enzianblauen Augen bohrten sich in meine. »Da die Fotografie eines der wenigen Dinge ist, von denen ich wirklich Ahnung habe, möchte ich es mit einer kleinen Analogie versuchen. Erinnerst du dich noch an das, was ich dir von der Makrofotografie erzählt habe, wie sie Dinge sichtbar macht, die mit bloßem Auge auf diese Art und Weise nicht zu erkennen wären?«

»Ja.« Ich räusperte mich. Wieso hatte ich plötzlich einen kratzigen Hals? »Ich erinnere mich.«

Nur allzu genau wusste ich noch, wie ich staunend vor der kleinen Gruppe brauner Pilze gehockt hatte, die absolut unscheinbar waren. Doch eingefangen von Leons Kamera, sahen sie wie ein Kunstwerk aus.

»Du erinnerst dich bestimmt ebenfalls daran, wie ich dir erklärt habe, dass viele Dinge erst durch die Wahl des perfekten Winkels, die richtige Perspektive und den Fokus durch die Linse zu etwas Besonderem werden. Das Gleiche trifft auf dich zu. Je mehr kleine Details du mir über dich verraten hast, desto mehr bist du für mich in den richtigen Winkel gerutscht. Je mehr Einzelheiten ich über dich erfahren habe, desto einzigartiger bist du für mich geworden. Du hast den Fokus meiner Welt verändert. Es sind die vielen kleinen Eigenschaften, die nicht auf den ersten Blick sichtbar sind, die dich ausmachen und in die ich mich verliebt habe und die zusammen ein wunderbares Erscheinungsbild namens Elle ergeben.«

»Du hast auch den Fokus meiner Welt verändert und nicht nur das, du hast aus dem Geist Elle wieder einen Menschen gemacht. Weißt du, mir ist auch etwas klargeworden. Ich habe mich viel zu sehr an meine Erinnerungen geklammert, aus Angst, sie könnten verblassen. Ich wollte kein einziges Detail von Mama vergessen. Ihr stolzes Lächeln, mit dem sie Hannah und mich oft ohne einen besonderen Grund betrachtete, einfach so, weil sie stolz auf ihre beiden Mädchen war. Oder ihre Stimme, wenn sie Hannah ins Bett brachte und ihr noch etwas vorsang. Dadurch habe ich ständig in der Vergangenheit gelebt, in einer Zeit, die für mich nicht mehr greifbar ist. Dabei haben meine Anstrengungen nur dazu geführt, dass ich selbst verblasst bin. Ich bin mein eigener Geist geworden. Nur in deiner Nähe habe ich mich lebendig und glücklich gefühlt. Du hast mich Stück für Stück wieder in die Gegenwart gezerrt, und dafür bin ich dir dankbar.«

Leons Augen waren voller Tiefe, und ich meinte darin abtauchen zu können. Er umfasste mein Gesicht mit beiden Händen. Ich konnte seinen Atem auf meiner Haut spüren. »Da gibt es nichts zu danken.«

»Doch, gibt es«, entgegnete ich bestimmt. »Ich liebe die Person zu der ich werde, wenn ich in deiner Gegenwart bin. Du machst aus mir einen besseren Menschen.«

»Elle.« Leons Stimme klang heiser.

Seine Lippen waren verführerisch nah, und seine Augen hielten mich in ihrem Bann gefangen. Wie schaffte er es nur immer wieder, durch seine bloße Nähe, alles in mir in Wallung zu versetzen? Seine Berührungen waren das Intensivste, was ich in meinem ganzen Leben gespürt hatte, und jedes Mal, wenn er mich erneut berührte, schien es noch intensiver zu sein als das Mal zuvor.

»Worauf wartest du noch?«, flüsterte ich.

»Nur auf diese Frage.« Er beugte sich zu mir hinab, und wir verschmolzen in einem Kuss, der alle vorherigen übertraf. Es lagen so viele Gefühle darin, die Enttäuschungen der letzten Stunden, das Bangen und Warten auf eine gute Erklärung, die Hoffnung, alles möge sich zum Guten wenden, die Sehnsucht nach seinen Berührungen und allen voran die Liebe, die ich für Leon empfand. So war das wohl, wenn man jemanden aufrichtig und von ganzem Herzen liebte. Und ich schätze, ich war das erste Mal in meinem Leben nicht in die Vorstellung von uns beiden als Paar verliebt, sondern in Leon selbst, der mich zu einem besseren Menschen machte, der mich so akzeptierte, wie ich war, und mir half, mit meiner Trauer und Schuld umzugehen. Die Jungs aus meinen früheren Beziehungen waren notwendige Fehler gewesen, die mich letztendlich den Unterschied zwischen Liebe und Verliebtsein erkennen ließen. Und das war ein Unterschied wie zwischen einem Bild von der Sonne und den Sonnenstrahlen, die man selbst auf der Haut spürte.

»Ich liebe dich«, hauchte ich an seinem Mund.

»Und ich liebe dich, mit jeder Faser meines Körpers«, raunte er.

»Oh ja, das spüre ich«, neckte ich ihn und biss ihm spielerisch in die Unterlippe.

Leon warf mich rückwärts auf die Matratze und stützte sich über mir ab. »Dafür kann ich nichts, du bist einfach unwiderstehlich.«

»Ich weiß«, sagte ich mit unschuldigem Augenaufschlag.

»Und eingebildet«, knurrte er.

»Deine Schuld, wenn du mir immer so viele Komplimente machst.«

»Und jetzt bist du endlich mal still.« Leons Lippen verschmolzen mit meinen, und unsere Zungen drängten sich aneinander.

Obwohl mein Körper unter seinen Berührungen förmlich glühte, zogen wir bei dem Kuss die Grenze. Es wäre der völlig falsche Moment gewesen, um ausgerechnet heute einen Schritt weiter zu gehen. Ich kuschelte mich an Leon, und er strich eine ganze Weile meinen Oberarm entlang. Irgendwann schliefen wir eng umschlungen ein.

Als ich am nächsten Morgen in Leons Armen erwachte, war mir plötzlich klar, was ich tun musste. Was ich längst hätte tun sollen. Ich drehte mich mit dem Gesicht zu Leon, und durch die Bewegung wachte er auf. Ein zärtlicher Ausdruck trat in seine

Augen, als könnte er sich keinen schöneren Anblick als eine verschlafene Elle am Morgen vorstellen. Sanft streichelte er meine Wange und gab mir einen Kuss auf die Stirn.

Ich stützte meinen Kopf schräg mit einer Hand ab und malte nachdenklich mit dem Zeigefinger der anderen Hand Muster auf Leons nackten Oberkörper. Das erinnerte mich an das Rückenschreiben mit Hannah und daran, dass ich schleunigst aus dem Bett musste.

Trotzdem ließ ich es mir nicht nehmen, einen Kringel um seine Brustwarze zu malen und anschließend mit dem Zeigefinger bis zu seinem Bauchnabel hinabzufahren.

»Dreh dich um, ich möchte dir etwas auf den Rücken schreiben.«

»Auf den Rücken?« Leon runzelte irritiert die Stirn. »Warum sagst du es mir nicht einfach?«

»Weil ich gerade Lust darauf habe. Nun mach schon!« Ich drückte gegen seine Schulter, um ihn zum Umdrehen zu bewegen.

Er sah mich immer noch zweifelnd an, murmelte dann etwas, das sich nach *Frauen* und *Meisterin der indirekten Kommunikation* anhörte, tat aber, was ich von ihm verlangte.

Ich schrieb ihm meine Botschaft auf den Rücken und versuchte mich dabei nicht allzu sehr von seinen breiten Schultern und Rückenmuskeln ablenken zu lassen.

I-C-H + H-A-N-N-A-H + M-Ü-N-C-H-E-N

»Ich plus Hannah plus München?« Leon drehte sich zu mir um und sah mich fragend an. Nickend gab ich ihm zu verstehen, dass das die richtigen Wörter waren.

Erkenntnis blitzte in seinen Augen auf. »Du willst zu Hannah nach München fahren. Ich habe mich schon gefragt, wann du es endlich tun wirst.«

»Wie bitte?« Nun war ich es, die irritiert blinzelte.

»Du musst deine Schwester zu dir nach Berlin holen. Sie braucht dich. Ihr beide braucht euch gegenseitig. Das war mir von Anfang an klar.«

»Schön, dass dir das klar war«, grummelte ich. »Aber so einfach ist es nicht. Da gibt es vorher eine Menge rechtlicher Dinge zu klären. Ich muss zu allererst meinen Vater überzeugen, dass Hannah bei mir besser aufgehoben ist und es Mamas Wunsch war, dass sie bei mir lebt, und dafür muss ich diese verdammte Sorgerechtsverfügung holen, die in unserem Haus in München liegt.«

Leon stand auf und zog sich an. Ich beobachtete ihn dabei, wie er in seine Jeans schlüpfte, nach seinem dunkelblauen Flanellhemd griff, es überzog und zuknöpfte.

»Wo willst du hin?«

»Nach Hause. Meinen Wagen holen, es sei denn, du hattest vor, mit dem Zug zu fahren?«

»Du begleitest mich?« Ich konnte ihn nur mit offenem Mund anstarren. Dieser Mann überraschte mich immer wieder.

»Außer, du willst das nicht?« Zum ersten Mal hörte ich so etwas wie Zweifel aus seiner Stimme heraus.

Ich grinste breit. »Du bist die beste Gesellschaft, die ich mir nur vorstellen kann.«

Er tat, als wischte er sich imaginären Schweiß von der Stirn. »Da hab ich ja noch mal Glück gehabt.«

Mit einem Lachen sprang ich auf, lief zu ihm und schlang ihm die Arme um den Hals. Dann küsste ich ihn, bis meine Knie weich zu werden begannen. Ich vergrub meine Fingerspitzen in den lockigen Enden seiner Haare, und während unsere Zungen sich liebkosten, fühlte ich eine so tiefe Verbundenheit zu Leon, dass ich anfing zu glauben, dass unsere erste Begegnung vielleicht wirklich vom Universum vorherbestimmt worden war.

Ich legte meinen Kopf in den Nacken. »Dann lass uns keine weitere Zeit mehr verlieren. Ich ziehe mich nur schnell an, und dann fahren wir gemeinsam zu dir.«

»Was, wenn wir uns geirrt haben und Hannah mich nicht mehr braucht? Vielleicht hat sie sich hier inzwischen gut eingelebt und will gar nicht mit mir kommen.« Ich gab es nicht gerne zu, aber ich fürchtete mich davor, aus dem Auto zu steigen und mich meiner kleinen Schwester zu stellen.

Leon drückte meine Hand. »Das haben wir nicht. Ganz sicher. Geh jetzt, ich warte im Auto auf dich.«

»Okay.« Ich lächelte gezwungen. Ein Blick auf das Armaturenbrett zeigte, dass es 15:23 Uhr war. Die Sonne schien, und keine Wolke war am Himmel zu finden. Ich fragte mich, ob sie zu Hause waren oder ob wir umsonst hergekommen waren? Vielleicht nutzten sie das schöne Herbstwetter für einen Ausflug.

»Du schaffst das.« Leon schenkte mir ein ermutigendes Lächeln.

»Danke.« Ich atmete tief durch, erwiderte sein Lächeln zitternd.

Endlich wanderte meine Hand zum Türöffner, und ich stieg mit wackeligen Beinen aus. Wie von selbst liefen meine Füße zur Haustür und drückten meine Finger auf den Klingelknopf, unter dem auf einem Messingschild der Name Winkel eingraviert war. Mein Herz schlug mir bis zum Hals, und vor lauter Nervosität war mir übel. Schritte näherten sich der Wohnungstür. Ich war mir nicht sicher, wen von beiden ich mehr fürchtete, wenn er mir jetzt die Tür öffnete: Sylvia oder meinen Vater.

Doch es war keiner von beiden. Im ersten Moment blickte ich in einen leeren Flur, da die Person viel kleiner war, als ich erwartet hatte. Vor mir stand ein kleines Mädchen, vielleicht zwei Jahre jünger als Hannah, und hielt die Tür auf. Das musste dann wohl meine Halbschwester Jenny sein.

Ihr Haar war von einem warmen, hellen Braunton und hing ihr zu zwei Zöpfen geflochten über die Schultern.

»Hallo, wer bist du denn?«, fragte sie ohne ein Anzeichen von Schüchternheit.

»Ich bin Elle«, antwortete ich mit belegter Stimme und räusperte mich, »deine Halbschwester.«

Ihre Augen wurden groß. »*Du* bist Elle? Hannahs Schwester?«

Ich nickte.

»Du siehst ihr ja gar nicht ähnlich«, stellte sie beinahe vorwurfsvoll fest.

»Das liegt daran, dass ich mehr nach unserer Mutter komme«, erklärte ich mit leisem Unbehagen. Ich wusste nicht wieso, aber der Blick des kleinen Mädchens verursachte mir Unwohlsein.

»Jenny, du sollst nicht ohne das Beisein deiner Eltern die Haustür öffnen. Wie oft soll ich dir das noch sagen?«, schalt Sylvia ihre Tochter, ehe sie ein freundliches Lächeln aufsetzte und mich begrüßte. »Elle, na so eine Überraschung! Was führt dich zu uns?«

»Ich möchte gerne meine Schwester sehen«, sagte ich in möglichst gelassenem Tonfall und quetschte mich an Jenny und Sylvia vorbei in den Flur, dessen Wände gerahmte Porträtaufnahmen von Luis und Jenny im Babyalter bis zu ihrer heutigen Größe zierten. Auch ein Hochzeitsfoto von Vater und Sylvia hing dort, und ich sandte einen giftigen Blick in dessen Richtung, bevor ich mich darauf besann, dass ich wegen meiner kleinen Schwester hier war und mir das Familienleben der Winkels herzlich egal sein konnte.

»Da wird sie sich sicher freuen.« Sylvia lachte gekünstelt. »Komm doch rein«, sagte sie reichlich spät, denn ich befand mich ja längst in ihrem Haus.

»Darf ich dir etwas zu trinken anbieten? Wir haben Tee, Kaffee, Wass–«

»Nein, danke«, schnitt ich ihr das Wort ab. »Ich nehme an, Hannahs Zimmer befindet sich im ersten Stock?« Ich deutete auf die Treppe rechts neben mir, die eine Etage höher führte.

»Genau. Soll ich sie runterholen? Dann könnt ihr euch ins Wohnzimmer setzen.«

»Das ist nicht nötig. Ich gehe einfach zu ihr rauf.« Ich warf Sylvia einen warnenden Blick zu, der deutlich machte, dass ich mich nicht umstimmen lassen würde. Bei Hannah im Zimmer waren wir wenigstens ungestört. Zumindest hoffte ich das.

»Ganz wie du möchtest. Dein Vater spielt gerade Eisenbahn mit Luis. Es wird ihn sicher freuen, dass du hier bist.«

»Spielst du was mit mir?«, fragte Jenny mit großen Augen. »Ich habe ganz viele Barbies.«

»Vielleicht später«, versuchte ich sie zu vertrösten, obwohl ich jetzt schon wusste, dass es diesen Zeitpunkt nie geben würde.

»Ich geh dann mal hoch.« Ich deutete in die entsprechende Richtung, einen Fuß bereits auf der ersten Stufe.

»Es ist die zweite Tür links«, erläuterte Sylvia, während ich die Treppe hinaufstieg.

Als ich vor der entsprechenden Tür stand, verließ mich mein Anflug von Mut. Ich hatte nicht die geringste Ahnung, wie Hannah auf meinen Anblick reagieren würde, und das bereitete mir Magenschmerzen. Bevor ich es mir anders überlegen konnte, drückte ich die Klinke hinunter.

Ich entdeckte sie sofort auf dem Bauch liegend im Bett, die Beine in der Luft überkreuzt und an dem Bleistift in ihrer Hand kauend, während sie über ein kleines Heft gebeugt war. Ihre Brauen waren leicht zusammengeschoben. Hannahs angestrengte Denkermiene. Ohne es zu sehen, wusste ich genau, dass sie gerade ein Sudoku löste. Hannah nahm den Bleistift aus dem Mund und trug etwas in das Heft ein. Sie bei ihrer Lieblingsbeschäftigung zu erwischen, ließ mein Herz beinahe überquellen vor Liebe und Zuneigung. Erst jetzt wurde mir bewusst, wie schmerzlich ich sie die ganze Zeit über vermisst hatte und dass ich der größte Idiot auf Erden war, sie einfach hier zurückzulassen. Noch dazu, wo Hannah mich angefleht hatte, sie mitzunehmen, aber diesen Fehler würde ich nicht wiederholen, vorausgesetzt, sie wollte immer noch mit mir mitkommen.

Ein Schluchzer entwich meiner Kehle, und Hannah wandte den Kopf zu mir um.

Sie ließ ihren Bleistift fallen, rappelte sich auf und setzte sich im Schneidersitz auf die Matratze. Dann sah sie mich mit weit aufgerissenem Mund und großen Augen an, als sähe sie ein Gespenst. »Elle«, flüsterte sie mit ihrer vertrauten Kinderstimme.

Zögerlich trat ich näher. »Darf ich mich zu dir setzen?« Ich deutete auf das Bett.

Sie rutschte ein Stück zur Seite, und ich interpretierte das als ein Ja.

Nachdem ich mich gesetzt hatte, rang ich verzweifelt um die richtigen Worte, aber sie wollten mir nicht einfallen. Vielleicht, weil es sie gar nicht gab.

»Was willst du hier?«, fragte sie plötzlich mit Trotz in der Stimme.

»Ich … ich weiß gar nicht, wo ich anfangen soll«, gestand ich. »Darf ich dir etwas auf den Rücken schreiben?«

»Willst du mich verarschen?« Ich zuckte unter ihrem Tonfall zusammen.

Ich biss mir auf die Unterlippe. Hannah hatte jedes Recht, wütend auf mich zu sein. Ich an ihrer Stelle wäre es auch gewesen.

»Bitte, gib mir wenigstens die Chance, dir alles zu erklären«, flehte ich.

»Wieso hast du mir nicht geschrieben, dass du kommst?«

»Ich wollte dich überraschen.«

»Du meinst überrumpeln.«

»Hm. Das vielleicht auch.« Ich legte den Kopf schief. Hannah hatte den Blick abgewandt und starrte unablässig auf ihr Sudoku.

»Bitte«, wisperte ich.

Schließlich kniete sie sich mit dem Rücken zu mir aufs Bett.

Mit zitternden Fingern fing ich an, ihr meine Botschaft auf den zierlichen Rücken zu schreiben.

Cleaning Üngerʾaken tut alles ∞ leid. Verzeiht Miss Oberschlau ihr?

Es dauerte eine ganze Weile bis ich die vielen Buchstaben gemalt hatte. Nachdem ich das Fragezeichen auf ihrem Rücken nachgefahren hatte, setzte ich mich auf meine Hände, damit ich nicht nervös damit rumspielte.

Hannah drehte sich zu mir um, zog ihre dünnen Beine dicht an ihren Oberkörper, umschlang sie mit den Armen und legte ihr Kinn auf ihren Knien ab. Dann blickte sie mit ernsten Augen zu mir auf.

»Du bist dran«, sagte sie nur.

Ich schluckte. »Womit?« Mit einer Entschuldigung? Wollte sie eine weitere, ausführlichere von mir?

»Mit umdrehen.« Hannah rollte mit den Augen, als wäre ich schwer von Begriff. »Beim Rückenschreiben ist jeder einmal dran.«

»Oh! Okay.«

Kaum hatte ich mich umgedreht, da spürte ich schon ihren zarten Zeigefinger, der den ersten Buchstaben malte und dabei eine kitzlige Spur auf meinem Rücken hinterließ. Sie malte ein J, gefolgt von einem A. Erleichtert wollte ich mich umdrehen, sie in die Arme nehmen, als noch mehr folgte. *Du Arsch mit Ohren*, schrieb sie.

»Entschuldige«, schob sie sogleich hinterher, »das musste ich loswerden.«

Sie blickte mich zerknirscht an, als erwartete sie, gleich von mir geschimpft zu werden. Stattdessen breitete ich meine Arme aus und zog sie eng an mich. Sie erwiderte die Geste, und so lagen wir uns eine ganze Weile in den Armen.

»Du hast völlig recht«, sprach ich in ihre Haare. »Ich habe mich wie ein Arsch mit Ohren verhalten.«

»Na ja.« Ich konnte spüren, wie sie mit den Achseln zuckte. »Ich bin ja auch Miss Oberschlau. Da gehört *immer recht zu haben* einfach dazu.«

»Hey!« Spielerisch zerzauste ich ihr die blonden Haare.

»Hör damit auf«, kreischte sie und tat das Gleiche mit meinen Haaren.

»Ich sorge nur für etwas mehr Volumen in deinen Haaren.

Außerdem bin ich die Ältere, also hörst du zuerst auf«, erklärte ich streng.

»Das hättest du wohl gerne!«, rief sie empört und legte noch einen Zahn zu.

Am Ende sahen wir beide aus wie Vogelscheuchen. Wie zwei glückliche Vogelscheuchen. Ich strahlte Hannah an, die meinen Blick mit leuchtenden blauen Augen erwiderte.

»Bleibst du übers Wochenende da?«, fragte sie hoffnungsvoll.

Ich nickte. »Leon und ich werden heute im Hotel übernachten, und morgen –«

»Wer ist Leon?«

»Könnte sein, dass er mein Freund ist.« Ich biss mir auf die Unterlippe, um nicht allzu dümmlich zu grinsen.

»Du hast ihn ja wirklich gern«, stellte sie überrascht fest. »Du guckst wie ein Schaf.«

»Tu ich gar nicht.«

»Ihn nicht gern haben? Und weshalb guckst du dann wie ein Schaf?«

»Du bist heute ganz schön frech, aber gut, ich hab ihn gern. Sehr sogar«, gestand ich. »An diesen Blick gewöhnst du dich besser, denn den wirst du in nächster Zeit noch sehr oft zu sehen bekommen, vorausgesetzt, du begleitest uns nach Berlin. Kommst du mit zu mir?«

»Du meinst, ich soll bei dir und diesem Leon einziehen?«

»Nur bei mir. Es ist zwar keine besonders große Wohnung, aber du kannst das Schlafzimmer haben und es einrichten, wie du magst. Auf Dauer wird es für uns beide wohl etwas zu eng sein, aber für den Anfang wird es schon gehen.« Ich versuchte möglichst viel Zuversicht in meine Stimme zu legen. Ich wollte, dass Hannah mit mir kam. Um jeden Preis. »Und weißt du was? Wenn du da bist, koche ich dir als Erstes eine Portion Milchreis.«

»Ich würde auch in einem Schuhkarton wohnen, wenn ich dafür bei dir bleiben kann, aber mit Milchreis ist es dort sicher schöner.« Mein Herz zog sich bei ihren Worten vor Rührung zusammen.

»Das würde aber wirklich eng werden.« Ich schmunzelte.

»Nicht, wenn wir den Milchreis aufessen.«

»Da hast du sicherlich recht«, meinte ich grinsend.

»Ach Elle, ich hab dich so vermisst.« Sie fiel mir um den Hals, brach ihn mir beinahe mit ihrer stürmischen Umarmung.

»Ich dich auch, kleine Besserwisserin.« Ich wuschelte ihr über den Hinterkopf.

Hannah ließ mich los und hüpfte vom Bett. »Komm, wir sagen es Papa.«

»Du nennst ihn Papa?«, fragte ich irritiert.

»Er fand es komisch, als ich ihn mit Rainer angesprochen habe. Stell dir vor, Sylvia hat mir sogar vorgeschlagen, sie Mama zu nennen. Als würde ich das jemals tun.« Hannah verdrehte die Augen. »Es gibt nur eine Mama, also gab, meine ich.«

»Und so wird das auch immer bleiben. Aber vielleicht ist es gar nicht so verkehrt gewesen, dass du eine Weile hier gewohnt hast. So hattest du wenigstens die Gelegenheit, unseren Vater kennenzulernen und deine Halbgeschwister. Verstehst du dich gut mit ihnen?«

»Ja, es ist toll, immer jemanden zum Spielen zu haben, nur ... die beiden können nicht lesen und schreiben, und ich komme mir dann immer so schlau vor.«

»Also nichts Neues«, neckte ich sie.

Hannah streckte mir die Zunge raus, und ich schnitt ihr im Gegenzug eine Grimasse.

»Dann lass uns mal runtergehen. Der arme Leon sitzt schon seit einer halben Ewigkeit allein im Auto und wartet auf mich.«

»Aber du willst doch nicht gleich wieder gehen? Du musst erst Luis und Jenny kennenlernen.«

»Jenny hab ich vorhin schon kurz getroffen. Denkst du wirklich, dass ich hier erwünscht bin?«

»Klar, du bist doch meine Schwester. Und wo ich bin, bist

auch du«, sagte sie mit einer Selbstverständlichkeit, die mir die Tränen in die Augen trieb. »Und Leon kannst du auch mit reinbringen.«

Als wir nach unten kamen, hatte sich die gesamte Familie Winkel im Wohnzimmer versammelt. Jenny und Luis spielten zusammen Eisenbahn, und ich stellte fest, dass beide exakt die gleiche Haarfarbe hatten. Rainer und Sylvia saßen auf der Couch und sahen fern. Sobald sie uns bemerkten, griff Vater nach der Fernbedienung und schaltete das Gerät aus.

Sylvia sprang auf. »Ihr wart aber lange oben. Jetzt seid ihr sicherlich durstig. Darf ich euch etwas bringen?«

»Ich hätte gerne eine Apfelschorle«, bestellte Hannah, als wäre sie in einem Restaurant.

Weil ich schon ihr erstes Angebot abgelehnt hatte und tatsächlich durstig war, bat ich Sylvia um ein Glas Wasser.

»Kommt sofort«, flötete sie.

Irgendwie konnte ich mich nicht entscheiden, ob ich Sylvia eigentlich ganz nett oder doch ätzend fand. Vorerst gab es wichtigere Dinge, wie unseren Vater, der aufstand und mich mit seiner Umarmung völlig überrumpelte. »Elle, wie schön, dich zu sehen. Hast deine Schwester vermisst, nehme ich an?«

Ich kämpfte mich aus seinen Armen frei. »Aus dem Grund bin ich hier. Und nur aus diesem Grund«, stellte ich klar, und an seinen erschlaffenden Gesichtszügen sah ich, dass er verstand.

Ich wusste nicht, was diese Show hier eigentlich sollte. Vielleicht lag es daran, dass Jenny und Luis anwesend waren. Seit über acht Jahren hatte Vater sich nicht mehr für mein oder Hannahs Leben interessiert, und auf einmal machte er einen auf führsorgliches Elternteil.

»Kann ich kurz mit dir sprechen? Allein?«, bat ich.

»Sicher.« Rainer erhob sich und bedeutete mir, ihm zu folgen. Er führte mich in ein kleines Zimmer, vollgestellt mit Ordnern und einem Schreibtisch, der fast den gesamten Raum einnahm. Vermutlich sein Arbeitszimmer.

»Worüber möchtest du mit mir reden?«

Ich schluckte. »Ich war nicht ganz ehrlich zu dir. Zu euch allen. Zum Jugendamt und zu Hannah. Mama wollte, dass ich das Sorgerecht für meine Schwester bekomme. Wir haben nach meinem achtzehnten Geburtstag darüber gesprochen, und Mama hat eine Sorgerechtsverfügung aufgesetzt, auf der sie und ich unterschrieben haben. Nach ihrem Tod habe ich mich zu meiner eigenen Schande nicht in der Lage gefühlt, die Verantwortung für Hannah zu übernehmen, und einfach das Dokument verschwiegen, damit du die Vormundschaft und das Sorgerecht erhältst. Es tut mir leid.« Zerknirscht biss ich mir auf die Unterlippe.

Zu meiner Überraschung war er nicht böse auf mich. Sein Blick war nicht hart geworden, wie ich es erwartet hatte, stattdessen machte er einen Schritt auf mich zu.

»Schäm dich deswegen nicht! Ich bin froh, Hannah wenigstens für eine Weile bei mir gehabt zu haben. Sie ist meine Tochter, so wie du, und ich liebe euch beide.«

Ich wich einen Schritt zurück, als hätte er mich geschlagen. Er und mich lieben? Wusste er überhaupt, was das war?

Vater seufzte resigniert. »Hast du schon mit Hannah gesprochen? Wenn es ihr Wunsch ist, werde ich dir helfen, alles Rechtliche zu regeln, damit sie zu dir ziehen kann.«

»Danke!«, brachte ich erstaunt heraus. »Das bedeutet mir sehr viel.«

Er nickte bedächtig.

»Ich habe vorhin schon mit Hannah darüber geredet«, fuhr ich fort, und die Worte sprudelten nur so aus mir heraus, so erleichtert war ich über die Wendung dieses Gesprächs. »Sie ist einverstanden damit, zu mir nach Berlin zu ziehen. Sie bekommt mein Schlafzimmer, damit sie einen Raum ganz für sich allein hat. Ich verspreche, ich werde mich gut um sie kümmern. Ich werde nicht mehr vor der Verantwortung weglaufen und sie nicht erneut im Stich lassen. Ich mache diesen Fehler kein zweites Mal.«

Er schien mir zu glauben, denn etwas von der Anspannung in seiner Mimik wich. »Erzähl mir ein bisschen von Berlin. Bald fängt die Uni an, nicht wahr?«

»Genau, bald geht das Semester los, aber bis dahin habe ich noch genügend Zeit, mich um die ganzen Anmeldungen zu kümmern. Schließlich müssen wir Hannah in einer Grundschule in Berlin unterbringen.«

»Du bist sicherlich knapp bei Kasse. Ich werde mich gleich am Montag darum kümmern, dass die Unterhaltszahlungen an euch beide ab sofort auf dein Konto gehen. Zuvor gingen sie ja immer an Marie …«

»Das wäre toll. Danke.« Ein Lächeln zupfte an meinen Lippen. Auch wenn ich bei der Erwähnung von Mama wie immer einen dicken Kloß im Hals bekam und die erdrückende Schwere sich über meine Brust legte. Aber es war schon besser geworden. Seitdem ich mir die Wahrheit von der Seele geredet hatte, war das Gefühl zu ersticken nicht mehr übermächtig.

In diesem Augenblick klopfte es zaghaft gegen die Tür, und Sylvia steckte ihren Kopf herein. »Du bleibst bestimmt zum Abendessen, oder?« Sie blickte mich erwartungsvoll an.

»Ähm, ich weiß nicht.« Ich dachte an Leon, den ich unmöglich länger im Auto sitzen lassen konnte. »Mein Freund wartet schon viel zu lange vor der Haustür im Auto auf mich.«

»Bring ihn rein. Auf eine Person mehr kommt es auch nicht an.«

Skeptisch musterte ich sie. Sylvia schien ihr Angebot ernst zu meinen.

»Nun hol ihn schon rein«, bekräftigte Vater. »Ich möchte sehen, zu wem ich Hannah mitgehen lasse.«

»In Ordnung.« Ich fühlte mich etwas überrumpelt, während ich mich in Richtung Haustür begab.

Mit dieser Wendung hatte ich nicht gerechnet. Hannah hatte mir verziehen! Und sie würde mit mir nach Berlin fahren! Alles würde gut werden.

Ich fühlte mich leicht und beschwingt, während ich nach

draußen trat. Kühle Herbstluft schlug mir entgegen. Inzwischen stand die Sonne sehr tief, bereit, der Nacht Einzug zu gewähren. Als Leon mich auf sich zukommen sah, stieg er aus dem Golf aus und lief mir entgegen.

»So, wie du strahlst, ist es gut verlaufen«, stellte er fest. Der Blick aus seinen Augen war so aufrichtig und liebevoll, dass ich mich zum wiederholten Male fragte, womit ich einen Mann wie Leon überhaupt verdient hatte.

»Ich kann es gar nicht glauben, aber Hannah wird morgen tatsächlich mit uns zusammen zurückfahren.«

»Das freut mich unglaublich für euch beide.«

»Und das alles verdanke ich nur dir.« Ich legte meine Hände auf seine Brust.

»Mir? Ich kann mich nicht erinnern, soeben mit deiner Schwester geredet zu haben.«

Ich gab ihm einen Klaps auf den Oberarm. »Du weißt genau, wie ich das meine. Du hast aus meinen Nebel wieder ein Leben gemacht, und dafür werde ich dir auf ewig dankbar sein. Und Mama wäre es auch. Schon allein wegen des gelungenen Palindroms.«

Leon beugte sich zu mir herab, sein warmer Atem streifte meine Wange. »Ich habe sogar noch eines für dich. Ist dir aufgefallen, dass in Nebelleben dein Name steckt?«

Ich starrte ihn ungläubig an, als mir klarwurde, dass es stimmte. »Nein, ist es nicht, aber oh mein Gott, das ist einer dieser Momente, in denen einem ein Licht aufgeht. Krass.«

Ein Schauer lief meinen Rücken hinab, während Leons Lippen an meinem Kiefer entlangstreiften, bis sie meinen Mund fanden. »Und Belle steckt auch noch darin, meine Schönheit«, raunte er an meinen Mund.

Als er mich küsste, berührten sich unsere Nasenspitzen. »Meine Güte, deine ist ja kalt wie die eines Hundes! Komm, lass uns reingehen.«

Leon gab einen unwilligen Laut von sich, als ich ihn von mir schob, weil ich mir ernsthafte Sorgen um seine Gesundheit machte. Hoffentlich hatte er sich in der Kälte keine Erkältung eingefangen.

»Du meinst, zum Hotel fahren? Dann ist das aber die falsche Richtung.«

»Nein, ich meine schon hier rein«, erwiderte ich lachend. »Rainer, Sylvia und Hannah würden dich gerne kennenlernen, und es gibt sogar Abendessen.«

»Ich nehme an, sie machen kein Mikrowellen-Essen?«

»Das denke ich auch.«

»Worauf warten wir dann noch?!«

Kichernd griff ich nach Leons Hand, die sich ebenfalls viel zu kühl anfühlte, und zog ihn schnell ins Warme.

Nach dem Abendessen verzogen wir uns zu dritt in Hannahs Zimmer, damit meine Schwester Leon ein bisschen besser kennenlernen konnte.

»Du bist also Elles Freund«, stellte sie fest und sah Leon dabei unverwandt in die Augen.

»Sieht ganz so aus.« Leon kratzte sich mit einer Hand am Hinterkopf.

»Liebst du sie?«

»Hannah, so etwas fragt man nicht«, rügte ich sie, während mir die Hitze ins Gesicht stieg.

Leon warf mir einen langen Blick zu, bei dem sich automatisch diese gewisse elektrische Spannung zwischen uns aufbaute.

»Du brauchst nicht zu antworten. Du guckst wie ein Schaf, genau wie meine Schwester.« Hannah kicherte und klang dabei zu meiner Erleichterung weder eifersüchtig noch verstimmt.

»Das kann nicht sein«, widersprach Leon.

»Doch«, bekräftigte meine Schwester. »Genau der gleiche Blick.«

»Das meinte ich nicht. Schafe sind weiblich. Wenn überhaupt, dann gucke ich wie ein Bock.«

Hannahs Blick verfinsterte sich auf die für sie typische Weise, wie immer, wenn sie belehrt wurde und es ihr missfiel.

»Sollen wir eine Runde Uno spielen?«, fragte ich, um sie abzulenken. »Das macht doch immer so viel Spaß.«

»Von mir aus«, brummte Hannah, hüpfte aber aus ihrem Zimmer, um das Spiel zu holen.

»Ich glaube, sie mag mich nicht.« Leon seufzte enttäuscht.

»Oh nein, sie mag es nur nicht, wenn sie unrecht hat, aber dich mag sie. Glaub mir, ich kenne meine Schwester, und wenn sie jemanden nicht leiden kann, sieht das ganz anders aus.«

Hannah stürmte zur Tür herein. »Ich hab es!« Sie wedelte mit dem Kartenspiel in ihrer Hand herum.

Wir ließen uns zu dritt vor ihrem Bett auf den Boden fallen und spielten mehrere Runden Uno, von denen Hannah jede zweite gewann. Dieses Kind hatte einfach unverschämtes Glück, was die Karten anging. Es war toll, sie so fröhlich zu sehen, und zum ersten Mal seit Mamas Tod hatte ich das Gefühl, dass unsere Familie vielleicht doch nicht ganz so kaputt war, wie ich angenommen hatte.

Leon hatte einen Arm unter meinen Nacken geschoben, der mir jetzt als Kopfkissenersatz diente und den ich wesentlich bequemer fand als das Kopfkissen des Hotelbetts.

»Danke, dass du mich hergefahren hast. Damit hast du auch gleich wieder deine gute Tat des Tages erfüllt«, wisperte ich in die Dunkelheit.

»Wie praktisch für mich. Aber ich hätte dich sowieso hergefahren.«

»Weiß ich doch.« Erschöpft schloss ich die Augen.

Es war ein verdammt langer Tag gewesen, der nun sein Ende fand. Das gemeinsame Abendessen war gar nicht so unangenehm gewesen wie befürchtet, und morgen am späten Vormittag würden wir Hannah abholen kommen.

Die Müdigkeit übermannte mich, und mit einem Lächeln auf den Lippen schlief ich ein.

Kapitel 26

09. Oktober 2016, 08:59 Uhr

Bevor es zu Hannah ging, fuhren wir zu unserem alten Zuhause, damit ich die Sorgerechtsverfügung holen konnte, und deswegen war ich bereits äußerst nervös.

»Dort vorne musst du rechts abbiegen. Siehst du?«

Leon bog wie von mir angewiesen in unsere Straße ein.

»Das hier ist unser Haus.« Ich zeigte auf das Gebäude mit der Hausnummer siebzehn. Das Haus hatte den Eltern von Mama gehört, sonst hätten wir es uns bei Mamas Krankenschwesterngehalt und den steigenden Immobilienpreisen in München gar nicht leisten können.

Es war ein komisches Gefühl, wieder hier zu sein. In dieser Straße, vor unserem Haus. So viel war passiert, und ich war mir nicht sicher, was genau ich bei dem Anblick unseres Hauses empfand. War es Traurigkeit, Sehnsucht oder doch eher Vertrautheit?

Es war ein bisschen wie nach einer langen Reise nach Hause zu kommen, nur sehr viel schwermütiger. Hier war ich aufgewachsen, hatte achtzehn Jahre meines Lebens in diesen vier Wänden verbracht. Es war seltsam, nun mit Leon davorzustehen. Leon, der zu einem anderen Leben gehörte. Einer anderen Elle.

Ich war nicht länger das unbeschwerte Mädchen, dessen größte Sorgen es waren, das Mathe-Abi zu bestehen und was es zu dem Date mit Raphael anziehen sollte. Die Zeiten, in denen ich nur die Verantwortung für mich selbst getragen hatte, waren vorbei. Ich hatte gelernt, auch an andere zu denken, mich um Hannah zu kümmern und vieles selbstständig zu regeln. Ich mochte die Elle, zu der ich geworden war, aber ich wäre lieber auf einem anderen Weg zu dieser Person geworden. Auf einem Weg, auf dem Mama noch lebte.

»Soll ich mit reinkommen?«

Leons Frage riss mich aus meinen Gedanken. Lächelnd sah ich zu ihm auf. »Ich würde dir gerne alles zeigen.«

Ich gab mir einen Ruck und sperrte die Haustür auf. Ein wenig hoffte ich darauf, Mama hier vorzufinden, und roch förmlich die Enttäuschung, als mir der muffige Geruch von abgestandener Luft entgegenschlug. Mama hatte immer viel gelüftet, und ständig hatte Durchzug im Haus geherrscht. Ohne hinzusehen, betätigte ich den Lichtschalter, und der Staub im Flur wurde auf einen Schlag sichtbar.

»Vielleicht sollte ich es besser wieder ausmachen«, murmelte ich mit Blick zur Kommode, in der wir stets unsere ganzen Mützen, Schals und Handschuhe aufbewahrt hatten und auf deren dunkler Holzoberfläche sich eine beachtliche Staubschicht gesammelt hatte. Ich strich mit dem Finger darüber, hinterließ eine Spur. Ein Zeichen, dass ich da gewesen war.

Mein Blick fiel auf das gerahmte Foto, das auf der Kommode stand. Ich nahm es in beide Hände und betrachtete die strahlenden Gesichter von Hannah, Mama und mir. Das Bild war vor drei Jahren am Strand von Cáorle aufgenommen worden, wo wir unseren Sommerurlaub verbracht hatten. Hannah hatte gerade ein Schokoladeneis bekommen, was man ihren Mundwinkeln auch ansah. Mama hatte die Kamera irgendeinem Touristen in die Hand gedrückt, und wir hatten uns vor dem Meer positioniert. Ich strich über die Muscheln auf dem Bilderrahmen, die wir dort gesammelt und zu Hause auf den Rahmen geklebt hatten. Es war ein schöner Urlaub gewesen. Voller Lachen,

Neckereien, viel Pizza und mit jeder Menge Sonnenschein und Meer.

»Das ist ein sehr schönes Foto«, meinte Leon leise hinter mir.

»Ja, das ist es.« Tränen brannten in meinen Augen. Ich stellte es schnell zurück auf die Kommode und wandte mich ihm zu. »Komm, ich zeige dir die restlichen Räume.«

Als Erstes flitzte ich in mein Zimmer, wo ich mich vor meiner Magazinsammlung auf die Knie warf und hastig den Zeitschriftenständer auskippte. In einem der Magazine fand ich das Dokument, sicher verwahrt in einer Klarsichtfolie. Erleichtert drückte ich Mamas handgeschriebene Worte an meine Brust. Dann sah ich zu Leon auf und lächelte ihn an. »Ich hab die Sorgerechtsverfügung.«

»Das freut mich, dann kann ich dich endlich wegen den pinken Wänden aufziehen.«

Ich zuckte mit den Schultern. »Was soll ich sagen? Ich bin eben ein Mädchen. Und zwar eines mit Geschmack.«

Ich sah mich im Raum um. Sämtliche meiner Zimmermöbel waren weiß, was dem kräftigen Pink ein wenig von seiner Dominanz nahm. Es war komisch zu wissen, dass fast alle Schränke und Schubladen ausgeräumt waren.

»Dem kann ich nicht widersprechen«, entgegnete Leon in anzüglichem Tonfall. »Schließlich liebst du mich.«

Ich ignorierte ihn und strich stattdessen mit meinen Fingerspitzen über den Schreibtisch, an dem ich so viele Stunden mit Lernen verbracht hatte. Anschließend warf ich einen Blick aus dem Fenster auf die Straße, wo Leons roter Golf parkte, dem man das Alter durchaus ansah. An einigen Stellen war der Lack bereits angerostet.

Ich wandte mich ab. »Komm, wir sehen uns den nächsten Raum an.«

Als Nächstes kamen wir am Arbeitszimmer vorbei, was wenig spektakulär war, aber dann erreichten wir Mamas Schlafzimmer, und ich hatte dessen Wirkung auf mich vollkommen unterschätzt. Halb blind vor Tränen stolperte ich in den Raum und brach bei dem Anblick von Mamas geöffnetem Kleiderschrank auf dem Boden zusammen. Unter meinem Tränenschleier sah ich ihren weinroten Wintermantel, den sie so sehr geliebt hatte, dass sie ihn jeden Tag im Winter getragen hatte. Mein Blick fiel auf einen Zipfel des geblümten Kleides, welches sie bei meiner Zeugnisvergabe angehabt hatte, und auf die pastellblaue Bluse, die sie an ihrem letzten Geburtstag angezogen hatte, weil es ihre Lieblingsbluse war und sie die Farbe ihrer Augen so schön betont hatte.

Leon setzte sich hinter mich und strich mir über den Rücken. »Ist schon gut. Alles ist gut«, murmelte er.

»Ihre ganzen Sachen. Es sind so viele«, schluchzte ich. »Ich habe es nicht geschafft, sie wegzuschmeißen.«

»Wenn du so weit bist, helfe ich dir dabei, das Haus leer zu räumen, und dann verkaufst du es. Von dem Geld können du und Hannah einen Neuanfang in Berlin wagen.«

»Du bist immer so vernünftig. Wieso bin ich nicht so vernünftig?«, schniefte ich.

»Das bist du. Und jetzt lass uns zu Hannah fahren. Sie wartet auf dich.«

»Du hast recht.« Ich ließ mich von Leon hochziehen, der stützend einen Arm um meine Taille legte. Während ich nach einem Taschentuch kramte und mir die Tränen aus dem Gesicht wischte, ließ er mich nicht los.

»Bist du so weit?«

Ich nickte. »Das bin ich. Lass uns gehen.«

Es war eine Erleichterung, das Haus hinter mir zu lassen, und je näher wir meiner Schwester kamen, desto mehr löste Vorfreude die Trauer ab. Leon kämpfte sich sicher durch Münchens dichten Verkehr und die mehrspurigen Straßen, was aber kein größeres Problem für ihn darstellte, schließlich war er es von Berlin gewöhnt.

»Weißt du, manchmal frage ich mich echt, wieso ich so dämlich bin. Ich meine, wie konnte ich jemals glauben, es wäre eine gute Idee, ohne meine Schwester in die Hauptstadt zu ziehen?«

»Du machst dir zu viele Gedanken«, meinte Leon, ohne den Blick von der Straße abzuwenden.

»Ja, das ist eines meiner Hauptprobleme«, sagte ich seufzend.

»Du brauchtest eben etwas Abstand, um dir über deine Gefühle klarzuwerden. Manchmal muss man die Perspektive verändern, um die Dinge im richtigen Winkel zu sehen.«

»Hast du einen Aphorismen-Band verschluckt, oder woher nimmst du immer deine schlauen Sätze?«

»Ich bin Fotograf, ich kann nicht anders.« Er zwinkerte mir zu.

»Irgendwann musst du auch mal ein Shooting mit mir machen. Ich hätte so gerne ein paar schöne Porträts.«

»Das wäre mir ein Vergnügen. Ich könnte mir dich toll in einer Wiese aus Sonnenblumen vorstellen. Das Gelb würde wunderbar mit der Farbe deiner Haare harmonieren.«

»Aber das dauert ja noch ewig. Wie wäre es mit dem Laub der Bäume? Das ist auch gelb, also meistens jedenfalls.«

»Na gut, wenn du so ungeduldig bist, können wir meinetwegen auch nächstes Wochenende im Park ein paar Aufnahmen machen.« Leon lachte. »Vorausgesetzt, das Wetter spielt mit. Berlin im Winter ist meistens eine recht trübe Angelegenheit.«

Inzwischen hatten wir das Haus der Winkels erreicht, und Leon parkte am Straßenrand.

»Ich warte hier auf euch.« Er stellte den Motor ab.

»Okay, ich beeile mich.« Mit diesen Worten stieg ich aus dem Auto, die Sorgerechtsverfügung hatte ich bei mir. Ich eilte zur Haustür und drückte auf den Klingelknopf.

Vater öffnete mir die Tür. »Hallo, Elle«, begrüßte er mich und winkte Leon zu.

»Hallo. Ist Hannah so weit?«

»Du kannst es wohl nicht erwarten, wieder von hier zu verschwinden«, stellte er fest, und ein merkwürdiger Unterton schwang in seiner Stimme mit.

»Ist das ein Wunder?«, murmelte ich und linste an ihm vorbei in den Hausflur.

»Hör mal, Elle, ich glaube, wir sollten uns unterhalten. Ich verstehe nicht, womit ich deine Gleichgültigkeit mir gegenüber verdient habe.«

Ich fuhr zu ihm herum und blitzte ihn wütend an. »Ich hab nicht damit angefangen! Wer hat mich denn zuerst mit acht Jahren Gleichgültigkeit gestraft?«

»Elle.« Er legte mir eine Hand auf die Schulter, die ich wütend abschüttelte.

Ich sah ihm an, dass ich ihn getroffen hatte.

»Ich habe mich doch nur auf deinen Wunsch hin zurückgezogen, oder hast du das etwa vergessen?«, fragte er mit leiser Stimmte, so als wollte er nicht, dass uns die anderen hörten.

»Wie bitte?« Ich zuckte vor ihm zurück. Ich hatte keine Ahnung, wovon er sprach.

»Als ich damals meine Sachen gepackt habe, um auszuziehen«, erläuterte er mit geduldiger Stimme. »Weißt du nicht mehr, was du zu mir gesagt hast?«

Ich schüttelte den Kopf. Ich war zehn Jahre alt gewesen und hatte jede Menge gedacht und gefühlt und sicherlich auch gesagt.

Sein Blick wurde eindringlich. »Du bist zu mir ins Schlafzimmer gekommen, während ich den Kleiderschrank von meiner Hälfte freiräumte und hast gesagt, Hannah hätte es gut, sie würde mich bald vergessen haben, und du wünschtest, du könntest dich auch nicht mehr an mich erinnern.« Ein bitterer Zug lag um seine Mundwinkel.

Ich schlug eine Hand vor den Mund, als ich mich wieder daran erinnerte. Das hatte ich tatsächlich zu ihm gesagt. Damals hatte ich ihn mit meinen Worten einfach nur genauso sehr verletzen wollen, wie er mich verletzt hatte, indem er sich von Mama getrennt hatte und auszog. Nie hätte ich gedacht, dass diese Worte, die ich schon bald wieder vergessen hatte, der Grund dafür waren, warum er sich kaum noch gemeldet und sich bald gänzlich aus unserem Leben zurückgezogen hatte. Hatte er das etwa wegen Hannah und mir getan? Hatte er uns nicht noch mehr weh tun wollen und gedacht, es wäre leichter für uns, wenn wir kaum Kontakt zu ihm hätten?

»Aber … aber das habe ich doch nicht so gemeint«, stammelte ich. »Wenn du ein guter Vater wärst, hättest du gewusst, dass ich niemals wollte, dass du aus meinem Leben verschwindest.«

»Ein Teil von mir hat das gewusst, aber ich habe auch gemerkt, wie verletzt eure Mutter war, als ich sie verließ. Ich wollte Marie nicht zumuten, durch meinen Anblick die Wunde immer und immer wieder aufzureißen. Ich war der festen Überzeugung, für Hannah wäre es das Beste, wenn sie mich gar nicht erst richtig kennenlernt, damit sie mich nicht vermissen kann. Doch bei alldem habe ich eine Person vergessen. Dich. Ich hätte dich nicht so schnell aufgeben dürfen, ich hätte um den Kontakt zu dir kämpfen müssen. Ich war kein guter Vater für dich, aber du hättest einen guten verdient gehabt.«

»Das hätte ich«, murmelte ich.

»Lass es mich wiedergutmachen, indem wir in Kontakt bleiben und uns in Zukunft alle gemeinsam regelmäßig treffen.«

»Das wäre schön.«

Vater öffnete seine Arme, machte aber keine Anstalten auf mich zuzugehen. Es war ein Versöhnungsangebot, und ich musste entscheiden, ob ich es annahm.

Ich ließ mich von ihm umarmen, und während er mich hielt, fühlte ich mich wieder wie das kleine Mädchen vor acht Jahren. Sicher, beschützt und sogar ein kleines bisschen geliebt.

»Spielst du heute mit mir Barbie?« Jenny bohrte mir ihren Zeigefinger in die Seite und unterbrach damit den ersten Vater-Tochter-Moment, den wir seit acht Jahren gehabt hatten.

Ich löste mich hastig von meinem Vater. »Geht nicht. Wir müssen gleich aufbrechen. Weißt du, wir haben noch eine weite Fahrt vor uns«, erklärte ich Jenny.

Diese machte nicht den Anschein, als würde sie das kümmern. »Aber du hast schon gestern nicht mit mir gespielt!«, beschwerte sie sich.

Plötzlich traf mich etwas am Schienbein. Hatte Jenny mich etwa getreten? Aber nein, es war ein ferngesteuertes Auto, und Luis lief lachend hinter ihm her. Schon kehrte das Auto um und steuerte geradewegs auf die unterste Treppenstufe zu.

»Luis, du sollst nicht im ganzen Haus mit deinem Auto herumfahren«, tadelte ihn Vater. »Am Ende stolpert noch jemand darüber.«

Luis ließ zwar den Kopf hängen, nahm aber sein Auto und rannte damit davon.

Ich erinnerte mich wieder an die Sorgerechtsverfügung. »Hier.« Ich zeigte Vater das Dokument. Er nahm es entgegen und las es mit gerunzelter Stirn durch.

Darin stand begründet, warum Marie nicht wollte, dass Hannah bei ihm aufwuchs, und stattdessen ich ihr Vormund wurde. Es war bestimmt nicht leicht, das zu lesen. Mitfühlend legte ich ihm eine Hand auf den Unterarm.

Als er damit fertig war, senkte er langsam die Hand und sah mich an. »Ich werde mich darum kümmern, dass das Jugendamt und das Familiengericht zu deinen Gunsten entscheiden«, versprach er.

»Danke!« Meine Lippen verzogen sich zu einem aufrichtigen Lächeln.

Wenig später kamen Sylvia und Hannah gemeinsam die Treppe herunter. Sylvia trug einen Koffer, und Hannah hatte ihren Schulrucksack aufgesetzt. Als sie mich sah, fing sie an zu strahlen und flog die restlichen Stufen regelrecht hinunter. Es hatte fast den Anschein, als hätte sie befürchtet, ich würde sie heute doch nicht abholen kommen.

»Darf ich mit euch an Weihnachten rechnen?«, fragte Vater.

Ich warf Hannah einen fragenden Blick zu, die bereits begeistert nickte.

»Wir würden uns sehr freuen, wenn ihr Weihnachten mit uns

und den Kleinen verbringt«, ergänzte Sylvia, und ihr Lächeln wirkte ehrlich.

»Ich glaube, Hannah hat bereits für uns beide entschieden.« Ich tätschelte lächelnd ihren Hinterkopf. »Dann sehen wir uns an Weihnachten wieder.«

Nachdem wir uns von allen verabschiedet hatten, begaben wir uns zum Auto. Leon stieg aus, nahm Hannahs Koffer und legte ihn in den Kofferraum.

»Sag mal, hast du Steine eingepackt? Der ist ja richtig schwer«, sagte er ächzend.

»Das sind ihre Bücher.« Ich grinste.

»Und Sudokus«, ergänzte Hannah.

»Und Sudokus«, stimmte ich zu.

»Ich habe noch nie eines gelöst. Ich glaube, du musst mir mal zeigen, wie das geht«, sagte Leon.

»Noch nie?« Hannah riss ungläubig ihre Augen auf. »Dann passt du ja wirklich zu Elle, die kann damit auch nichts anfangen.«

Leon und ich brachen in schallendes Gelächter aus. »Das kannst du doch gar nicht wissen. Vielleicht gefällt es mir ja, aber was den anderen Teil angeht, hast du recht. Deine Schwester passt sogar perfekt zu mir.« Leon gab mir einen Kuss.

»Iiihhh, ich glaube, mir ist schlecht. Knutscht ihr jetzt ständig miteinander?« Hannah verzog das Gesicht.

»Nein, wir legen viel Wert auf Abwechslung. Wir kuscheln auch, halten Händchen und schmachten uns gegenseitig an. Das volle Programm eben«, neckte ich sie.

»Aber du musst ja nicht hinsehen«, warf Leon ein. »Lös in der Zeit einfach ein Sudoku.«

»Ihr beide seid wahnsinnig witzig.« Hannah verdrehte die Augen und stapfte zum Rücksitz.

Leon fuhr sich mit einer Hand durch die sandfarbenen Haare und zwinkerte mir zu. Mein Herz machte einen Satz, und meine Lippen formten die Worte *Ich liebe dich.*

»Und ich dich«, raunte er, ehe er links und ich rechts um den Wagen nach vorne ging und wir beide einstiegen.

Es gab da noch eine Sache, die ich erledigen musste, bevor wir nach Berlin fuhren. Ich hatte das bereits heute Morgen mit Leon besprochen, und so fuhren wir als Nächstes zum Friedhof.

Jeder Schritt war schwerer als der vorherige, während wir an all den Gräbern vorbeigingen. So viele Tote. Noch immer wollte es mir nicht in den Kopf, dass Mama hier begraben lag und ich sie nie wieder sehen, nie wieder berühren konnte. Hannah hielt meine Hand fest umklammert, während sie tapfer neben mir herstapfte. Ihre Handfläche fühlte sich nass an, aber es konnte auch mein eigener Angstschweiß sein. Irgendwann würde ich es akzeptieren müssen, aber im Moment fühlte ich mich wie in einem dieser Horrorfilme, die ich nicht ausstehen konnte. Eine dichte graue Wolkendecke verstärkte das Grau der Grabsteine. Der Weg war halb verdeckt von Laub, und zuvor hatte ich im Gras einige Krähen entdeckt. Eine hatte auf einem Grabstein gesessen, die Umgebung beobachtet und mir eine Gänsehaut verursacht. Ich hasste Friedhöfe, und noch mehr hasste ich den Gedanken, dass eines Tages ich und alle, die ich liebte, hier begraben liegen würden.

Es waren nur noch wenige Schritte bis zu Mamas Grab. Ich konnte den grauen Granitgrabstein bereits sehen. Ich musste mich zwingen, nicht stehen zu bleiben. Mein Atem ging zittrig, und Hannah drückte sich eng an meine Seite. Ich legte meinen Arm um ihre Schultern, und so gingen wir die letzten Meter, bis wir das Grab erreicht hatten. Leon stand stumm hinter uns, gab uns die nötige Zeit, die wir brauchten. Mamas Name auf dem Grabstein verschwamm vor meinen Augen. Verzweifelt versuchte ich die Tränen wegzublinzeln. Ich musste stark sein. Für Hannah. Mama hätte es so gewollt.

Ich kramte aus meiner Tasche zwei Grablichter heraus. Wir hatten Glück gehabt, dass die Tankstelle, an der wir eben noch das Auto vollgetankt hatten, diese im Sortiment geführt hatte. Vielleicht lag es daran, dass sich die Tankstelle keine dreihundert Meter vom Friedhof befand. Ich entfernte den Deckel und reichte Hannah das Grablicht zusammen mit einem Feuerzeug. Ich beobachtete sie genau, während sie vorsichtig die Kerze anzündete. Dann machte ich für sie den Deckel wieder drauf, da dieser schnell heiß wurde und ich nicht wollte, dass sie sich verbrannte. Während sie sich einen Platz für ihr Grablicht aussuchte, entzündete ich meines und stellte es neben das von Hannah.

Eine ganze Weile standen wir zu dritt schweigend da, jeder in seinen Gedanken versunken, bis Hannah und ich uns einen einvernehmlichen Blick zuwarfen und uns zum Gehen wandten. Leon folgte uns.

Erst im Auto brach Hannah das Schweigen, indem sie fragte, wann wir denn in Berlin seien.

»Das dauert noch einige Stunden«, entgegnete Leon vorsichtig, der offenbar befürchtete, alle paar Minuten gefragt zu werden, wann wir denn endlich da wären.

»Keine Sorge, Hannah wird nicht langweilig, die liest einfach ihr Buch weiter, stimmt's?«

»M-hm.«

»Was liest du denn gerade?«, fragte Leon.

»Einen Ponyhofkrimi, und der ist tooootaaal spannend.«

»Wenn Pferde darin vorkommen, kann es ja gar nicht langweilig sein«, behauptete Leon, wobei ich mir ziemlich sicher war, dass er das gerade erfunden hatte.

»Das stimmt«, sagte Hannah. Ich beobachtete im Rückspiegel wie sie zustimmend nickte. »Pferdebücher und Sudoku sind immer eine gute Idee!«

Nachdem Leon uns vor meiner Wohnung abgesetzt hatte, war er nach Hause gefahren, um uns den nötigen Freiraum zu lassen. Während ich die Wohnungstür aufschloss, war ich ein wenig nervös, was Hannah zu ihrem neuen Zuhause sagen würde. Sobald die Tür auf war, quetschte sie sich an mir vorbei und inspizierte die Räume. Als sie das kleine Schlafzimmer entdeckte, warf sie sich quer über das Bett. »Hier schlafe ich!«

»Ich aber auch!«, rief ich und ließ mich mit voller Wucht auf die Matratze fallen, so dass Hannah nach oben gefedert wurde.

»Du bist doof!« Sie griff sich ein Kissen und schlug damit nach mir.

»Jetzt reicht's aber, außer du legst es darauf an, ordentlich durchgekitzelt zu werden.«

Da sie mich weiterhin mit dem Kissen malträtierte, hieß das wohl Ja. »Na warte!« Ich streckte meine Hände nach ihr aus, und noch bevor ich sie berührte, fing Hannah bereits zu quietschen an.

Und dann kitzelten wir uns gegenseitig, bis uns die Luft wegblieb. Irgendwann kippten wir erschöpft mit dem Rücken auf die Matratze. Ich drehte meinen Kopf zu Hannah, deren Brustkorb sich genauso heftig hob und senkte wie meiner. »Gefällt's dir hier?«

»Wenn einem ein Schuhkarton als Wohnung gefällt, dann finde ich es hier super.«

»Ich weiß, es ist klein, aber wir bleiben ja nicht für immer hier. Und bis ich etwas Größeres gefunden habe, gehört dir das Schlafzimmer. Du kannst es einrichten, wie du magst.«

»Und wo wirst du schlafen?«

»Ich nehme die Couch.« Ich kitzelte Hannah am Bauch. »Nun schau nicht so, das ist schon in Ordnung.« Ich lachte. »Die Couch ist wirklich bequem.« Ich ließ von ihr ab und wurde wieder ernst. »Ich werde schauen, was unser Budget hergibt, damit wir bald umziehen können. Vorher müssen wir allerdings erst mal unser Haus in München verkaufen, und morgen steht deine Anmeldung in der Grundschule an. Hoffentlich ist das nicht allzu kompliziert mitten im Schuljahr.« Ich griff wahllos nach einem Kissen und legte es mir übers Gesicht. Die ganzen Behördengänge schienen einfach kein Ende nehmen zu wollen. Wenigstens hatte unser Vater uns angeboten, die nötigen Abmeldungen bei der Grundschule in München vorzunehmen.

»Bist du aufgeregt wegen deiner neuen Klassenkameraden?«, fragte ich, als Hannah nichts weiter erwiderte.

»Hm.«

Ich nahm das Kissen wieder vom Gesicht und bemerkte, dass Hannah die Mundwinkel ratlos nach unten gezogen hatte.

»Du findest bestimmt ganz schnell Anschluss. Ich würde mich vielleicht nicht mit ›Hallo, ich bin Miss Oberschlau‹ vorstellen, aber –« Weiter kam ich nicht, denn Hannah sprang auf mich drauf und bohrte mir ihre spitzen Finger in die Rippen.

»Hey!«, japste ich, »genug gekitzelt für heute.«

Da war Hannah allerdings anderer Ansicht. Und tief in mir drin freute ich mich darüber. Ich konnte gar nicht in Worte fassen, um wie viel ich mich seit gestern leichter fühlte. Mir war nicht nur ein Stein vom Herzen gefallen, als Hannah mir verziehen hatte, nein, das war schon eine ganze Festung gewesen. Und der Mann, dem ich das alles zu verdanken hatte, war Leon. Er hatte mir den Weg aus dem Nebel und ins Leben gezeigt. Zum ersten Mal seit Mamas Tod begriff ich etwas ganz Entscheidendes: Obwohl mir das Schicksal eine der wichtigsten Personen in meinem Leben genommen hatte, hatte es mich doch gleichzeitig mit Hannah enger zusammenwachsen lassen und mit Leon die Liebe in mein Leben treten lassen. Es kam überhaupt nicht darauf an, wie viel Zeit uns mit den Menschen blieb, die uns wichtig waren, denn im Vergleich zur Ewigkeit war jede menschliche Zeitspanne weniger als ein Hauch. Es kam darauf an, wie man diese Zeit verbrachte. Denn diese kostbaren Momente miteinander würden später Erinnerungen sein, von denen man zehren konnte. Es ging darum, die Anwesenheit seiner Liebsten nicht als selbstverständlich anzusehen, sondern sich bewusst zu machen, dass jedes Wort das letzte sein könnte, das man an sie gerichtet hatte.

Ich quietschte, als Hannah die Stelle unter meinen Achseln kitzelte, an der ich besonders empfindlich war.

Irgendwann lagen wir beide schwer atmend auf dem Bett. Ich drehte meinen Kopf zur Seite und lächelte meine kleine Schwester liebevoll an.

»Danke, dass ich bei dir bleiben darf! Ich hab dich lieb, Elle.«

»Das ist nichts, wofür du dich bedanken müsstest. Und, Hannah?«

»Was ist?«

»Ich hab dich lieber.«

»Dann hab ich dich am liebsten.«

»Ich hab dich unendlich am liebsten.« Ich gab ihr einen dicken Schmatzer auf die Wange, bei dem Hannah aus Prinzip das Gesicht verzog.

»Pff!«, entgegnete sie, weil sie wusste, dass sie verloren hatte. Schließlich hatte sie mich belehrt, dass mit unendlich alles unendlich mehr wurde.

Plötzlich hellte sich ihr Gesicht auf. »Ich hab dich unendlich mal unendlich am liebsten.«

»Na schön, einigen wir uns auf ein Unentschieden.«

»War klar, dass du das sagst.« Hannah rollte mit den Augen, ehe sie plötzlich auf mich draufsprang und eine weitere Kitzelattacke startete.

Kapitel 27

11. Oktober 2016, 17:57 Uhr

»Es ist schon alles vorbereitet, ich habe nur noch auf euch gewartet.« Leon gab mir einen flüchtigen Begrüßungskuss und strich Hannah kurz über den Kopf.

»Du meinst, du hast die Lasagne aus der Verpackung geholt«, neckte ich ihn.

»Das ist auch Vorbereitung. Mit Verpackung kannst du sie wohl kaum in die Mikrowelle stellen.« Er warf mir einen überlegenen Blick zu.

»Ich glaube, das mit dem Kochen wird bei uns nichts mehr.« Ich lachte. »Hey, Hannah, ab wann habt ihr in der Schule eigentlich Hauswirtschaftsunterricht? Wird Zeit, dass du kochen lernst.«

»Du bist unsere große Hoffnung auf bessere kulinarische Zeiten«, fiel Leon mit ein.

Hannah rollte nur mit den Augen, ehe sie sich an den Tisch setzte und in ihrem Buch weiterlas. Das hatte sie schon während der ganzen S-Bahn-Fahrt nicht aus der Hand legen können, und auch jetzt war sie sofort wieder in die Geschichte vertieft. Rein theoretisch könnten Leon und ich machen, was wir wollten. Sie würde nichts davon mitkriegen. Ich zog meine Jacke aus und hing sie am Garderobenständer auf, ehe ich meiner Schwester ins Wohnzimmer folgte. Mein Blick blieb dabei automatisch an meinem eigenen Gesicht hängen, das als Foto an Leons Magnetwand hing. »Leon, was ist das?«

Ich trat näher und erkannte den Moment sofort wieder. »Das war auf dem Fernsehturm, als wir uns gerade das zweite Mal begegnet sind«, stellte ich überrascht fest. »Du hast ein Foto von mir gemacht.«

»Und nun habe ich es entwickeln lassen.« Sein Blick war so liebevoll, dass mir ganz warm ums Herz wurde. »Du bist wunderschön, Elle.«

»Ich will es auch sehen.« Hannah kam hergerannt und quetschte sich neben mich. »Du hast ja gar nichts Besonderes an«, stellte sie fest.

»Manchmal sind die schönsten Fotos die, die ungestellt sind«, erläuterte Leon.

Meine Haare wurden von dem kräftigen Orange der untergehenden Sonne angestrahlt, und der Ausdruck in meinen Augen war verzückt. Es war eine sehr schöne Aufnahme.

»Wenn du meinst.« Hannah zuckte mit den Schultern und lief zum Tisch zurück.

Leon und ich tauschten einen Blick, der meinen Magen kribbeln ließ.

»Möchtest du ein Glas Rotwein?«, bot er mir an.

Ich legte meine Hand auf seine Brust. »Ich möchte dich«, raunte ich.

»Und ich dich. Immer.« Er hob seine Hand an meine Wange und senkte den Kopf.

Das Knistern zwischen uns war beinahe greifbar. Wie gerne würde ich jetzt meine Arme um seinen Hals schlingen und ihn ganz für mich allein beanspruchen. Ein Husten ließ uns beide auseinanderfahren.

»Wann gibt es Essen?«, fragte Hannah unschuldig. »Ich hab Hunger.«

»Ich dachte, dein Buch wäre so spannend, dass du nichts anderes tun kannst als lesen. Das jedenfalls war noch heute Nachmittag dein Argument, als ich dich gebeten habe, deinen Koffer endlich auszuräumen.«

»Ich wollte nur nicht, dass mir schlecht wird vor dem Essen.«

»Wieso sollte dir vom Kofferausräumen schlecht werden?«, fragte ich irritiert.

»Doch nicht davon«, sagte sie in einem Tonfall, der eindeutig *Mann, bist du blöd* bedeutete. »Von eurem Rumgeknutsche. Das ist so eklig.«

»Na hör mal!« Ich stemmte die Hände in die Hüften. »Ich werde mir von dir bestimmt nicht verbieten lassen, Leon wann und so oft ich will zu küssen.«

Hilfe suchend blickte ich Leon an, der sich unbeholfen am Kinn kratzte. »Ich kümmere mich besser mal um die Lasagne.«

Leon verschwand in der Küche, und als ich mich wieder Hannah zuwandte, hielt sie sich ihr Buch demonstrativ vors Gesicht.

Seufzend setzte ich mich zu ihr. Eigentlich hatte ich gar keine Lust auf dieses ganze Erwachsenen-Mutterrollen-Ding. Vielleicht sollte ich es einfach sein lassen. Ich konnte Hannah Mama schließlich nicht ersetzen, und ich wollte es auch gar nicht erst versuchen, denn niemand ließ sich einfach so ersetzen und schon gar nicht Mama. Das Schicksal hatte mir die Verantwortung in die Hände gedrückt, ob ich wollte oder nicht, und ich würde jetzt versuchen, das Beste daraus zu machen. Zumindest Hannahs Schulwechsel hatten wir gestern schon mal ganz gut hinbekommen. Nach dem zu urteilen, was mir Hannah so erzählt hatte, hatte sie sogar bereits Anschluss gefunden. Nächste Woche fing für mich die Uni an, und ich musste es irgendwie hinkriegen, alle meine Kurse auf den Vormittag zu legen, damit Hannah nicht so viel alleine war. Dadurch waren allerdings auch die gemeinsamen Abende mit Leon vorbei. Vielleicht konnte ich sie in zwei Jahren ab und zu mal einen Abend alleine in der Wohnung lassen, aber was war in der Zeit bis dahin?

»Was ist das denn?«, fragte Hannah schockiert, als plötzlich der Tisch vibrierte.

»Ach nur ein vorbeifahrender Zug«, sagte ich und winkte ab. »Irgendwann hört man den angeblich gar nicht mehr.«

»Ja, wenn man alt und schwerhörig ist«, meinte sie und las dann weiter.

Aus der Küche vernahm ich leises Gelächter.

»Du solltest dich besser konzentrieren; nicht, dass du die falsche Watt-Zahl eingibst. Mikrowellen können echt fies sein«, rief ich Leon zu.

»Darin bist du ja Expertin. Stichwort Schokolade«, gab Leon zurück.

»Oh ja, einmal sollte sie Schokoladenfondue machen und –«

»Davon redet er gerade, Hannah«, unterbrach ich sie.

Leon und Hannah kicherten einvernehmlich.

Die Mikrowelle begann zu brummen, und ich ließ mich auf den Stuhl neben Hannah fallen.

»Und weiß er auch, dass du keine Schokolade magst?«

»Und wie er das weiß«, antwortete Leon. »Und er findet es unverständlich. Einfach jeder mag Schokolade.«

»Jetzt bekomme ich Lust drauf. Hast du welche da?«, fragte Hannah.

»Immer.« Leon schmiss ihr eine Tafel von der Küche aus zu, die sie geschickt auffing.

»Aber doch nicht kurz vorm Essen«, stöhnte ich.

»Ach nun tu doch nicht so, als wäre die Mikrowellen-Lasagne gesünder als die Schoki«, entgegnete Hannah.

Darauf fiel selbst mir kein geeignetes Gegenargument ein, und ich sah stumm dabei zu, wie sie die Tafel aufriss und sich zwei Stückchen auf einmal in den Mund schob.

Leon zog sich einen Stuhl heran und setzte sich zu uns. »Was habt ihr beiden am Sonntag vor?«

»Was sollen wir schon groß vorhaben, Leon? Vielleicht schauen wir uns ein paar Sehenswürdigkeiten an.« Ich zuckte die Achseln.

»Wenn das so ist, würdet ihr mich dann zum Mittagessen zu meiner Familie begleiten?«

»Wie bitte?« Ich starrte ihn mit offenem Mund an. War ihm nicht klar, dass sein Vater mich erkennen würde und wie unangenehm dadurch alles werden könnte? Ganz abgesehen davon, dass ich gar nicht wusste, ob ich Mamas Date überhaupt kennenlernen wollte.

»Ich glaube, das wäre der nötige Anstoß, den mein Vater bräuchte, um ein Geständnis abzulegen.«

»Was für ein Geständnis?«, fragte Hannah.

»Zu viel Neugier ist ungesund«, erinnerte ich sie.

»Hmpf!« Beleidigt blickte sie wieder in ihr Buch.

»Also, was denkst du?«, hakte Leon nach.

»Ich weiß nicht recht.« Ich vergrub das Gesicht in meinen Handflächen. »Das wird ziemlich unangenehm für alle Beteiligten werden.«

»Das denke ich nicht. Mutter wird sich freuen, dich kennenzulernen, und meine Schwestern ebenfalls. Außerdem sollst du auch gar nichts in der Richtung sagen oder andeuten, und mein Vater wird sich ebenfalls hüten, irgendetwas zu erwähnen. Aber vielleicht kann ich ihn hinterher in einem Gespräch unter vier Augen dazu bewegen, Mutter endlich die Wahrheit zu sagen. Ich finde nämlich, die hat sie verdient.«

Ich kaute nachdenklich auf meiner Unterlippe. »Das stimmt schon, und ich würde wirklich gerne den weiblichen Teil deiner Familie kennenlernen.«

Leon gab mir einen Kuss auf die Wange. »Danke!«

»Keine Ursache. Dafür bekomme ich ja ein Gratismittagessen. Selbst gekocht, nehme ich an.« Ich zog eine Augenbraue in die Höhe.

»Garantiert ohne Mikrowelleneinsatz.« Leon lachte. »Apropos, ich glaube, die Lasagne ist schon seit fünf Minuten fertig.«

Leon stand auf, und ich folgte ihm, um ihm beim Servieren zu helfen.

Als wir mit unseren Tellern voll dampfender Lasagne zu dritt am Tisch saßen, fühlte ich eine Welle des Glücks in mir aufsteigen, und für einen kurzen Moment glaubte ich, dass das alles hier nicht echt sein konnte. Aber das war es. Ich saß hier mit den beiden wichtigsten Menschen in meinem Leben vereint an einem Tisch, und wir aßen Mikrowellen-Lasagne. Konnte das Leben eigentlich überhaupt noch besser sein?

Kapitel 28

15. Oktober 2016, 14:33 Uhr

»Das ist *Hans im Glück.*« Hannah zeigte aufgeregt auf die Steinskulptur eines Jungen, der über seiner Schulter einen Sack trug und von einem Schwein begleitet wurde.

»Du kennst dich richtig gut aus«, lobte Leon. »Und wer ist das da?« Er deutete auf die nächste Skulptur, die eine Schüssel voll Linsen in den Händen hielt und von Tauben umgeben war.

Lächelnd betrachtete ich Hannah, die angestrengt überlegte. Es war Leons Idee gewesen, einen Spaziergang zum Märchenbrunnen zu machen, der sich im Volkspark Friedrichshain befand, dem Park, in dem Leon und ich uns das erste Mal begegnet waren. Nur hatte ich damals keine Ahnung gehabt, dass der Park so hieß, und auch nicht, dass sich am anderen Ende, gar nicht mehr allzu weit vom Alexanderplatz, der Märchenbrunnen befand.

Obwohl das Wetter nicht mitspielen wollte und dicke graue Regenwolken über der Stadt hingen, hätte es hier nicht schöner sein können. Die Skulpturen und der Weg vor uns glänzten vor Nässe, und noch immer tröpfelte es, was der Magie dieses Ortes aber keinen Abbruch tat. Der Brunnen war ziemlich groß, so dass wir eine Weile brauchen würden, bis wir ihn einmal umrundet und alle Märchenskulpturen betrachtet hatten. Im Brunnen selbst befanden sich mehrere kleine Wasserfontänen, und ringsherum war der Park von hohen Laubbäumen gesäumt, deren bunte Blätter ebenfalls vom Regen glänzten.

»*Aschenputtel?*« Hannah warf Leon einen fragenden Blick zu.

»Jep«, bestätigte er.

Wir schlenderten weiter. »Das ist *Dornröschen*, oder?« Ich betrachtete das schlafende Mädchen, um dessen Stuhl sich Rosen rankten.

»Jetzt hast du es verraten«, maulte Hannah.

»Entschuldige, bei der nächsten Skulptur darfst du wieder raten.«

Leon trat neben mich und legte mir einen Arm auf die Schultern, während Hannah vor uns herhüpfte.

»Du siehst so glücklich aus«, murmelte er. »Das steht dir.«

»So, findest du?« Ich schürzte die Lippen.

»Du weißt, wie unwiderstehlich du aussiehst, wenn du das tust.«

»Kann sein.« Ich zuckte möglichst gleichgültig mit den Schultern, und Leon fuhr mir mit dem Daumen über die Unterlippe.

»Hey, wo bleibt ihr denn?«, rief Hannah. »Weniger schmachten, mehr laufen.«

»Sie ist so frech.« Ich schüttelte nachsichtig lächelnd den Kopf.

»Aber man kann ihr einfach nicht böse sein.« Leon schmunzelte. »Das hat sie von ihrer großen Schwester.«

»Du bist unglaublich, und genau deshalb liebe ich dich.«

»Und ich dich.« Er senkte den Kopf und küsste mich, bevor wir zusehen mussten, dass wir Hannah wieder einholten, die schon ungeduldig darauf wartete, mit dem Märchenraten fortfahren zu können.

Es war Sonntag, mittags kurz vor zwölf Uhr. Wir befanden uns in der S-Bahn, und mir war schlecht vor Aufregung. Mittlerweile war ich mir absolut sicher, dass das Mittagessen bei den Beckers die dümmste Idee war, die Leon jemals gehabt hatte.

Und ich musste einen geistigen Aussetzer gehabt haben, als ich zugestimmt hatte. Welche Tochter wollte schon den Geliebten ihrer toten Mutter kennenlernen? Am liebsten wäre ich direkt ausgestiegen und davongerannt, was sich in einer fahrenden S-Bahn leider als unmögliches Unterfangen entpuppte.

Ich verstand natürlich, weshalb das Treffen für Leon wichtig war und was er sich davon erhoffte. Als er mir die Wahrheit erzählt hatte, war ihm deutlich anzusehen gewesen, wie sehr ihn diese Lüge seiner Mutter gegenüber mitnahm. Nicht umsonst verspürte er den Drang, jeden Tag eine gute Tat als Ausgleich zu vollbringen. Heute hatte er mir die süßeste Nachricht überhaupt geschrieben. Wobei ich das jeden Tag dachte. Wie er das schaffte, war mir ohnehin ein Rätsel. Irgendwann musste doch mal die Spitze des zuckerwattesüßen Berges erreicht sein. Ich wartete immer darauf, dass ich seine Botschaften irgendwann kitschig finden würde, aber nein, dem war nicht so.

Heute Morgen hatten wir uns folgende SMS geschrieben.

Leon: Du bist das fehlende Teil in meinem Leben, von dem ich nicht einmal gewusst hatte, dass es fehlt, bis ich dir begegnet bin.

Ich: Du bist schuld, wenn ich Diabetes kriege!!!

Leon: ???

Ich: Weil du mir ständig zuckersüße Nachrichten schreibst.

Leon: Pass auf, dass du nicht auch noch Karies bekommst.

Ich: Das Risiko nehme ich auf mich. Und wehe du hörst auf, mir solche Dinge zu schreiben! ;-)

Leon: :-) Bis später!

Dieses Später war jetzt, und ich verfluchte die S-Bahn, dass ausgerechnet heute keine Störung auf den Gleisen vorlag und wir tatsächlich pünktlich an der Haltestelle ankamen. Leon lächelte mich aufmunternd an, doch ich sah die angespannte Haltung seiner Schultern. Sein Blick bohrte sich in meinen und schien zu sagen: *Gemeinsam schaffen wir das!*

Ich wünschte, ich würde ebenso zuversichtlich aussehen, aber ich war mir sicher, dass meine Augen *Hilf mir!* schrien. Hannah stupste mich in die Seite und raunte dann nicht wirklich leise in mein Ohr: »Du guckst wie ein Schaf.«

Also entweder stimmte etwas mit Hannahs Wahrnehmung nicht, oder mit dem Ausdruck meiner Augen, denn dieser musste doch meine Panik zu erkennen geben.

»Das ist nicht sehr hilfreich«, zischte ich.

»Du bist ja vielleicht schlecht gelaunt heute«, grummelte sie.

Die Bahn wurde langsamer, und wir begaben uns zu den Türen. Als wir auf den Bahnsteig hinaustraten, rief ich mir noch einmal in Erinnerung, dass ich das alles nur unternahm, weil es das Richtige war. In letzter Zeit hatte ich zu oft das Falsche getan. Heute jedoch nicht. Außerdem war es das Mindeste, was ich für Leon tun konnte, nach allem, was er für mich getan hatte.

Hannah und Leon griffen fast zeitgleich nach meiner Hand, was mich mit Glück erfüllte. Es war ein schönes Gefühl, wenn beide meine Nähe suchten, auch wenn ich befürchtete, dass das bei Hannah nicht mehr allzu lange der Fall sein würde. Viel zu schnell würde sie in die Pubertät kommen, und dann würde ich froh sein müssen, wenn ich wenigstens an meinem Geburtstag eine Umarmung von ihr bekäme.

Zu dritt liefen wir am Bürgersteig entlang, in einer Gegend, die überhaupt nicht mehr nach Großstadt aussah, was mich erstaunte. Ich hatte nicht erwartet, dass es in Berlin tatsächlich Gegenden gab, die geradezu dörflich wirkten. Einfamilienhäuser säumten die Straßen, jedes von ihnen mit einem kleinen Garten. Überhaupt war hier alles ruhig. Keine Touristen, kein Trubel, dafür viel Laub, das unter unseren Schritten knirschte. Hannah trat fest in das Laub hinein, wirbelte die trockenen Blätter vor ihren Füßen auf.

Ich bemerkte erst, dass wir da waren, als Leon mich weg vom Bürgersteig zu einem Hauseingang auf der rechten Seite zog. Bevor er auf den Klingelknopf drückte, gab er mir einen Kuss auf den Scheitel.

»Du schaffst das«, flüsterte er in mein Haar.

»Mir bleibt ja kaum eine andere Wahl«, grummelte ich.

Er wollte noch etwas erwidern, als die Haustür geöffnet wurde und ich mich Leons Vater gegenübersah. Ich wusste nicht, ob ich darüber erleichtert sein sollte, dass wir es gleich hinter uns brachten, oder nicht doch lieber meinem Fluchtinstinkt nachgeben und schreiend Reißaus nehmen sollte. Vermutlich hätte ich mich für Letzteres entschieden, wenn Leon nicht meine Hand viel zu fest gehalten hätte, sie regelrecht zerquetschte.

Herr Becker hatte kurz geschnittene braune Haare, den Ansatz eines Bierbauchs und ein sympathisches Lächeln, mit dem er zuerst seinen Sohn bedachte, ehe er sich an uns wandte. Als er mir direkt ins Gesicht sah, hielt ich den Atem an. Seine Augen, die grün waren, wie ich jetzt erkannte, weiteten sich vor Überraschung, und sämtliche Farbe wich aus seinem Gesicht. Kein Wunder, sah er sich doch einer jüngeren Version von Marie mit braunen Augen gegenüber. Spätestens wenn ich meinen Namen sagte, musste er wissen, dass ich Maries Tochter war, immerhin hatte er kurz nach ihrem Tod bei uns angerufen. Nachdem Leon mir davon erzählt hatte, war auch mir das Gespräch wieder eingefallen, dem ich in meiner Trauer kaum Beachtung geschenkt hatte.

»Hallo, ich bin Elle.« Ich rang mir ein Lächeln ab und streckte ihm meine Hand entgegen, die er nach kurzem Zögern ergriff. »Und das da« – ich befreite mich aus Leons Griff und deutete auf Hannah – »ist meine kleine Schwester Hannah.«

»Freut mich, euch kennenzulernen«, entgegnete er steif, was seine Worte Lügen strafte. »Ich bin Jörn.«

Er ließ meine Hand los, um die von Hannah zu ergreifen, deren Gesicht er nur kurz streifte, um dann wieder mich anzusehen.

Ich schluckte unbehaglich. Jörn war inzwischen so blass, dass ich anfing, mir Sorgen zu machen.

»Essen wir heute im Vorgarten, oder lässt du uns noch rein?«, fragte Leon betont unbekümmert.

»Entschuldigung, ich bin nur etwas … du siehst aus wie … kommt doch bitte rein!« Der Ärmste trat völlig verwirrt einen Schritt zur Seite, so dass wir uns an ihm vorbeiquetschen konnten. Jörn schloss hinter uns die Tür, nur um mich gleich darauf weiter anzustarren. Er kratzte sich unbehaglich am Bart.

»Warum glotzt er dich denn die ganze Zeit so an?«, flüsterte Hannah, der Jörn offensichtlich unheimlich war.

Ich beugte mich zu ihr herunter. »Ich habe keine Ahnung«, raunte ich, ohne ihr dabei in die Augen zu sehen. »Ich hab doch nichts Komisches im Gesicht, oder?«

Hannah musterte mich für einen Moment. »Nö, außer einem Pickel am Kinn seh ich nichts.«

»Wie schön, dass du den immer noch sehen kannst. Ich hab ja nur mit zwei Tonnen Make-up versucht ihn zu überdecken«, entgegnete ich verstimmt.

Hannah wandte sich desinteressiert ab und zog ihre Jacke aus. Ich tat es ihr gleich, und nachdem wir unsere Jacken an den Garderobenständer gehängt hatten, wirkte Jörn zumindest nicht mehr ganz so blass.

»Kommt, ich führe euch ein wenig herum.« Leon bedeutete uns, ihm zu folgen.

Das Wohnzimmer war in Creme- und Erdtönen gehalten. Was auffiel war das große Foto auf Leinwand, das über dem Sofa hing und auf dem gestochen scharf die winzigen Tautropfen eines Spinnennetzes bei Sonnenaufgang abgebildet waren. Die einzelnen Tropfen sahen aus wie kleine Perlen und funkelten im Licht der aufgehenden Sonne.

»Hast du das fotografiert?«, fragte ich Leon, obwohl ich die Antwort bereits kannte.

Er nickte stolz. »Vor circa drei Jahren. Das war hier in unserem Garten.«

»Wirklich?«

»Ja, da hing dieses riesige Spinnennetz, und es war absolut perfekt.«

»Wow! Du hast wirklich einen ganz anderen Blick auf die Natur als ich.«

»Das ist alles Übungssache«, wiegelte er ab.

»Schade, dass du nicht so ein Riesenfoto von der Spinne gemacht hast. Das würde ich mir sofort in mein Zimmer hängen. Damit kann man toll Leute vergraulen«, meinte Hannah überzeugt.

»Ich erlaube dir bestimmt nicht, so was bei uns aufzuhängen. Das ist ja eklig.«

»Ach du bist so langweilig«, sagte sie mit einem Augenrollen.

»Das nennt man spießig«, korrigierte ich sie, nur um sie zu ärgern.

»Ne, du bist schon eine Sonderform: ein langweiliger Spießer«, entgegnete Hannah ernsthaft und brachte damit Leon und mich zum Lachen.

»Ich finde dich überhaupt nicht spießig«, meinte Leon und legte mir einen Arm um die Taille. Sein Atem streifte mein Ohr, als er mir seine nächsten Worte hineinhauchte: »Erst recht nicht, wenn dein Körper so auf mich reagiert.« Eine Gänsehaut bildete sich in meinem Nacken, was Leon zu bemerken schien, denn er warf einen wohlwollenden Blick darauf.

»Hi, ich bin Chrissi, und du bist Leons Freundin?«

Ich zuckte zusammen, als plötzlich ein Mädchen neben mir stand und mich breit angrinste.

»Äh genau, ich bin Elle«, entgegnete ich leicht perplex.

Die Verwandtschaft zu Leon war nicht zu übersehen. Chrissi hatte die gleichen sandfarbenen Haare wie er, nur trug sie ihre zusammengebunden als lockeren Knoten auf dem Hinterkopf. Ein paar Pickel zierten ihr Gesicht, die sich selbst mit Make-up nicht verdecken ließen, aber das erging wohl jedem fünfzehnjährigen Mädchen so.

»Und wer bist du?« Chrissi bedachte meine Schwester mit einem neugierigen Blick.

»Jedenfalls kein Spießer.« Sie warf mir einen kurzen Blick aus zusammengekniffenen Augen zu und grinste dann Chrissi an. »Ich heiße Hannah.«

»Sag mal, magst du Pferde, Hannah?«

»Und wie!«

»Ich auch. Ich wünschte, wir würden auf dem Land leben und ich könnte mein eigenes Pferd haben.« Chrissi seufzte abgrundtief. »Ich glaube, ich hab da was in meinem Zimmer für dich.« Sie legte Hannah einen Arm um die Schultern. »Das wird dir gefallen.«

Die beiden ließen uns im Wohnzimmer zurück.

»Was war denn das?« Ich blickte Leon ratlos von der Seite an.

»Scheint, als wären die beiden auf einer Wellenlänge.« Leon grinste. »Chrissi hat unglaublich viele Pferdezeitschriften von früher, die alle in Kisten unter ihrem Bett liegen, weil sie sich nicht dazu durchringen kann, sie wegzuschmeißen. Vermutlich will sie die Hannah schenken.«

»Ach so«, sagte ich beiläufig, ehe seine Worte zu mir durchdrangen. »Moment mal, sagtest du gerade Kisten? Plural? Wie sollen wir die denn nach Hause schleppen?«

»Falls Hannah sie haben möchte, kann ich sie euch auch mit dem Auto vorbeibringen. Das bekommen wir schon hin.« Leon zog mich an sich, und ich lehnte mich bereitwillig an seine starke Brust.

»Dein Vater traut sich wohl nicht mehr zu mir, oder?«, fragte ich erschöpft.

»Ich glaube, er muss deinen Anblick erst einmal im Stillen verdauen.«

»Und was ist mit deiner Mutter? Sollten wir sie nicht besser begrüßen gehen? Oder ihr in der Küche helfen? Wie heißt sie überhaupt?«

»Du bist süß, wenn du so nervös bist. Sie heißt Marlene, aber untersteh dich, meiner Mutter in der Küche zu helfen. Das macht ohnehin Mona, und außerdem würde ich es vorziehen, wenn das Mittagessen auch schmeckt.«

Ich boxte ihm gegen den Brustkorb, was Leon nur mit amüsiert hochgezogenen Augenbrauen quittierte. »Als wenn du viel talentierter in der Küche wärst«, grummelte ich.

»Das nicht, aber ich bin wenigstens schlau genug, mich von sämtlichen Küchengeräten, die keine Kaffeemaschine oder Mikrowelle sind, fernzuhalten.«

»Ach, ist das so?« Ich zog eine Augenbraue in die Höhe und beäugte ihn skeptisch.

»Bei dir sieht das tatsächlich beeindruckender aus«, stellte er mit einem breiten Grinsen fest, ehe er sich herabbeugte, um mich zu küssen.

Sofort verschwand mein kleiner Groll gegen Leon, und ich genoss den Moment ungestörter Zweisamkeit. Seine Hände wanderten an meiner Taille hinab, über meine Hüften bis hin zu meinem Hintern, auf den er mir einen Klaps gab. Bevor wir unseren Kuss vertiefen konnten, wurden wir zum Essen gerufen, und die Nervosität meldete sich zurück. Aber ich war ja nicht allein, und mit Leon an meiner Seite würde ich das schon hinbekommen. So wie wir gemeinsam alles hinbekamen.

Beim Essen vermied Jörn jeglichen Blickkontakt mit mir. Auch Leon und Hannah sah er kaum an. Tatsächlich stocherte er nur auf seinem Teller herum. Ihm war augenscheinlich der Appetit vergangen.

Chrissi und Hannah plapperten in einer Tour, da hatten sich wirklich zwei gesucht und gefunden.

Marlene hingegen bemühte sich um ungezwungene Konversation. »Leon hat erzählt, dass du eigentlich aus München kommst? Ich war leider erst einmal dort, aber ich habe die Stadt sehr schön in Erinnerung.« Sie hatte eine zierliche Figur und ein filigranes Gesicht. Ihre karamellfarbenen Haare fielen ihr in weichen Wellen über die Schultern.

»Genau. Ich wollte aber immer zum Studieren nach Berlin, und nachdem … na jedenfalls hält mich jetzt auch nichts mehr in München.«

Marlenes Gesichtszüge wurden weich. »Ich habe schon gehört, was mit deiner Mutter passiert ist. Einfach schrecklich. Dennoch finde ich es bewundernswert, dass du die Verantwortung für deine kleine Schwester übernimmst und dich um sie kümmerst. Das ist bestimmt nicht immer leicht.«

Bei der Erwähnung von Mamas Tod starrten alle außer Mona, Chrissi und Marlene auf ihre Teller. Sämtliche Farbe war aus Jörns Gesicht gewichen, und er hielt sein Besteck krampfhaft umklammert.

»Das ist wahr, aber ich gebe mein Bestes.« Ich rang mir ein Lächeln ab.

»Papa, geht es dir nicht gut?«, fragte Mona.

»Nein, ich meine ja. Ich glaube, ich werde mich eine Weile hinlegen.« Jörn schob seinen Stuhl zurück, murmelte eine Entschuldigung und sah immer noch keinem von uns in die Augen.

»Jörn, was hast du?«, fragte Marlene. »Ist dir schlecht? Soll ich dir einen Pfefferminztee kochen? Der ist gut für den Magen.«

»Es geht schon.« Er lächelte Marlene gequält an. »Aber ich denke, wir sollten heute Abend in Ruhe miteinander reden.«

»Jetzt machst du mir aber Angst.« Marlene klang besorgt.

»Vielleicht sollten wir gehen, und ihr redet jetzt sofort miteinander«, schlug Leon vor, der wohl Angst hatte, sein Vater könnte es sich noch einmal anders überlegen.

»Das ist doch Unsinn! Ich habe extra einen Schokoladen-Marzipan-Gugelhupf gebacken. Was könnte so wichtig sein, dass es nicht bis heute Abend warten kann?« Marlene blickte unsicher zwischen Leon und Jörn hin und her, und auch Chrissi und Mona beobachteten das Geschehen interessiert.

Keiner von uns gab ihr eine Antwort darauf.

»Bitte entschuldigt mich«, sagte Jörn und verschwand aus dem Raum.

Mona und Chrissi taten das merkwürdige Verhalten ihres Vaters schnell als unwichtig ab, und auch Hannah machte sich keine weiteren Gedanken. Nur meine Anspannung wollte nicht weichen, und auch Leon sah aus, als kostete es ihn viel Mühe, einfach ruhig sitzen zu bleiben.

»Ich muss mich für das Verhalten meines Mannes entschuldigen«, meinte Marlene zu mir. »Normalerweise ist er nicht so wortkarg.«

»Schon gut«, murmelte ich. Was hätte ich auch sonst sagen sollen?

Marlene löcherte Hannah, aber vor allem mich noch eine ganze Weile mit Fragen.

Der Gugelhupf schmeckte sogar mir, obwohl ich keine Schokolade mochte. Er war saftig und das Marzipan war köstlich. Nach dem Kaffee verabschiedeten wir uns allerdings recht bald, und ich war froh, als wir uns auf dem Nachhauseweg befanden.

Kapitel 29

22. Oktober 2016, 17:13 Uhr

Ich wusste nicht wie, aber Hannah hatte es letzten Sonntag geschafft, Chrissi total um den Finger zu wickeln. Diese war regelrecht begeistert von der Aussicht, eine Art kleine Schwester zu haben und selbst nicht mehr die Jüngste zu sein. Jedenfalls hatte Chrissi angeboten, auf Hannah aufzupassen, und zu der Möglichkeit, einen Abend mit Leon allein zu verbringen, hatte ich natürlich nicht Nein gesagt. Die beiden hatten sich eben noch was beim Lieferservice bestellt, und Chrissi hatte es sich mit ihrem Schlafsack auf dem Bett bequem gemacht. Sie würde heute bei uns übernachten, und ich konnte die Nacht bei Leon verbringen. Hannah hatte es gar nicht erwarten können, dass ich endlich verschwand. Anscheinend war es jetzt schon so weit, dass ich sie nervte, nur weil ich zwei- oder vielleicht auch fünfmal nachgefragt hatte, ob die beiden noch irgendetwas brauchten.

Von Leon wusste ich, dass Jörn Marlene alles gebeichtet hatte. Sein Vater hatte es ihm später erzählt. Die beiden nahmen nun wohl eine kleine Auszeit, und Jörn wohnte momentan in einem Hotel, bis sich die Wogen geglättet hatten, aber Leon war recht zuversichtlich, dass sie ihre Differenzen klären und wieder zueinanderfinden würden. Auf einer Basis, auf der keine Lüge mehr zwischen den beiden stand.

Für mich war die Situation nicht ganz so einfach. Einerseits ärgerte es mich, dass Jörn nicht zu meiner Mama stand und nun einfach zu Marlene zurückgekrochen kam, obwohl er bis zu Mamas Tod vorgehabt hatte, diese zu verlassen. Andererseits war ich froh, dass die Affäre allem Anschein nach nicht Leons Familie zerstören würde. Allerdings hatte ich keinen blassen Schimmer, wie ich Marlene noch einmal unter die Augen treten sollte, jetzt wo sie genau wusste, wer ich war, würde die Situation sehr unangenehm werden. Aber darüber wollte ich mir erst Gedanken machen, wenn so weit war. In der Zwischenzeit konzentrierte ich mich lieber auf meine kleine Schwester und darauf, endlich alles richtig zu machen.

Hannah und ich vermissten Mama rund um die Uhr, jede einzelne Sekunde des Tages, aber im Gegensatz zu vorher trösteten wir uns nun gegenseitig. Wir redeten oft über Mama, hielten die Erinnerung an sie wach und sorgten dafür, dass wir nicht vergaßen, was für eine großartige Person sie gewesen war.

Die Sonne ging bereits unter, als ich die S-Bahn-Station verließ und in Laufschritt verfiel. Ich konnte gar nicht schnell genug bei Leon ankommen.

»Na wie sehe ich aus?«, fragte ich, sobald ich zur Tür rein war und meinen Mantel ausgezogen hatte.

»Wunderschön.« Er sog anerkennend die Luft zwischen den Zähnen ein. »Aber weshalb hast du dich so schick gemacht?«

»Du hast gesagt, du willst später mit mir tanzen gehen.«

»Ich wollte mit dir in einen Club und nicht auf einen Ball.«

Über Leons Nasenwurzel bildeten sich kleine Fältchen, und allmählich irritierte mich sein Verhalten.

»Deshalb hab ich mein Partykleid und kein Abendkleid angezogen«, entgegnete ich verstimmt.

Und es war sogar mein liebstes Ausgehkleid. Ein kleines schwarzes, das relativ schlicht geschnitten und eng anliegend war, nur den Bereich zwischen Dekolleté und Schultern zierte eine herrliche Spitze.

»Dort, wo ich mit dir hinwollte, trägt man nur Shirt und Sneakers.« Leon warf mir einen entschuldigenden Blick zu.

»Du versuchst mir nicht ernsthaft zu sagen, dass man in Berlin mit Pumps und Cocktailkleid overdressed ist, wenn man Party machen will?« Ungläubig starrte ich ihn an.

In München waren alle nur so weggegangen. Wenn man dort versucht hätte, mit Turnschuhen in einen der angesagten Clubs zu kommen, hätten einen die Türsteher gar nicht erst reingelassen.

»Ich fürchte ja.« Leon trat einen Schritt näher, strich mir die Haare über die Schulter nach hinten und fuhr zärtlich meinen Hals entlang.

»Dann kann ich die Pumps ja jetzt ausziehen. Die fand ich ohnehin unbequem.« Ich bedachte Leon mit einem finsteren Blick, während ich aus meinen Schuhen stieg und auf die gewohnte Größe schrumpfte.

»Soll ich dir helfen, auch den Rest auszuziehen?« Leons Hand war bereits zu meinem Reißverschluss gewandert, und in seinen Augen stand reine Begierde geschrieben.

Mein Ärger verflog, und ein kleines Grinsen stahl sich auf mein Gesicht. »Da bestehe ich sogar drauf.«

Aufreizend langsam zog er den Reißverschluss hinunter, dann streifte er mir das Kleid von den Schultern, und es fiel zu Boden. Nur mehr in Unterwäsche bekleidet, stand ich vor ihm.

Gänzlich unerwartet verlor ich den Boden unter den Füßen, als Leon mich hochhob. Er trug mich ins Schlafzimmer und warf mich mit Schwung aufs Bett. Er legte sich neben mich, stützte seinen Kopf mit einer Hand ab, blickte von oben auf mich herab und malte Kringel um meinen Bauchnabel.

»Du hast mir so gefehlt.« Ich fasste ihm unters Kinn, damit er mir in die Augen sah. Ich wollte mich in diesem Enzianblau verlieren.

»Und du mir erst. Wie war deine erste Uni-Woche?«

»Anstrengend. Und deine Woche?«

»Irgendwie einsam. Ich habe jetzt fast zwei Jahre lang alleine in dieser Wohnung gelebt, aber die kurze Zeit mit dir war so intensiv, dass ich mir gar nicht mehr vorstellen kann, alleine zu wohnen.« Er fuhr sich mit einer Hand durch die Haare. »Was hältst du davon, wenn wir uns zu dritt eine Wohnung suchen? Du und Hannah könnt ohnehin nicht ewig in dieser winzigen Wohnung bleiben.«

»Du würdest wirklich mit mir *und* meiner kleinen Schwester zusammenziehen?« Ich war baff.

»Natürlich. Ich kann mir ein Leben ohne euch beide gar nicht mehr vorstellen. Aber ich verstehe, wenn du noch etwas Bedenkzeit brauchst.«

»Nein«, erwiderte ich hastig, »brauche ich nicht.«

Leons Mundwinkel zuckten amüsiert, und ich war dabei, mich noch ein bisschen mehr in ihn zu verlieben, wobei ich gar nicht gedacht hätte, dass das überhaupt möglich war.

»Es ist nur ... ich glaube, die Wohnung wäre für drei Leute auf Dauer etwas eng. Wir sollten zusehen, dass wir das Haus in München bald verkaufen, und uns dann eine größere Wohnung suchen. Was meinst du?«

»Ich finde es schön, mit dir Zukunftspläne zu schmieden.« Ich lächelte ihn an. »Ich finde es schön, eine Zukunft mit dir zu haben.«

»Gut, dann haben wir –«

»Genug geredet«, fiel ich ihm ins Wort und begann damit, die Knöpfe seines Flanellhemdes zu öffnen. Leon hatte dringenden Nachholbedarf in punkto Nacktheit.

»Das geklärt«, beendete Leon seinen Satz, legte eine Hand an meine Wange und fuhr dann langsam meinen Hals hinab, die Linie meines Schlüsselbeins entlang, senkte den Kopf und küsste mein Dekolleté. Meine Haut kribbelte dort, wo er mich berührte, alles in mir verzehrte sich nach Leon. Am liebsten hätte ich gewollt, dass er alle Stellen meines Körpers gleichzeitig berührte.

»Bist du sicher, dass wir heute den nächsten Schritt gehen sollen?«, fragte Leon unter zwei Küssen.

»Ja«, presste ich atemlos hervor. »Ich bin mir sicher. Ich will dich.«

Ich wollte Leon spüren, überall und besonders in mir drin. Ich hatte es endlich geschafft, sein Hemd vollständig aufzuknöpfen, und strich nun mit meinen Händen über die glatte Haut seines Oberkörpers, spürte seine Bauchmuskeln unter meinen Fingern.

»Und ich dich«, raunte er.

»Sehr schön«, flüsterte ich und wusste nicht, ob ich seine letzten Worte oder seine Bauchmuskeln meinte.

Leon rollte sich auf mich drauf und stützte sich mit seinen Armen neben meinem Kopf ab. Sein Atem kitzelte mein Gesicht, und seine Lippen streiften meine.

»Ich liebe dich«, hauchte er an meinem Mund.

Mein Herz schlug heftig gegen meine Brust. Ich fasste nach Leons Hand, blickte ihm fest in die Augen und legte sie auf meine Brust.

»Meine Antwort«, hauchte ich.

Er nahm seine Hand von meiner Brust und legte stattdessen seinen Kopf darauf. Mein Herz klopfte immer noch wie verrückt. Versonnen vergrub ich meine Hände in seinen Haaren und begann seinen Kopf zu kraulen. Ich liebte das Gefühl seiner weichen Locken zwischen meinen Fingern.

»Dein Herz scheint mich sehr zu mögen«, murmelte er.

»Nicht nur mein Herz.«

»Welche Körperteile mögen mich denn noch?«, fragte er schelmisch. »Verrätst du es mir?«

»Wie wäre es, wenn du das selbst herausfindest?«

Leon begann kleine Küsse rund um meinen Bauchnabel zu verteilen. Meine Bauchmuskeln spannten sich an, und Leon sah mit einem wissenden Lächeln auf. »Ich glaube, dein Bauch mag mich ebenfalls.«

Als Nächstes griff er unter meinen BH und massierte meine rechte Brustwarze, die auf der Stelle hart wurde. Ein Stöhnen entwich mir.

»Hm, ich denke, die mag mich auch.«

»Oh ja!«, stimmte ich begeistert zu.

»Ich frage mich, wie es hiermit aussieht«, murmelte er und näherte sich meinem Ohrläppchen, in das er zärtlich hineinbiss.

Eine Gänsehaut bildete sich in meinem Nacken. »Das mag dich überhaupt nicht«, stöhnte ich. »An deiner Stelle würde ich noch eine Weile weitermachen und versuchen, mein Ohr zu überzeugen.«

»Ich werde mein Bestes geben, es mit oralen Argumenten zu umzustimmen«, meinte er, während er weiterhin daran knabberte. Seine Zunge kitzelte die empfindliche Stelle hinter meinem Ohr.

»Oh ja, du machst das sehr gut. Mein Ohr ist schon fast überzeugt.«

Er streifte mit seinen Lippen meine Wange entlang, bis zum äußersten Winkel meines Mundes. Dann spürte ich jedes seiner Worte auf meiner Haut. »Und was ist hiermit? Mag mich dein Mund?«

Ich drehte meinen Kopf ein winziges Stück, so dass unsere Lippen exakt aufeinanderlagen. »Komm und finde es heraus!« Ich biss ihm spielerisch in die Unterlippe. Ein leises Stöhnen entwich ihm.

Als sich unsere Zungen berührten, sprachen sie deutlich, wie sehr sie einander mochten, ohne ein einziges Wort zu formen.

Ich hatte keine Ahnung, wie Leon das machte, aber ich war bereits jetzt, nach nur wenigen Minuten, feucht und aufs äußerste erregt. Eine kleine Handbewegung nach unten, und ich konnte fühlen, dass es ihm nicht anders ging.

»Mindestens ein Körperteil von dir mag mich auch sehr«, hauchte ich unter zwei Küssen.

»Glaub mir, Elle, jede Faser meines Körpers mag dich mehr,

als ich es jemals für möglich gehalten hätte. Die anderen Körperteile können das nur besser verstecken.«

»Mir gefällt es, zu sehen …« Ich griff in seine Hose, wo seine Erektion gegen meine Hand drückte. »… und zu spüren, wie sehr du mich magst.«

Leon fuhr mit beiden Händen meine Rippen entlang und über meine Taille und ließ sie dann auf meiner Hüfte liegen, während er mir unablässig in die Augen schaute.

»Aber am liebsten möchte ich dich jetzt in mir drin spüren.« Ich war extrem angespannt und hatte Angst zu zerspringen, wenn Leon mich noch länger warten ließ.

»Hast du eigentlich eine Ahnung, was du mit mir machst, wenn du solche Dinge sagst?« Die Lust blitzte in seinen Augen auf.

Ich liebte es, diesen Ausdruck des puren Begehrens in seinen unglaublich blauen Augen zu sehen, der nur mir galt.

»Noch irgendwelche letzten Worte?«, murmelte er.

Ich vergrub meine Hände in seinen Haaren und begegnete dem Ausdruck purer Begierde mit dem gleichen Verlangen.

»Nur drei«, antwortete ich mit einem Lächeln. »Ich liebe dich.« Ich spürte die Wahrheit dieser Worte bis tief in meine Seele.

Wenige Augenblicke später quietschten die Bettfedern, und wir zeigten einander auf eine äußerst intensive Weise, wie *sehr* wir uns mochten.

ENDE

Danksagungen

Es gab Zeiten, da habe ich wirklich daran gezweifelt, ob dieses Buch jemals reif für eine Veröffentlichung sein wird. Noch kein Buch hat mich so viel Schweiß, so viele Tränen und so viele Monate der Überarbeitung gekostet wie dieses hier. Dass ihr es nun lesen könnt, ist nicht allein mein Verdienst, sondern auch das von ganz vielen anderen Menschen, die mich bei der Entstehung von *Leon & Noelle – Ein Leuchten im Nebel* unterstützt haben.

Ganz besonders möchte ich dabei Anna Savas danken (übrigens ist ihr Name das perfekte Palindrom, und, ja, ich bin ein kleines bisschen neidisch deswegen), die es wie keine andere versteht, mich aufzubauen, wenn ich gerade an meinen Geschichten zweifle, und deren Anmerkungen Gold wert waren.

Das Gleiche gilt für Anika Lorenz, ohne die ich niemanden hätte, mit dem ich regelmäßig über WhatsApp gegenseitig auf kleinere und größere Erfolge anstoßen könnte. Außerdem findet sie immer die Zeit, als Testleserin meiner Romane zu fungieren und mir wertvolle Anmerkungen zu geben.

Luna hat mir bezüglich der Geschichte die Augen geöffnet und zu einem großen Teil dazu beigetragen, dass *Leon & Noelle – Ein Leuchten im Nebel* in seiner heutigen Form existiert. Vielen Dank dafür!

An dieser Stelle gibt es noch eine Menge weiterer Testleserinnen aufzuführen, die alle dazu beigetragen haben, das Buch noch besser zu machen. Verzeiht mir, wenn ich nur eure Namen nenne, ihr wisst, wie sehr ich euer Feedback schätze: Mama, Canni, Denise und Lena.

Mein Dank gilt außerdem meiner Lektorin Caroline Funke, die meinem Buch bei *Forever* ein Zuhause gegeben hat.

Das Buch spielt in Berlin, weil ich in Berlin die schönsten drei Monate hatte, die man sich nur vorstellen kann. Das verdanke ich vor allem den Menschen, die dazu beigetragen haben, dass mir diese Zeit für immer unvergesslich bleiben wird. Ja, Kristin und Nika, ich meine euch ;-)